老婚

老雍　著

中国财富出版社有限公司

图书在版编目（CIP）数据

老婚 / 老雍著. —北京：中国财富出版社有限公司，2021. 11

ISBN 978-7-5047-7580-1

Ⅰ. ①老…　Ⅱ. ①老…　Ⅲ. ①长篇小说—中国—当代　Ⅳ. ①I247.5

中国版本图书馆 CIP 数据核字（2021）第224855号

策划编辑　郭　玥　　**责任编辑**　张红燕　李小红

责任印制　梁　凡　　**责任校对**　卓闪闪　　**责任发行**　杨恩磊

出版发行	中国财富出版社有限公司		
社　　址	北京市丰台区南四环西路188号5区20楼	**邮政编码**	100070
电　　话	010-52227588 转 2098（发行部）		010-52227588 转 321（总编室）
	010-52227566（24小时读者服务）		010-52227588 转 305（质检部）
网　　址	http: //www. cfpress. com. cn	**排　　版**	宝蕾元
经　　销	新华书店	**印　　刷**	宝蕾元仁浩（天津）印刷有限公司
书　　号	ISBN 978-7-5047-7580-1 / I · 0334		
开　　本	710mm × 1000mm　1/16	**版　　次**	2022 年1月第1版
印　　张	17	**印　　次**	2022 年1月第1次印刷
字　　数	251千字	**定　　价**	58.00 元

让我们一起慢慢变老……

——作者

这是一本关于家庭和夫妻生活的书，它是一部家庭白皮书，爱情启示录，夫妻悲喜剧。

这是一本需要静下心来阅读的书，它不是看了头就知道尾的故事，它能让你思考、积淀和共鸣。

这是一本有阅历有思想有积累的人阅读的书。如果你能从中读出你的生活，那么这本书就有点意思了。

目录

引子

引 子

夫妻做久了也会做出问题的。

晚上，我百无聊赖地靠在床头，手里握着遥控器，眼睛盯着挂在墙上的电视屏幕，不停地换台。妻睡在我身旁，自顾自地侧卧在自己的被窝里，不看电视，懒得理我。

突然，电视里跳出来一个老男人，主持界泰斗级的大腕。他那浑厚深沉、极具磁性的声音，曾经迷倒过一代人。有人说，听他的声音，是仿佛给耳朵做按摩一般的享受。好多年没见这个主持人了，怎么突然又从一个电视谈话节目里跳了出来?

我不喜欢卖嘴皮子的谈话节目，正想换台，妻突然从被窝里钻了出来，眼睛直勾勾地盯着屏幕。

“又想老相好的了?”

看她那屃样，我就又好笑又来气，随口甩给她一句话。我当然不是指电视里的人，电视里的人她够不上。

“脑子有病。”

她随即回我一句，躺下睡了。

我看我的电视，不停地换台。她睡她的觉，还是睡不着。

妻爬起来上厕所，睡衣很好看，就是专门穿给男人看的那种。我顺手往她屁股上拍了一巴掌，她受惊了似的看着我，我一把拽过她来，环在怀里，“我们同个房吧?”

“我们同个房吧?”这是我们两个人这些年想过夫妻生活时惯用的语言，但我已经很久没说过了。妻冷不防听我一句“我们同个房吧”，居然被吓哭了，说我欺负她，甩给我一句“脑子有病”，抱着被子就去了客厅的沙发上。

我们这是在省城，在女儿家，可不是在千里之外的那个边陲小城，那个只有我们两个人的空巢，想怎么任性就怎么任性。现在女儿、女婿都在自己的房间里，他们要是知道我们两个老家伙半夜里又吵架闹事了，该怎么想？

我冲到客厅把妻拽进卧室，压低了声音，从嗓子眼里挤出四个字来："悄悄待下。"

窗外起风了，呼呼的风声一阵紧似一阵，像迫不及待地要破窗而入似的。室内供暖已经停了，风刮得人心里有些冷，楼好像都在晃。我披衣下床，走到窗前，楼下杨树梢上的鸟窝摇摆得厉害，鸟们在不在里头？照这样刮下去，也不知道这楼和鸟窝哪一个会先在风中倒下。

呼呼声中，妻好像在客厅里哭。她好像在哭着问女儿："你觉得你妈是这样的人吗？"

女儿的声音："我自己的妈我自己知道。"

女儿也够聪明的，她不说她妈是不是这样的人，她说她自己的妈她自己知道。谁知道你知道的妈是什么样子的？

"你妈到哪去了？"早上一起来我就追着女儿问。

"爸，你能不能消停点？"女儿很无奈地看着我。

"我消停点？"我从牙缝里蹦出一句话来，"你叫她不要再作，作怪多了早晚要惹祸上身。"

不大工夫，我大妹小妹都来了，估计是被女儿叫来的，来了就进到女儿房间，女婿和小外孙从房间里出来，给她们三个人让地方，不知道三个人要密谋什么。

三个人密谋完了出来，小妹很严肃地对我说："大哥你收拾一下东西，我们走。"

"到哪去？"

"去医院。"

"去医院干什么？"

"看病。"

“谁看病？”

“你看病。”

“我身体好得很，没病。”

“你绝对有病，脑子有病。”

这句话是从我小妹嘴里说出来的，我能忍，换个人看看？

小妹的话还是要听的。我装着什么都不明白的样子，傻乎乎地跟着她们下楼。你们不是说我脑子有病吗？我今天就看看你们能跟我玩儿出什么花样来。

刮了一夜的风，早上才停下来，楼下满是被风吹断了的残枝，还有残枝上的嫩芽，抬头看看，鸟窝还在枝头，稳稳地，鸟儿们筑巢的本事和经营家的能力太强了。

进了医院我乐了：“蜘蛛山温泉疗养院”，这就是专治“脑子有病”的医院？

早说嘛，你们要是早告诉我送我来温泉疗养院，我还不高兴得屁颠屁颠就来了？还需要你们费这么大的周折，搞得如临大敌一般，密谋了一个早上，连哄带骗地把我搞到这来？

疗养院为每个疗养的病人配有一对一的康复医师。我的医师是一个年轻漂亮的女医生，个子不高，一双大眼睛特别有神，仿佛一下子就能看到你的心底，看到你的病根。估计年龄还没有我女儿大。

她能治病吗？这么年轻。不过也难说，中医凭的是经验，年纪越大越好，西医讲的是现代医学知识，年纪越轻掌握的知识越新。

我女儿十四岁的时候得过甲减，省城医院的内分泌科专家冷冷地甩给我三句话，一句是终身不治，一句是终身吃药，一句是终身不育。三个“终身”合在一起，这怎么得了？我和妻带着女儿四处求医，沿海城市医院一个年轻的海归，内分泌科的美女专家，一句话让我和妻释怀：“甲减有什么可怕的，低了吃药，高了减量，找到一个平衡点就是，该结婚结婚，该生育生育，有什么影响？”我说：“我们省城医院的专家说甲减不能生育。”美女专家说："你们那个专家至少六十岁以上了吧？"我说："七十岁了。"她说："就是嘛，现代医学的好多事他都不知道了。"由此，我对那个年轻的美女医生深信不疑。

我眼前的这个美女医生名字特别搞笑，杜琪艳，老让人想起肚脐眼。肚脐眼，命根子，她一定是爸爸妈妈的心肝宝贝。

入院常规检查之后，"肚脐眼"给我开了专项体检单。专项体检在隔壁医院，和疗养院一墙之隔，有侧门相通，护士和大妹陪着我。体检完出来，我无意间看到医院大门口的牌子："第四人民医院"。我"噌"地一下火就上来了，第四人民医院是什么医院知道吗？精神病院。这家医院太会玩花样了，前门疗养院，后门四医院，简直就是个大骗子。当地人如果说一个人是从第四医院来的，那就是说这个人是精神病，三岁小孩都知道。

怨不得说我脑子有病呢，原来你们是把我当精神病看的。既然是精神病，那我就给你们发个病看看。我抄起个家伙就在医院里一顿乱砸，护士和大妹两个人哪能收拾得了我？眨眼的工夫，不知道从哪儿冒出来两个大汉，把我架回病房，往病床上一扔便走了。

病房里两张床，一张病人的，一张陪护的。我和大妹各坐在一张床上，都没说话。大妹老实厚道，在我最过分的时候，她也只说一句："大哥别闹了。"

不一会儿，护士过来叫大妹去医生办公室，估计是谈我的事。我轻手轻脚地跟过去，想听听医生跟大妹谈什么，又会想出什么幺蛾子来整治我。

好大的阵仗，我女儿和我小妹妹也来了，都在医生办公室。医生办公室，单人单间的那种，私密性好，可能是为了跟病人和家属谈话方便。

"肚脐眼"说："你们家这个病人暴力倾向太重，我们可能收治不了。"我女儿赶紧问："那怎么办？"

"肚脐眼"说："两个办法，一个是你们带回去，一个是我们上手段。"

我关心的是"带回去"，我想被带回去，还是回家好。我女儿关心的是

“上手段，”她问：“上什么手段？”

“肚脐眼”不慌不忙地回我女儿话：“把病人固定在床上，也就是绑起来，不让他乱跑乱动，这个过程大约需要持续一个月，等到药力发挥作用，病人安静下来，就可以松绑了。”

“肚脐眼”的话一说完，我小妹就急了，说：“上手段怎么行，不能上手段。人也不能带回去，我们就是把他送到医院来治病的，怎么能带回去？”

还是小妹好。上手段，绑在床上怎么行？吃喝拉撒怎么办？可你们为什么不同意把我带回去呢？嫌我烦？这个“肚脐眼”也挺狠的，是个温柔杀手。

“肚脐眼”说：“如果你们不带回去，也不同意上手段，那你们就必须保证二十四小时有人在病房陪护，保证他不再闹事。”

小妹说：“这没问题，我们可以天天有人在医院里陪护。不过我想问一下，我大哥到底得了什么病？”

“肚脐眼”说：“初步诊断，阿尔茨海默病。”

“什么病？”大妹小妹和我女儿不约而同地问。显然他们不知道这阿尔茨海默病是什么病，都很惊异。我也从没听说过这个病，要命吗？

“就是老年痴呆症。”“肚脐眼”平淡地说。

我差一点在门外喷笑出来。我老年痴呆？我要是痴呆了，这世界上还有脑子清醒的人？咱们可以做个测试，你问我一些事情，看我能不能答上来。

远的，你可以问问我做过什么工作，我可以告诉你，我曾经当过科长，大机关的秘书科长，县处级的秘书科长。秘书科长是干什么的知道吗？是管秘书的。秘书是干什么的知道吗？是管领导的。我是管秘书的，秘书是管领导的，我是干什么的，搞清楚了吧？

近的，你可以问问我老婆有几个相好的，我可以一个一个扳着手指头数给你听。只要她做过的，我都能说出来。要想人不知，除非己莫为。

就在我心里极力否认老年痴呆症的时候，我女儿也急切地替我辩解：“老年痴呆不是人发呆，不认人，不记事，出门都找不到家吗？我父亲可是什么都知道，什么都清楚，什么都记得。记人能记到张三李四王五和人物的语言表情，记事能记到时间地点人物和前因后果。他怎么可能老年痴呆呢？”

知父莫如女啊。

“肚脐眼”说：“过去讲，人生七十古来稀。现代社会，人的寿命增长很快，很多家庭都有八十岁以上的老人。家有一老，如有一宝。可是，面对迅速到来的老龄社会，家人，社会，乃至我们的医学，对八十岁以上老人生命的呵护还没跟上，我们只知道七十岁以前的病，还不知道八十岁以后会得什么样的病。”

“可我父亲才刚六十呀？”我女儿还是不解地问。

“肚脐眼”说：“老年痴呆症是有潜伏期的，有的要等到真正老年期到来才会发病，有的则会因为内在或是外在因素的诱发，早早就发病了，以至于我们这些整天生活在他们身边的人，不相信，也不愿相信，他们怎么可能会老年痴呆呢？”

“对呀，是这样的，我大哥他既不痴也不呆。”我小妹也在极力辩解。

“肚脐眼”说：“老年痴呆分呆滞型和狂躁型。你们家的老爷子属于典型的狂躁型。狂躁型病人的最大特征就是能说，说了就停不下来，没完没了地说，不厌其烦地说，都是些陈芝麻烂谷子的事。爱吹，他曾经的本事可大了，就差指挥过千军万马了。多疑，女病人爱怀疑别人偷她东西，尤其爱怀疑自己的女儿和儿媳妇，男病人则爱怀疑自己老婆有外遇，有鼻子有眼的，让你不得不信。”

我女儿和我大妹小妹几乎同时发声说：“医生你太厉害了。”我自己也站在外面听呆了。我就是这样的吗？

说完病症，“肚脐眼”突然问我女儿：“姐姐，你母亲年轻的时候是不是长得特别漂亮？挺招人的？”

我女儿没法回答“肚脐眼”的问题，她妈妈年轻时候的事，她哪知道。我真想跑进去帮女儿回答，她妈妈当年那可真叫个漂亮，就是现在，往那一站，也是立即引来众多男人的目光。

憋了好半天，女儿才说："医生，这个问题你可以问问我爸爸，你不是心理医生吗？你可以和我爸爸好好聊聊。"

"肚脐眼"说："你们信得过我？"

小妹说："我们完全拜托医生了。我大哥住院期间，除了正常的医疗费用以外，我们还会给医生你个人支付一笔心理咨询费。"小妹在银行工作，有点财大气粗。

"肚脐眼"说："治病救人是我们的本分。既然你们信得过我，那就把病人交给我，从明天开始，你们家属就不要来了，尤其是老伴不能出现。但晚上你们得来人陪护。从这两天简单了解的情况看，病人所有病症的根源都在老伴身上，好像他已经憋了一肚子的话要说。你们给我一段时间，让我好好听听他的心声，看看他的心里究竟都装了些什么别人不知道的东西。等他一吐为快了，我们再来考虑治疗的问题。"

第一章

医生问：『您和您爱人是怎么认识的？』我答：『是别人介绍的。』

八十年代的第一个春天，我从师范学院毕业分配到县中学当老师。

县中学是我的母校。说是母校，已很陌生。五年前我在这里上高中时教过我们的老师已经一个不剩地都调走了，去了更大的地方，更好的学校。现在的县中学，除了我上学时的总务主任还在，其余都是新面孔。

总务主任是南方人，姓劳，叫劳开利。劳主任一见到我就高兴地给别人介绍："你看，我的学生都当中学老师了。"

我也高兴地说："请劳主任多关照。"

劳主任直嚷嚷，说不要叫他劳主任，还叫老开利。

"开利"，当地土话里是老头的意思，因为劳主任的名字叫劳开利，我们上学那会儿私下里都叫他"老开利"。我们叫老开利就不仅仅是老头的意思了，更多的是"老家伙"的意思。劳开利，老开利，既是谐称，也是爱称。

劳主任说："还是叫老开利亲切，一下年轻了好几岁。自打你们那届学生毕业走了以后，这些年，再没有叫我'老开利'的了。"

几年没见，老开利的变化不大，还是一副敦敦实实的身板，一张乐乐呵呵的笑脸，只是笑的时候嘴里多了颗金牙。

我说："劳主任这些年混得不错嘛，牙都换成金子的了。"

老开利连连摇头："再别提这颗金牙了，人倒霉喝凉水都塞牙。这两年，县中学有本事的人一个一个都调走了，只剩下我这个没本事没学历的人替人家守摊子。守摊子的人给调走了的人送行，喝了一顿酒，摔掉了一颗牙，花去了我好几百元钱，搞得我到现在都不适应镶在嘴里的这个异物，经常还喜欢用舌头尖抵一抵，舔一舔。”

我暗自后悔：什么话不好说偏要说人家这颗倒霉的金牙？赶忙说几句好听的：“劳主任你可不要嫌弃你这颗金牙，没准它就是你命里的定海神针，让你以不变应万变，迎头赶上，后来居上，哪天时来运转就会一步登天。组织上把你留在县中学，肯定不是守摊子，应该是县中学的后勤工作离不开你，你看你把这两排教师宿舍盖得多漂亮啊。”

老开利领着我去教师宿舍，给我安排住宿。他边走边说：“这两年，县中学从外县和下面公社选调了不少老师，家属大都没有随调或随迁过来，有的家属本就是农村人，根本就调不过来，由此，县中学教师队伍中出现了一个特殊群体——单身教师，住宿不安排好不行啊。”

我说：“我们也沾了这些单身老师的光，一来就能住上这么好的宿舍。”

老开利说：“你还不要说，这些老师可不一定欢迎你们，你们没来的时候，他们在学校可吃香了，住的都是单人单间，现在一下子分来了你们这十几个师范生，都是科班出身，又是恢复高考后的首批毕业生，不仅给他们这些东拼西凑的杂牌军造成心理上的压力，还使得原本宽裕的教师宿舍又紧张起来，单间都变成了双人间，你们一来就挤占了人家的住宿空间。”

这倒是我们原先不曾想到过的，我们可不是来跟人家抢饭碗的。

劳主任说他给我分的这个同宿舍老师好，是去年才从下面公社中学调上来的，慢性子，不跟人计较，好相处。姓水，叫水兰桥。

“水兰桥？怎么这么像睡懒觉？”

“嘿嘿，你可真说对了，这个人特别能睡懒觉，晚上不睡，早上不起，没准这会儿还没起床呢。”说着，劳主任就领着我走到了“睡懒觉”的宿舍门口。敲门，没动静。劳主任说：“这家伙可逮着了，开学第一天，还没正式开课，快中午了，还不起床。”

好半天，宿舍门才开了。劳主任把我介绍给水老师，水老师侧过脸来，连声说道：“欢迎欢迎”，然后提着裤子就要出去上厕所，说是“内急”，憋不住了。

宿舍门开在正中间，背面墙上一扇窗，窗下一张办公桌，以门、窗、办公桌为中轴线，左右两侧靠墙处，分列两排单人床、洗脸架和文件柜。左侧的床、架、柜已经使用，无疑这是水老师的。右侧的空着，那应该就是我在这个宿舍里的一半家产。我把我的行李放在床铺上，脸盆放在洗脸架上，日常用品放在柜子里。等我铺好床，水老师才上完厕所回来。估计水老师便秘，要不怎么能用这么长时间。

水老师一进来就很抱歉地说："不好意思，刚才劳主任介绍时没听清，你贵姓？"

我赶忙应道："免贵姓沈，沈进兵。"

"沈进兵？"水老师侧脸看看我，又回过头去自顾自地品味我的名字。"沈是大姓，'冯陈褚卫，蒋沈韩杨'，百家姓里第十四位，探究姓氏起源，'沈'可以跟周文王攀上亲。进，本意指的是向前或向上移动发展。'进'的甲骨文字形是小鸟，小鸟的足只可前进不可后退。兵是战士，战士就是千军万马。沈进兵，姓是大姓，名是大名，是个干大事的。"

水老师对人名感兴趣，老学究似的。但我听起来却好像是测字算命的，特别是"沈进兵"这三个字，让他重复了几遍，说得跟"神经病"一样。

水老师边和我说话边收拾自己的床铺，我看他从床头边靠墙处捡起一个裤头，随手一窝，迅速塞到枕头底下，大概是怕我看见。估计昨天晚上脱下来的，可能是我们刚才敲门急了些，他在慌乱中没顾上穿裤头，没准这会儿他裤子里面还是真空的呢。

"当当当——"有人敲门。

是不是劳主任忘了什么事，又回来了？我刚想站起来去开门，水老师的声音已经喊出嗓子："进来。"

我忽略了，水老师才是这房间的主人。

门开处，走进来一个"小辫子"："老师你还没起床呀？"

"早起来了。"水老师一边拧着手里的洗脸毛巾，一边侧过脸去，对着

“小辫子”说，“你们新来的政治老师，沈老师。”

“小辫子”朝我笑笑：“沈老师好。”

我也朝“小辫子”笑笑：“你好。”

“我叫何美丽。”“小辫子”自我介绍。

“何美丽？”我重复一遍，“名字很美丽。”

话一出口，我就在心里发笑，真是近朱者赤，近墨者黑，才到这宿舍这么一会儿，怎么就跟着水老师学得注意起别人的名字来了？

“只是名字很美丽吗？”

何美丽又冲我笑笑，没等我回答，就又对水老师说：“同学们都在教室里等你呢。”

“我马上过去。”

打发走何美丽，水老师继续按部就班地做着洗脸、刷牙、刮胡子三件事，一边做一边跟我说，何美丽是他在公社中学时候的学生，她妈妈是他老婆的表姐，他们是亲戚，所以她在他跟前比较随便。我说她性格很好。他说就是一张嘴厉害，伶牙俐齿的，能把死鱼说翻身。

洗漱完，水老师穿上棉袄，用刷子在身上扫一扫，戴上帽子，对着洗脸架上的小镜子正一正。小镜子只有巴掌大小，离得近了，装不下一张脸。好在水老师的脸不大，清瘦型的，不占地方，而且水老师又总喜欢侧着脸，给小镜子留下比较大的空间。

一进宿舍我就注意到了，水老师看人喜欢侧视，又像是斜视。刚开始，我以为水老师内秀，面皮薄，或者是尊重人，不正面直视生人。后来才知道，原来水老师的左眼没视力，他是右眼看东西，脸朝左侧，而且侧得很有风范。尤其是站在讲台上，他那恰到好处的侧视角度，抑扬顿挫的语调速度，很能抓住人。讲到紧要处，他常常会戛然而止，停顿在讲台上，侧视左前方，右眼泛着光，课堂里一片寂静，让你焦急地等待他的下文。同学们都喜欢上他的课，经常是下课铃声响了，他的课还没讲完，同学们还想听，他就拖堂。

上课拖堂，如厕延时，睡觉赖床，这是水老师人生中最享受的三大快事。

水老师说，上天是公平的，因为他前半生太背，活得憋屈，所以后半生就给了他这些不用花钱就能得到的人生享受，算是补偿。

前半生背到什么程度？简单说三大背势：一个是有个当将军的父亲，后来却成了淮海战役被俘的国民党战犯，直到一九七五年最后一批特赦才释放出来。一个是坐了一趟火车，逃往大西北，却被车窗外飞进来的石子砸瞎了一只眼睛。再就是娶了一个老婆却是别人的，差一点又被别人要回去。

五十年代反右派的时候，水老师正在徐州师范读书，毕业前夕，因为来自战犯父亲的影响，他意识到自己的处境危险，直接从实习学校去火车站，买了张火车票就走了，实际上是逃跑。

十七岁的少年，对外面的世界充满好奇。火车上打开窗户看世界的结果是，少年的左眼被车窗外飞进来的石子打瞎了。铁路上对此负责。下一站下车，就地住院治疗。三个月后，少年以侧目斜视的姿态再次踏上了西行的汽车。因为火车到此为止，再往前走还没修通。

到了长途终点站，一下车就有人围了上来，拉着扯着要把他接到他们单位去。这个地方缺人，各个单位都守在车站现场招人。水老师稀里糊涂被供销社接走了，拉过去就成了供销社的一名职工。

然而好景不长，只几年的工夫，当年争着抢着要人的单位，现在又推搡着精简下放，水老师被精简下放到七百公里外的农村当了农民。

水老师瘦瘦弱弱的一个人，哪能干得了农活？生产队就派他到地里看青。可他看青也看不好，整天拿着一本书往田间地头一躺，只管看书，不管看青，牛羊牲畜跑到地里吃庄稼他也不知道。最有意思的一次，他在苞米地头的毛渠里躺着看书，看着看着，怎么觉得自己的衣服好像漂浮在水上，慌忙坐了起来，发现自己整个人都在水里头，原来苞米地在浇水。

公社办中学的时候，水兰桥成了水老师。水老师这辈子最得意的事就是他在公社中学带的首届高中班，最遗憾的事就是没能把这届高中班带到毕业就被调到了县中学。现在最让他割舍不下的就是那些即将毕业的高中生。当然，还有留在公社中学给这些高中生做饭的老婆。

水老师的老婆是水老师老婆的表姐介绍的，水老师老婆的表姐原来是县医院妇产科的罗医生，现在成了县医院妇产科的罗主任。何美丽就是罗主任的女儿。

罗医生一家人当年从县城下到了农村，和水兰桥成了有共同语言的乡里乡亲。罗医生有意成全水兰桥，遂花了八分钱邮票，从四川老家“邮”来一个如花似玉的小表妹给水兰桥当老婆。

小表妹跟水老师合房时间不长，老家里又有人花了八分钱邮票要把她再“邮”回去，小表妹家里已经有男人了。小表妹不回去，但她犯了重婚罪，被判了两年缓刑。

缓刑期间，小表妹不能和水老师在一起，他们的婚姻无效。也不能在表姐家，表姐成了老媒婆，人贩子。

水老师、罗医生和小表妹三个人的至暗时刻，多亏了生产队里有个外号“一丈青”的妇女队长出手相助，收留了小表妹，保护了罗医生，客观上也保护了水老师，使得小表妹两年缓刑后，才得以正式成了水夫人。

听了水老师两口子的曲折故事，我想写一部小说，关于家庭的，夫妻的，告诉人们，夫妻一辈子不容易，家家都有一本难念的经，家和万事兴，且行且珍惜。

水老师说：“没老婆的日子真不好过，可能是自己曾经独处得久了，年纪大了怕孤单，一个人躺在被窝里空落落的，睡不着。”我看他每天最习惯的睡

姿就是怀抱个枕头，两腿夹着被子，脸朝着墙睡。

其实人都怕孤单，我从上中学就开始住校，离开父母的时间长了，特别恋家。上学过的是集体生活，现在要是让我一个人在一个房间里睡觉，有时候还会害怕。

水老师一介书生，爱书，爱聊。我没来的时候他以书为伴，一本书捧到半夜也不愿放下，晚上不睡早上不起的毛病就是这样养成的。我来了，他把书本合上，跟我聊书，聊人。书是人写的，书是写人的，聊书就是聊人，聊人必然聊书。聊着聊着就把两三个春夏秋冬聊了过去，把他聊到夫妻团聚，把我聊成大龄青年。接着再聊，地点就由宿舍挪到他们家，内容从天文地理扩展到找对象。

水老师老早就问过我，有对象了没？我不假思索地就说："有了。""是同学吗？""是同学。""分到哪了？""东边的县。"

水老师不再问了，我也不再说了，但我心里却不停地问自己，你有对象吗？还对分到东边的"六月红"抱有希望？忘了毕业时两个人的对话？你说："别了，如果是永远，那就是永别。"她说："如果你不去看我，那就是永别。"

找对象和谈恋爱不是一码子事。找对象是奔着婚姻去的，是结婚过日子的终身大事，终身大事不能含糊，一定要慎重对待。谈恋爱是为了爱情，爱情是男欢女爱的游戏，好玩就行。心动，情动，行动，两心相惜，两情相悦，重在过程，不在结果。

爱情都是骗人的。哪个人没年轻过？哪个人没经历过爱情？爱情那东西害人不浅，有多少大龄青年都是被爱情耽误了的。爱情的结果不一定是婚姻的结合，婚姻的结合也不一定是爱情的结果。先结婚后恋爱，光恋爱不结婚，这样的事例多了去了。

婚姻与爱情不同，两人不是情侣是配偶，是两个毫不相干的人结合到一起，组成家庭，一个锅里吃饭，一个床上睡觉，养儿育女，柴米油盐，过日子。

婚姻有些时候讲究门当户对。条件高了人家不干，条件低了自己不干。讲条件要有本钱，也要有艺术。既不能癞蛤蟆想吃天鹅肉，也不能一手好牌打成臭狗屎。

像我这样一脚门里一脚门外，刚从小农经济的门槛迈进城里的人，算是一个特殊群体。农村人仰着头看我们：出类拔萃了。城里人侧着头看我们：进了城的农村人。

这样一种特殊身份的人找对象，很容易高不成低不就。找个城里的，自己乐意，人家未必乐意。你得追，可着劲地往前追。干吗要追呀？有缘千里来相会，无缘对面不相逢。不属于你的追就能追到手？追得不好，两手空空，一身疲惫。

我生来最讨厌一个“追”字。我要是愿意追的话，没准追着“六月红”就去了她分去的地方。

需要你去“追”的人都是和自己有距离的，既然有距离，就不是一路人，不是一路人为什么还要追，多累呀？假设两个人相距一百米，如果迎面走来，各走五十米就走到了一起，多省劲。如果同向而行，一个在前一个在后同一个速度往前走，你永远追不上。即使你的速度比她快，快追上了，她往旁边一拐，进了岔道，你找都找不到了，如何追得？

水老师赞同我的意见，谈恋爱可以尝试着追，追你有点意思的。找对象则重在找，找合适你的。他觉得有两种情况是咱的首选，一种是城里人在农村的，农村的城里人；另一种是农村人在城里的，城里的农村人。这两种人都跟咱差不多，条件相当，容易交往一些。

照此标准，按图索骥，转了一大圈，还真没有能对上“象”的。这两种情况里的上品，要不名花有主，要不待价而沽，给咱的机会实在不多，剩下的咱还找吗？

那就扩大范围再辟蹊径？水老师的意见是，视角可以放宽，策略可以调整，不在阳春白雪里降低标准，可在下里巴人里寻找精品，具体讲，就是坚持个体标准的三个条件：一要年轻的。科学表明，夫妻之间，女的比男的小八到十二岁最好，至少也要小五岁以上。二要漂亮的，看着养眼，舒服。三要过日子的，勤俭持家。

我说："你这标准肯定不行，第一条就行不通，我今年二十六岁，比我小八到十二岁，年龄就在十几岁，童养媳呀？"水老师说："还有一条守底条件，至少也要小五岁以上，比二十六小五岁，不就二十一岁了吗？已经过了现行婚姻法的法定结婚年龄了。"

我说："要是把你这三条放到一起来综合考虑，这样的人应该还没生出来。"水老师脸朝左边一侧，"谁说的？我老婆不就是这样的？"原来他是按照他老婆的标准来的。

我突然惊叹古人的伟大，"父母之命，媒妁之言"绝不是简单的历史现象，直到今天，媒人、红娘、介绍人，在恋爱婚姻中仍占据重要的地位，他们能找到男女双方相匹配的点，两个人的事岂能一厢情愿？

其实在水老师脑子里，符合他这三个条件的人何止他老婆，还有他在公社中学教过的那届高中生。他早就想给我推销他那些学生了，司马昭之心，我能不知？只是不理，装着没懂。他说的至少小五岁的标准就是专门为这些人设定的。我生于一九五六年，他那些学生一九八〇年高中毕业，按十八岁高中毕业算，大都生于一九六〇年之后，不比我小五岁以上又是什么？

现在他觉得给我推销他那些高中生的条件已经成熟，因为我出去跑马圈地搞了一大圈，最终无功而返，一个合适的也没碰上，总这么拖下去也不是事，该是他出手相助的时候了。他直截了当地对我说，他那些高中生里头，最漂亮的有三个。一个是壮族，写得一手好字一手好文，配我这个学文的人还是配得上的。再一个是川妹子，生得小巧玲珑，清纯美丽，天生一副好嗓子，她能给我的生活增添色彩，带来欢乐。还有一个是青岛姑娘，端庄大气，亭亭玉立，干得了农活，下得了厨房，做得了家务，是个贤妻良母型的女孩子。

我说："那你这三个人里头，具备第三个条件的人不就只剩一个了吗？"他反问："是谁？"我说："不就那个青岛姑娘吗？"他问："何以见得？"我说："人家不都说山东女孩受孔老夫子思想影响深重，贤良淑德吗？"连续几个问题之后，水老师自己也觉得还真的就是曹欣妍最合适。

我这才知道那青岛姑娘叫曹欣妍。但据说漂亮的姑娘生育能力差，要是不能生养怎么办？这话我不好说出口，水夫人就不能生养，历史上的杨贵妃、赵飞燕都不能生养。我可是想要生养好多好多孩子呢，不过现在实行计划生育了，限制生养的政策越来越严，想放开生是肯定不行了。

水老师说“漂亮的姑娘生育能力差”没有任何科学依据，他老婆本来是能生养的，她当年被判缓刑的时候就已怀孕，但是宫外孕，如果不是表姐罗医生抢救及时可能就失血休克没救了，后来虽然保了命，却失去了生育能力，这是意外，不是本来如此。

曹欣妍在我和水老师的话题里，从春聊到夏，从夏聊到秋，冬天到了的时候，我跟水老师说：“把曹欣妍叫过来看看？”

水老师其实一直都在等我这句话。但这一会儿他却突然来了一句：“她还只是个民办老师呀！”管她民办公办呢，我已经想清楚了，只要人好就行。我对象找的是人，不是工作。工作好找，人不好找。人好了，再找工作不是难事。工作好，人不好，有啥用？

年底最后一天，学校搞了一台文艺晚会，动静很大，把县电影院租了下来。开场是一曲教职工大合唱，水老师指挥，我领唱。一曲唱罢，台下学生一片掌声。接下来我还有两个节目，一个是我和一个女老师男女声二重唱《小城故事》，一个是我和一个男老师合作的魔术《大变活人》。在两个节目中间的空当，水老师在台上把我拉到一边，从幕布后面指着台下前排，他夫人旁边坐着的一个挺直身板的女孩，说那就是曹欣妍。

我看不清台下。曹欣妍什么时候来的我不知道，没想到我们第一次见面居然是在这样的场合。我毫无由头地在接下来的节目《大变活人》里紧张起来，有些不自在，放不开了。

演出结束后，收拾完台前幕后的设施道具，我和水老师一起回家。我们俩现在住得很近，劳主任照顾我，去年给我分了一套住房，和水老师家的一样，独家独院，三间平房，几个妹妹跟我上学，我们住在一起。

水老师家里，水夫人和曹欣妍早回来了，两个人正围着一个大铁盆，手里拿着苞米棒在退苞米粒。估计也是为了等我们，找个活干。

打过招呼，我和水老师也坐到大铁盆旁退苞米粒。水夫人说苞米是欣妍下午带过来的，退下来喂鸡。水老师拿着苞米棒，一粒一粒往下抠。我两手各拿一个苞米棒，两个苞米棒对起来一撮，苞米粒刷刷地就掉了下来。水夫人说："沈老师那样，一看就是干过活的。"

我和曹欣妍只是刚才进门时打过招呼，退苞米的时候再没说话，一直是水老师、水夫人和曹欣妍在说，更多的则是水老师和曹欣妍在对话，一问一答。不过这个时候我正好可以近距离地好好看看这个青岛姑娘到底啥样。

这一年里，曹欣妍的名字已在我耳朵里长茧了，不见人我都能描绘出个一二三来。个子高，头发长，眼睛大。今天见了，还是有些惊艳，确实漂亮。看演出时台下的坐姿，端庄。刚才进门时站起，高挑。这一会儿呈现给我的面容，姣好。眉眼之间，有几多善良和本分。看来她真的就是我的老婆了。

"你父亲的木匠活还做吗？"水老师问。

"不给外人做了，年纪大干不动了。有时候自己家的活还干一干。"曹欣妍说。

"那你也可以解放了，不用再帮你父亲拉大锯了。"水老师调笑似的说。

曹欣妍突然有点不好意思，说她父亲自己也拉不动了，她也不用再帮父亲拉大锯了。她说着脸就微微地红了，面若桃花，真好看。

水老师和曹欣妍这段对话的内容我是知道的，水老师不止一次对我说过曹欣妍拉大锯的事。

曹欣妍父亲是个木匠，木匠活做得好，手头的木匠活也多，忙不过来的时候，她时常帮父亲拉大锯。木头搭在支起的架子上，父亲站在木头上面拉锯，她站在木头下面拽锯，一上一下，有板有眼，真像个木匠的女儿。秀发里偶尔还会有拉大锯时留下的木屑。

曹欣妍上面一个哥哥，比她大很多，老早就成家单过了，家里的事指望不上他，下面一个弟弟，弟弟不喜欢木匠活，父亲的事他从不插手，父亲也不指望他。两个儿子，一个不指望，一个指望不上，能指望的只有女儿，曹欣妍就成了父亲的唯一帮手。

“你哥哥现在几个孩子？”

“两个，都上学了。”

“你弟弟呢？那可是个不服管的家伙。”

“我弟弟去年当兵走了。”

“到部队锻炼两年好，好好磨磨性子。”水老师说，“你母亲妇女队长的工作不干了吧！”

“都不干好几年了，年纪大了。”曹欣妍说。

水夫人突然接话：“欣妍呀，你妈身体好，要是再干两年妇女队长也挺好的。那些年我们在农村，真是多亏了你妈当妇女队长时对我们的照顾了，要不然那日子真不知道该怎么过。”

曹欣妍说：“还是你和水老师，还有罗医生，你们人好，有福，什么苦什么难都能过得去，你看你们现在生活得多好！”

水老师他们这会儿和曹欣妍的对话多数都是说给我听的。媒人，红娘，介绍人，也是一个需要动脑子的活。

苞米粒退完了，话也说得差不多了。水夫人收拾苞米，我起身告辞。曹欣妍说声“走了”，我回了句“再见”，结束了我们的第一次见面。

3

元旦，新年第一天，水老师领着曹欣妍来我的住处。我的房子没有水老师家收拾得好，小院很乱，也很空旷，好在冬天的雪盖着，看不出本来面目。

屋内也很拥挤，三间屋，四个人，六张课桌，七张床，像个集体宿舍。大妹二妹都已经考上大学走了，在省城。三妹、四妹、五妹三个人跟我上学，她们住西间，三张课桌、三张床。进门中间一间是厨房、餐厅，摆着两张课桌、两张床，在农村的父母和还没到上学年龄的小妹来了可以住，也可以跟我一起住东间，东间也摆了一张课桌、两张床。

水老师和曹欣妍进来的时候，西间房里一下窜出来三个妹妹齐声跟他们打招呼："水老师好，姐姐好。"这架势，有点热烈，也有点隆重。被迎接的人如果没有充分的思想准备，看这屋里一下子涌出这么多人来，也挺吓人的。

曹欣妍显然有思想准备，没被吓着，而且还流露出被眼前场景所感染了的笑。这笑被我捕捉到了。水老师一定给她讲了我的情况，所以她没吃惊，还能接受，我很欣慰。

坐下以后，我们东拉西扯地说了会儿话，水老师叫我中午到他家吃饭，曹欣妍下午要回去。我说："那么急干什么，元旦放假，连休两天呢，明天再回呗。她说县里没有到她们公社的班车，要到市里转车，市里也只有早上一趟班车，今晚要到市里住一宿，要是明天走就赶不上后天上班了。"

在水老师家吃完饭，我说我送曹欣妍去市里，曹欣妍问："不耽误你的事吗？"我说这两天休息，没事。她也就没再客气。

水夫人听我说要送曹欣妍去市里，特高兴，就说："沈老师你明早把欣妍送上去公社的班车再回来。"水夫人这话是说给我和曹欣妍两个人听的，意思就是要我今天晚上陪曹欣妍住市里。

下午，我们到达市里的时间比较早，先在汽车站买好第二天一早的班车票，再到招待所开好房间，然后去吃饭，看电影。

电影院离招待所有一段距离，但不算太远。外面冰天雪地，也没什么地方可去。看完电影我想和她多走一会儿，就绕过来拐过去多走一些路。从眼下的情形看，两个人心里都已经有数了，那样一种感觉是有了的。

我们无目的地走着，离得很近，两个人的胳膊时不时地会触碰到一起。我很想就势拉她的手，但我伸不出来，不是因为冷，而是不敢，不好意思。看电影的时候我就想过拉她的手，但没有机会，还是忍住了。第一次单独相处就这样，怕人家把我当成坏人。这会儿我一直就在心里盘算着怎样才能找个机会和她亲近一下。

我希望她说天冷，冻手，我就有机会把她的手抓过来焐焐，但人家不冷，戴着手套。我盼着她脚下打个滑，我可以伸手扶她，但人家一直走得很稳。我们就这样走过来绕过去地转着圈，终究没有找到任何能够亲近的机会，还是回招待所吧。

到了招待所门口，我们在进入各自房间的时候，也不知道谁先主动伸出手，握手道别。终于拉手了，我不想松开。我提议再出去走一会儿，她说好。我们就这样手拉着手又走了出去。她没再戴手套。

她的手好大，不像女孩的手。我说“你的手好结实”，她说“你的手好软”。我说“你的手好凉”，她说“你的手好热”。我说“我的手爱出汗，冬夏都这么热这么软”。她说“我的手一直这么凉，冬夏都凉”。

离得近了，我感觉她比我高。我们停下来，站在那儿比个子。她说女孩显个子，实际没有我高。我们趁机拥抱了一下，象征性的，赶紧松开。她身子好紧，比我结实。这身子，将来一定能生养，我不知道自己怎么一下想到那儿去了。

我们再次回到旅馆，两个人的关系已经发生了明显变化，眼神，笑容，话语，都要比刚才亲密很多。

早上起来，我送她去汽车站。因为开车的时间比较早，饭也没来得及吃，好在也就个把小时的路程，回到家都可以赶上吃早饭。

外面的气温很低，呼出来的气如白雾一般。两个人都没说话，张嘴怕冻。她依偎着我，靠近了暖和些。这两天，我们虽然一句谈情说爱的话都没讲，介绍人在我们之间任何信息也没来得及传递，但这一刻，我们好像什么话也不用说了，俨然已是一对恋人。我送她上车，车子开启，两个人已经有了不舍和留恋。

送走曹欣妍，我也坐车回到县里。三个妹妹见到我都很吃惊，说："大哥咋这么早就回来了？那个姐姐走了？"显然他们都还不知道那个姐姐叫曹欣妍。

三妹说："那个姐姐不会嫌我们家人多吧？"原来她们已经知道那个姐姐是来干吗的，还替我担心，怕那个姐姐看不上我。我回来得太早了，她们可能以为我和那个姐姐没谈拢。看来我的婚事还真让全家人都操心了。

我把几个上学的妹妹陆续接到县里来的时候，父母就担心过："你把这么几个小的都弄到身边，找对象咋办呀？"我说："那有什么咋办的，她们上她们的学，我找我的对象，谁又不影响谁。"父母说："你别讲得那么轻松，肯定会有影响的，家里头这么些人搁在那儿，谁敢嫁到我们家来呀。"我说："谁敢来谁来，我总不能把她们瞒着或是藏起来吧？"

曹欣妍敢来，没有被我的几个妹妹吓着，我还挺佩服她的勇气的。回去以后没几天，她就来了一封信，信的开头称我为"亲爱的进兵"，这就算是认可处对象的关系了？我心想：只要你敢进这个家，我就一定会好好待你。

我和水老师一起研究曹欣妍来信中的遣词造句，水老师说，"亲爱的进兵"用得好，如果叫"沈老师"，远了；叫"沈进兵"，硬了；直接叫"兵"，酸了。还是"亲爱的进兵"好，亲切而且不失分寸。我说我也喜欢她这样叫，但如果直接叫"进兵"可能还会更好一些，现在就用"亲爱的"显得有点快，有点早。所以我回信的时候就简单地称她"欣妍"。

水老师说："人家是学生你是先生，人家是高中生你是大学生，你们本就应该是师生级别的差距，她能跟你比吗？她能想出'亲爱的进兵'这个称呼就算是很有天分的了。"

水老师说得没错，如果从年龄或者学业上来考量，曹欣妍要是在县中学上学的话，她就该是我的学生。她的同学何美丽从公社转到县中学来上了一年，毕业前的最后一学期就当过我的学生。

我脑子里突然在想，何美丽要是知道了我和曹欣妍的事，不知道会说出怎样的话来。下一趟曹欣妍再来，得把何美丽叫来一起见见面。

寒假的时候我邀曹欣妍到县里来，她没来，大出我所料。她的理由很简单，快过年了，家里离不开。水老师觉得情况不对，事情没那么简单。“冬天里，学校放假了，农村有什么要紧事能绊住手脚离不开的？从曹欣妍的来信可以看出，她对你是钟情的，对你俩这门亲事是满意的，怎么会不想来见你呢？”

水老师突然脸往左面一侧，一字一顿地来了一句：“她在公社有对象？推不掉？”

我说：“这完全有可能，你都好几年没见她了，这么漂亮的女孩子，哪能没有人追？”

水夫人一旁插话说：“欣妍的情况我知道，要是有对象的话欣妍会说的，看欣妍对沈老师的态度，是真心的。”

从水夫人一口一个“欣妍”的话来看，她对曹欣妍的情况还是心里有底，但我觉得女孩子一脚踏着两只船的情况也是常有的。

水老师提议说：“她不来，咱们去，我也好几年没到公社去了，咱们一起去看看？”

“我才不去呢，我大妹二妹放寒假都要回来过年的，全家团圆，我得陪她们。”水老师知道我不会和他一起去的，他也就是想试探试探我，看看我对曹欣妍到底有没有感情。事情才刚刚开始，我现在能有什么感情？充其量只是感觉。

可水老师则不这么认为，他说我一口回绝不去看曹欣妍，恰恰说明至少我很在乎曹欣妍，要是不在乎，没准就会同意和他一起去，或者是嬉皮笑脸一顿玩笑就过去了。正因为我在乎，所以才认真。

春节期间，大妹问我是不是有对象，我说没有。大妹说我什么都好，就是太严肃，什么事情都不对她们说。二妹不失时机地接话，说看到别人家的兄弟姐妹在一起有说有笑，热热闹闹，可羡慕了。

我说不是我严肃，是真的没有，有我就说了。大妹说她一放假回来就听同学说，元旦的时候，他们在市里看到沈老师和一个女孩子很晚了从外面拉着手往招待所走，女孩子长得可漂亮了。他们还一起猜想这个女孩子会是谁呢。

三妹、四妹、五妹三个人看看我，又互相看看，还偷偷地笑笑，什么都没说。这三个小鬼对大哥真好。

我现在有口难言了，曹欣妍的事怎么跟大妹和二妹说，怎么跟父母说？要是寒假期间她来了，我是打算带她来家里见见家人的，但人家不来，这事就不好说了，谁知道接下来会是什么情况？既然大妹二妹说我严肃，索性我就严肃下去，什么也不说了。

我天生一副严肃的脸，不笑就像是吊脸子。妹妹们都有些怕我。最小的妹妹曾经说过一串很经典的话，问她：“家里人你最怕谁？”她答：“姐姐。”“姐姐怕谁？”“大哥。”“大哥怕谁？”她用手指指自己胸口窝：“怕我。”于是哄堂大笑。

水老师两口子过年的时候真的就回到了他们曾经生活过的农村，就在曹欣妍家过的年。水夫人当年被判两年缓刑，无处落脚，就住在曹欣妍家，宫外孕的时候也是在曹欣妍家疗养，自此，水夫人就把曹欣妍家当成了娘家，曹欣妍的母亲，人称“一丈青”的妇女队长就成了她的救命恩人。

寒假过后，水老师两口子带给我好多有关曹欣妍的花边消息。

一种说法，曹欣妍背后真的有众多吃不上葡萄嫌葡萄酸的人，他们听说水老师给曹欣妍在县里介绍了对象，就想方设法从各种渠道搜罗捕捉了一些关于我的消息，结论是水老师给曹欣妍介绍的这个对象是个小老头，年纪好大了。这么大年纪都没找到对象，能有什么好？这话传到了曹欣妍父亲的耳朵里，他怎么能看着自己的女儿往火坑里跳？当然不让女儿再到县里来了。

另一种说法，曹欣妍身边还真有一个追求者，老家是一个地方的，两家世交，他叫王四毛，也是水老师的学生，年龄比曹欣妍大，现今在地区师范学校上学。春节的时候，王四毛专门到曹欣妍家给水老师拜了年，单独跟水老师报告了他和曹欣妍的情况，说他们已经谈了好几年了。水老师说祝贺他。

还有一种说法，是曹欣妍亲自跟水夫人说的。曹欣妍的父亲确实在外面听到了一些难听的话，她也跟她父亲讲清楚了，整件事情不是他听说的那样，她已经认可和沈老师的婚事了，别人挡不住，也当不了她的家，只要沈老师没有意见，她是不会改变的。她寒假不过来，只是不想和父亲搞得太僵，大过年的，过了年开学后她再来。

曹欣妍也给水老师讲了她和王四毛之间的事。这件事本来是两家老人的意思，他们两个年轻人没反对，也没赞同，更没谈过，但后来王四毛考上了师范学校，明显就对曹欣妍冷淡了。这一次他可能是听说水老师在县里给曹欣妍介绍了对象，又出来插这么一杠子。曹欣妍说她和王四毛是绝对不可能的，就是她将来找不到对象，嫁不出去，也不会和他走到一起。

人就是这样，一件东西摆在自己面前，也没觉得有多好，等有人当着面要拿走的时候，他突然舍不得，觉得这是他的，不能给别人。

王四毛这一杠子插得还真够深的，我一个很多年没见的高中同学，突然跑来问我，是不是在公社里找了个对象，我说没有。他说没有就好。我问他怎么了，他说有人说我在公社中学找了个对象叫曹欣妍，这个女孩不行。我问他怎么不行，他说她和他们一个老乡家的小伙子都好了好多年了，捡人家好过的、剩下的干吗？

我一听就火了，他是跑到这来恶心我的。要不是同学，我真想上去给他一锤。不过真要动手我可能搞不过他，他是搞体育的，膀大腰圆，五大三粗的。我克制了，问他是怎么知道的，他说他现在在师范学校进修，听曹欣妍老家的那个小伙子自己说的。我问："是王四毛？"我同学说："你知道？"

我同学为什么跑来给我说这番话我不知道，是王四毛让他来的？我心里让他搞得乱七八糟的。曹欣妍和王四毛到底什么关系，我真的是捡了别人好过剩下的？

我和水老师依然沉浸在我们自己设定的话题里，没完没了没深没浅地聊。水老师说这个寒假曹欣妍没来对了，我问："为什么，不看好我们了？"他说："不是的，你想啊，要是她来了，见一次面，聊一会儿天，太平淡了，能有什么结果？故事没有冲突就没有高潮，不打动人。现在她没来，你没见，反倒有了预想不到的结果。"我不明白他的意思，我们有了什么结果？

水老师说："听话听音，锣鼓听声，人家可是明明白白地跟你阿姨说了，她已经认可和沈老师的婚事了，别人挡不住，也当不了她的家，只要沈老师没有意见，她是不会改变的。她已经表白了心意，表明了态度，她是你的人了。曹欣妍再来，你就把人领回家里去，别搁我这儿了。"

让水老师这么一说，好像还真是这么回事。水老师已经把他老婆当成我的阿姨了，这是比着曹欣妍叫的。过去我可是一直称他老婆为水夫人，这是一个中性词，没有远近和辈分的区别。现在他老婆都成了我的阿姨了，我还有什么可挑剔的。这进展也太快了吧？照这样的速度，下次再见曹欣妍就该谈婚论嫁了？

周六下午，几个妹妹回家，我没回，我在等曹欣妍。虽然我们没有约定，她也没说哪天来，但我觉得她一定会来，而要来也只能是周末来。

周日早上，我睡懒觉，还没起床，听见有人敲门。我爬起来开门，水老师领着一个干瘦的小老头站在门口。我让进屋，水老师示意着介绍说，这是曹欣妍的爸爸，刚从市里坐班车过来。我忙不迭地让座，问叔叔好。叔叔没坐，把三间房子都打量了一遍。我跟着自谦，房子太乱。叔叔说："咋这么多床？"我说："家里人多，几个妹妹都跟我上学。"叔叔噢噢了两声，说："人多热闹。"

我记着水老师说的，曹欣妍再来，就把人领回家，别搁他那儿了。那现在曹欣妍的父亲来了，照理也应该搁我这儿。我说："水老师陪叔叔说话，我去外面买些包子油条回来。"水老师说："别忙活了，你阿姨已经在家做了，都到我那边吃吧。"

吃饭的时候，曹欣妍爸爸提出要到我们家去看看我父母。我心里一下子明白了，这是老丈人上门相女婿呢。看来我这一关已经过了，相中了。接下来又要去会亲家。这事可不敢怠慢，老丈人第一次上门，从某种意义上讲，比新媳妇上门还重要，老丈人可是新媳妇她爹呀。

现在正是农村里青黄不接的时候，要啥没啥。而且关键是我父母到现在还不知道有曹欣妍这档子事，突然冷不丁领回一个老丈人来，这是哪门子事啊？我赶紧到街上买些菜和肉，又跑到学校叫上我一个同事，让他提前先去我们家，届时帮我陪客，做饭，他做饭手艺好。最主要的是让他提前去跟我父母说一声，好让他们有个思想准备，不至于到时候一无所知，显得尴尬。

我和水老师各自骑了一辆自行车，陪着老丈人一起回家。老丈人年届六十，不会骑车子，也不敢让他坐在我车子后面，万一坐不稳掉下来咋办？老丈人也不想坐我的车子，他坐水老师的车子更自在一些。

我骑车子在前面带路，他们老哥俩后面跟着，聊着，好像老丈人在打听我和我家的情况。我稍微骑快一些，拉开一段距离，方便他们在后面说话。

我在前面自顾自地想着自己的事。老丈人都上门了，这事就这么定了？我还没发话呢，事情就由他们家做主了？至今我与曹欣妍也才见过两面，通过两封信，别的再什么也没有了。莫非当今的婚姻之事都是女方说了算？

整天为儿子婚事发愁的父母，发现家里头突然冒出个亲家来，甭提多高兴了，好像比见到儿媳妇都高兴，因为这事靠谱，说明家里大人都已经同意了。他们还不知道我是什么态度呢，就已经是亲家长亲家短地聊上了。

正式的大餐还在晚上，中午就已经喝得昏昏沉沉。父亲叫了好几个陪客的过来，感觉他们都喝不过老丈人。老丈人喝酒也不讲什么程序和客套，端着酒杯像喝凉水似的。尤其要命的是，我叫来帮我做饭的那同事，中午就喝倒了，晚上做不成饭了。我母亲做饭也可以，但只能做安徽人的家常菜。要做一桌有点水准的饭菜，只有我自己上厨掌勺了。问题是我第一次见曹欣妍的时候就给她讲过我不会做饭，我是不想这么早就把婚后做饭的事揽下来。但今天一上厨，我会做饭的秘密就暴露了。

果然，老丈人一到家，就带回去三个消息：一个是这一家人是过日子的，父母亲都很勤劳。另一个是这一家人很善良，兄妹之间都很和睦。再一个就是小伙子不错，能做一桌好饭菜。

曹欣妍纳闷道："他不是说不会做饭的吗？"她父亲嘿嘿笑笑，说："那他是不想给你做饭，想给老丈人做饭。"她说："八字还没一撇呢，你就给人家当老丈人了？就因为人家给你做了一桌好饭菜，油了你的嘴，就说人家好了？"她父亲习惯性地摸摸下巴上花白的胡茬子，嘿嘿笑着，没说话。

曹欣妍跟我说这事的时候，我问："那我们现在八字有一撇了？"她说："那你还有什么别的想法？"我说："那你也没问过我呀？"她说："那我现在问你，你说吧。"我说："现在还说什么，老丈人亲自登门，你也来了，生米都做成了熟饭。"她的脸微微一红，轻轻说道："我总共没见你几面，怎么就生米做成熟饭了？"

晚上曹欣妍住我这边。按照水老师的话，她是我的人了，怎么还能住别人家？睡觉的时候，我说："我们做米饭吧？"一开始她没反应过来，等她明白我的意思，突然又是脸一红："你当老师的也这么坏？"我说："你当老师的，不也这么坏？"她问我这话什么意思，我说："有人告诉我，你和别人已经好了好多年了，我现在是捡人家好过的，这话的意思不是明摆着告诉我你早已和人家把生米做成熟饭了吗？"

"王四毛找过你？"

"别人给我带的话。"

曹欣妍突然流出了眼泪，说："这人咋这样？他干吗要这样？"她说她今天晚上就和我"生米做成熟饭"，让我看看她是不是和别人好过。她长到二十三岁了，在我之前还从来没和哪个男孩子牵过手，她一直守身如玉，就是为了等待一个能托付终身的人。这一次她之所以选择了我，除了相信缘分由天定，相信水老师对她好，相信我是个好人，也确实有要把自己从农村里嫁出来，还要嫁个好人家给王四毛看看的想法。假若她今天这么做了，明早起来我就不要她了，她也认了，她只能用这种方式来证明自己的清白。

我被她感动，也为自己的小肚鸡肠愧疚。我没有了"生米做成熟饭"的想法，更不能接受她用这种方式来证明自己的清白。

我和曹欣妍的事，就这样确定了下来。水老师说，曹欣妍临走的时候让他这个周末带上我和我的父母去一趟他们家，她爸爸要求的。她怕我嫌她事多，没敢跟我说。

这丫头也太小心了。这个我懂，在农村，婚姻大事一般都讲究男方主动，要把女方的面子给足。上门提亲，本也是我们要做的，只是没意识到老丈人这么性急。那就这个周末去一趟。

周日，水老师通过他的学生从公安局找了一辆小车，他们夫妇俩带上我，又顺道去我们家接上我父母。车上五个人有些挤。车进村子，土路上有些颠簸，车子慢了下来。路边有人张望，小孩跟着车子奔跑，哪家散养着的狗也追着车叫。水老师坐在前排，右手抓着侧上方的抓手，身子随着车子上下抖动，左右摇晃，目光凝视前方，那神情，像《南征北战》电影里的师长一般。还是水老师想得周到，坐着小车上门提亲，在农村还是很有面子的事。

车到曹欣妍家门前停下，立刻就有几个大人小孩凑了过来。胆子大一些的小孩，还想伸手往车上摸摸。站在车前一个穿军装的年轻人主动给他们介绍，说："这是吉普，我们部队首长都坐这种车。"有人问他："你们家来的什么人？"他侧过头来说："我姐夫。"

不用说，这个穿军装的年轻人就是曹欣妍的弟弟，仪表堂堂，就是眼神不定，欠点火候。他在部队当兵，也不知什么时候回来的。可以看出来，他非常喜欢这一身军装，回来探亲也舍不得脱。老丈人叫我们这一周过来，可能也是想趁着他的小儿子探亲在家过来见见。

曹欣妍家从老家到西边来的时间比我们家早，家里的条件要比我们家好一些。房子比我们家多，一长排，好多间。院子也比我们家大，院子里有牛，有羊，有猪，有鸡，一只漂亮的大黄狗卧在门口，不停地朝我摇晃着尾巴。房前屋后的杨树头上，好多鸟窝，叽叽喳喳的鸟鸣，像是在欢迎新女婿上门。

村子里好多山东人，老家都是一个地方的。中午来陪客的就有好几个姓曹的，那个王四毛的父亲也来了。曹、王两家原来是老亲。陪客的老乡都对我父母说，老两口真有福，把这么好的“大嫚”娶走了。有的说“大嫚”是他们老曹家的一朵花，有的说“大嫚”是他们山东人家的一朵花，还有人说“大嫚”是他们大队，是他们公社里的一朵花。

“大嫚”是“山东姑娘”的俗称、爱称。有人说“大嫚”听起来很土，其实意思很洋，“大嫚”是德语，在德语里就是“女士”的意思。说是山东“大嫚”的叫法跟当年德国侵占青岛有关系。但我坚信这个说法肯定跟有些人的胡编乱造有关系。

不管怎么说，我父母对他们的儿子找了“山东大嫚”一朵花这件事，心里头的感觉是美滋滋的。回来的路上，父亲就催促道：“赶快娶回来吧。”那意思就是我该结婚了。

事已至此，是该考虑娶回来的事了。但娶到哪里算是“娶回来”？曹欣妍

现在是公社中学的民办教师，调不到县里来，结了婚还把她放在公社那就不叫“娶回来”。“娶回来”就应该娶到自己家里。

找农村媳妇的现实问题立即显现。怎么办？我和水老师商量，凭我们现在的能力，最好的办法就是送她出去进修，进修回来，拿了文凭，再考虑转正调动的事。

每年教师进修考试都是在春季。事不宜迟，我立即去县教育局找局长，为曹欣妍要一个进修指标。局长是老工农干部，有些文化，人很干脆，说话也很干脆，他说：“你这么好的一个年轻人，怎么跑到农村去找一个民办老师？”我回答得也很干脆：“城里实在找不上了，只有找个农村的。”局长摇摇头说：“你麻烦的事情还在后头呢。”

拿上进修指标，我又跑了一趟公社，去找曹欣妍的校长，请求他同意放曹欣妍出去上学进修两年。校长满口答应，但决定权在公社文教干事。

我又去找文教干事。文教干事说，教师进修的事关键是学校同意放才行。我说校长已经同意了。文教干事说校长同意了是好事，但这只是解决问题的第一步，到了公社这一关，关键是公社书记同意了才行。

我又去找公社书记。书记坐在办公桌前，正在整理东西，不像办公的样子，旁边还有两个小伙子在帮忙。我怕影响书记工作，不敢多耽搁，赶忙自我介绍说我是县中学的老师，叫沈进兵，来公社给对象办理进修的事，文教干事说要书记批示同意了才行。

书记听了我的自我介绍，立即放下手头的事，笑呵呵地站起来，一脸和蔼地向我伸出手：“沈老师好！我姓曾，曾祥贤，曾玫的父亲。”

啊？是曾书记？我双手握了过去，曾书记也把另一只手放在我的手背上拍了拍，很亲切地招呼我坐下。

曾玫是我班上的学生，去年上高一的时候，她母亲从农场调到县里来工作，她也跟着从农场转到县中学来上学。我们高一年级共有四个平行班，我班上的学生人数最多，教务处一开始没想把曾玫安排到我们班，可那三个班的班主任都说班上的人太多了，不愿接收。其实他们主要害怕下面转上来的学生学习不好，影响班上的总体成绩。现在老师们私底下都暗暗较着劲，都想让自己班的成绩比别的班好一些。

教务处转了一大圈也没把曾玫上学的班级落实下来，学生和家长都有些着急。曾玫的母亲刚调到县里来，在一个单位里当会计，她托人找到我们学校的会计，看能不能私下里给哪个班主任说一下，把她孩子收下。学校会计找到我说："有一个从农场转过来的学生，其他班都安排不下去，你收下吧？"我说："没问题，来吧。"就这样，曾玫到了我们班。

别人带班喜欢人少，人少好带，我喜欢人多，人多热闹，五六十个人一个班，多有气势啊！

当老师的都喜欢学习好的学生，好教好带。但我觉得学习差的，调皮一些的学生更有带头。开家长会的时候，孩子学习好的家长，看孩子成绩好了，他说是孩子聪明，成绩差了，他说是学校不行，老师没教好。唯有那些不好好学习，成绩差的学生的家长，哪怕他的孩子有一点点进步，都对老师感激不尽。毕业以后，成绩好的学生都远走高飞了，唯有那些成绩差的学生还会时常出现在你的身边。

这一次曾玫算是让我捡着了，她不仅学习好，人还沉稳，说话做事有板有眼，我一问，她初中三年一直都是班长。于是我让她在班上担任团支部书记。

曾玫妈妈对我说，女儿刚转过来的时候，分到哪个班都不要，对女儿的打击可大了，她觉得自己就这么差吗？到了我们班，我还让她当了团支部书记，女儿的自信心一下子又回来了。所以他们家对我可感激了，她女儿对我也可崇拜了。

但那时我们都不知道曾玫的爸爸是在下面当公社书记的。最近，县里风传，有一个公社书记要提任县委副书记了，这个人就是我班里曾玫的爸爸。有人说，沈老师这家伙就是有长远眼光，但我自己连曾玫爸爸在哪个公社当书记都不知道。

这会儿我坐在曾书记的办公室里，心里一阵懊恼，要是早一点来找曾书记多好，曹欣妍进修的事没准他就给我办了。现在看到曾书记在收拾办公室，人家都要走了，去县里上任了，这事还能给我办吗？

当领导的就是大气，曾书记看懂了我的心思，说："沈老师，你写个报告，就说公社中学的曹欣妍是你未婚妻，县教育局拟于今年安排她脱产进修两年，请公社中学同意放行，我给你批一下，以后就不会扯皮了。"

我感动得写报告的手都抖。曾书记交代："报告的落款日期往前提两天，不要让别人觉得我今天都离开公社了，还在批条子。其实不提前也没关系，我到县委工作也分管教育，批一个民办老师进修还是可以的。"

曾书记在我的报告上批了字之后说，这恐怕是他在公社书记的位子上批的最后一个条子了。

有了曾书记的批示，接下来的事办得都很顺。公社中学的校长说："文教干事其实是玩了一个花样，这事根本就不需要公社书记批，文教干事以为你批不来这个条子，所以把你支到公社书记那儿去。结果没想到你把这个条子批来了，这一下，他也就没有脾气了。"

我一看校长这么为我们说话，我也就趁热打铁，提了个要求，说："教师进修招生考试很快就要开始了，希望校长能给曹欣妍批个假，让她到县里集中复习一段时间。"校长说："可以，但曹老师请了假，她的课就要由同年级其他老师分担着带，沈老师你既然来了，中午咱们就和他们年级组的几个老师一起吃个饭，大家一起说说，反正曹老师是要走的人了，就当送行了。"

这个校长真是不简单，事情办得滴水不漏。

到公社才半天，事情都已经办完了，我和曹欣妍还没见面，她还不知道我到公社来了。校长打发人去喊曹欣妍过来，说我在校长办公室等她，曹欣妍怎么也不相信这话是真的，我怎么可能突然跑到他们学校来呢？她百分之二百地以为别人在跟她开玩笑，拿她开涮。等她到了校长办公室，真的见到了我，一下子紧张得手足无措，脸憋得通红，也不知道该怎样跟我打招呼。

午饭是校长安排的，我说我请大家，校长不同意，他说他这是嫁女儿呢，新女婿第一次上门，东家肯定由他这个一校之长来做。校长说：“下午没课的，好好陪沈老师喝几杯。”我说：“我不会喝酒。”校长说：“你不喝别人怎么知道你会不会喝，喝几杯我们看看就知道了。”

曹欣妍没见过我喝酒，她也不知道我能不能喝。她就是知道我不能喝，现在也不好插话，她说也不会有人听。她的同事都在拿我们两个说事，而且都想把我灌醉，新女婿上门被灌醉是娘家人最值得炫耀的事。

今天是难逃醉酒这一劫了。喝一杯是醉，两杯也是醉，反正是醉，喝十杯八杯又何妨？与其让人家翻来覆去地劝，还不如来点痛快的，待将来别人忆起这一节的时候，还能说上一句：“沈老师不能喝，但他敢喝。”

回到县里，水老师说：“你能把曹欣妍进修这件事办得这么利索真不容易，他们校长和文教干事两个人一直不对付，校长想办的，文教干事不同意，文教干事同意的校长不想办。现在机会有了，就看曹欣妍自己能不能把握住了。复习备考是眼下最为紧迫的事。”

本来已经说好了，我一回到县里，曹欣妍马上把学校那边的事安顿好，就立即到县里来复习。可是我回来好几天了，她还没过来，不知道她那儿又出了什么状况。

就在我这边火急火燎的时候，水老师又接到曹欣妍那边无可奈何的来信，说是她父亲提出先把婚订了再让她到县里来。我的个天呀，能不能让人省点心啊，赶快把试考了再说，行吗？

可这事谁能说得了？我第一次见那老丈人的时候，就觉得这是个倔老头。个子瘦小，下巴上花白的胡茬硬硬的，不是一般人能对付得了的。嘴角有点歪，道理一定不少。我就纳闷了，这么干瘦干瘦的一个人，怎么就能生出那么一个高挑靓丽的闺女来？

水老师家阿姨说：“欣妍这丫头随了她娘了。”

我给水老师说了两条，第一条是同意订婚，时间放在下周。第二条是曹欣妍这个周末必须来县里先复习，下周末我们一起回去订婚。否则，还有第三条我没说，水老师也明白，所以他给曹欣妍的信上说："否则，你自己看吧。"

周六下午，我计算好曹欣妍到市里的时间，卡着点到车站等她。果然车到人到。她一见到我，有些意外，但没吃惊，好像有了上次我突然去他们公社和学校的经历，她对我的脾气和行事风格已有所了解了似的。

一见面她就问我："你怎么知道我一定会来。"我说："你要是不来我就跟车过去接你。"她说："你连说假话都不会，这趟车是从市里发过去返回来的，怎么可能还会再回去？"

我噢了一声，说："那我把时间搞错了。"她没接我的话，问我是不是已经把她的心思摸透了，觉得她一定会来？看来不管男人还是女人，都害怕被对方摸透了。心思被摸透了就没有了自我，可不是什么好事。

她说她差一点就不来了，还是她父亲催促她来的。我说："你父亲不是说不订婚不让你来吗？"她说："还是你厉害，我父亲说你把他斗败了。"我说："哪有，我哪敢和老丈人斗智斗勇。"

她说她看了水老师的信，心里有点气，觉得"否则"那句话肯定是我的意思，我在威胁她。她随手就把信递给了她父亲，她原以为父亲看了信一定会勃然大怒的，没想到他却爽朗一笑说："赶快去吧。"

父亲说，他喜欢你这个女婿，有礼数，有主意，对他闺女不薄。虽然在订婚这件事上把他拿住了，但他觉得你是为我好。男人就应该有主张，有个性，女人就应该以男人为中心，多将就男人一些才对。

哈哈，我这个老丈人还真有两下子。

我满心欢喜地把曹欣妍领到照相馆。她问干啥，我说先去把结婚照拍了。她说她没收拾，也没带衣服，这样怎么拍结婚照？我说："老土了吧，拍结婚照哪有自己收拾，穿自己衣服的，都是人家化妆，穿人家的婚纱。"她不好意思地脸红了，我意识到不该说她老土。

实际上我也是老土，我事先去了一趟照相馆，才知道拍结婚照是怎么回事。但真来照了，我发现我还是没有完全知道拍结婚照是怎么回事。原来男人换衬衣西装，女人换婚纱的时候，里面都是真空的，人家照相馆化妆的人是出去的，化妆间里只留我们两个人，气氛一下子尴尬了起来。拖延片刻，两个人各自背过脸去，各换各的衣服。

好半天了，外面敲门问："换好没有？"曹欣妍好像一下子急了，喊我快给她帮忙。我转过脸去，她还是一抹白白的后背对着我，原来这婚纱裙一个人穿不上。这一会儿，一催一急，她也顾不了那么多了。她的脸成了红布，我的心成了大鼓。换好衣服，开门出去的时候，化妆师说了句："你们俩在里面干吗呢？"

照完相，回到县里，先去了水老师家。水老师家的阿姨见到欣妍亲热得像姐妹又像母女，我现在也只有跟着曹欣妍叫人家"阿姨"了。水老师问我下午到哪去了，我说去市里接她了。水老师愣了半天，说了句："真有你的。"

晚上就寝，因为有了照相馆的那一幕，两个人之间的那张遮羞布好像已经揭开。我说："睡我床上吧？"她没说话，脸又成了红布。

洗漱完毕，我出去倒水，转回身时她已经关了灯，钻进了被窝。我随手再把灯打开，脱衣上床。她让我快关灯，我说："关灯干吗？照相馆不都没关灯，而且还是大白天。"她说："你讨厌，三个妹妹都在外面呢。"我说："她们学习，不会过来。"她自己摸索着爬起来，双臂抱胸，跑去把灯关了。

这女人真是个怪物，她的脸皮其实比男人厚多了。下午，在照相馆化妆间春光乍泄的时候还是一脸羞涩，这一会儿，在只有两个人的卧房里，她已经敢给你阳光灿烂了，虽然扭捏，但那也只是矜持的姿态了。

单人床太窄，两个人很挤，我再故意往里挤一挤，她已经侧身贴墙，无处可躲。但她蜷缩着身子，像是个蜗牛。

好一会儿，她突然转过身来，问我胸前什么东西硌得她脊背疼。我说是平安扣，四季平安扣，我们家三代单传。曹欣妍很好奇，她要看看。我打开灯，她把平安扣捧在手心里，古铜钱形状，系着梅花结，祖母绿，有四季豆荚、蝙蝠图案，就是一枚玉佩，保平安的护身符。

她问这扣要一直戴着吗？我说不用，等我们结了婚就不戴了，下一次就该传给我的儿子了。她说要是女儿呢？我说要是女儿就失传了，平安扣传男不传女。

曹欣妍参加完进修考试，我就和她去县民政局把证领了。领证的时候最可笑，发证的是一个当地土生土长的小姑娘，普通话说得不是很好。她两只手的大指头往一起一靠，问：“你们好了？”我们点点头，说：“好了”。接着她又把两个大指头往两边分开，说：“结了婚就不能这样了。”我们一边摇头一边回答：“不这样。”

在民政局领了结婚证，又去计划生育办公室领取计划生育证。发证的是个老太太，我高中同学的母亲。老太太叮嘱我们，结了婚，不要光顾着高兴，高兴的时候也别忘了计划生育，一定要采取避孕措施。

同学母亲一下给我们送了好几盒避孕套和避孕膜，够用好多年的。曹欣妍问我，这东西不过期吗，我说不怕，我们抓紧用。

曹欣妍突然羞涩起来，说：“我们前期一直都没用过这些东西，现在用还来得及吗？”我说：“来得及，亡羊补牢，为时未晚。”

她突然神采飞扬起来，说：“亏你还是学中文的，这是亡羊补牢的事吗？”我说：“反正是夫妻之间的事。”

曹欣妍这几天老是担心她考得不好，怕考不上。我说：“没事，咱再努力努力，我去跑一趟教育学院，找找人，托托关系，看能不能照顾录取。”我让她在家等着，我快去快回。

按当时政策规定，男二十五岁、女二十三岁属于晚婚，有十几天的婚假。我们的婚礼估计要放到暑假里了，毕竟做家具，买东西，收拾院子，布置新房，都需要些时日。暑假的时候也就无所谓婚假了，我提前把婚假用了，不用也浪费了。

去教育学院之前，我到市里先做了三件事，一件是先到邮局给我同学贾东阳打个电话，他在教育学院进修，我去了住他那儿。另一件是顺道到照相馆把我和曹欣妍的结婚照取了。再一件就是到师范学院找我的老师给教育学院的教务主任写封信，我的老师和教育学院教务主任是同学，带上信心里有点底气。

到了教育学院天已经黑了，贾东阳带我在外面吃饭。毕业后几年没见，贾东阳还是那么高高瘦瘦，文文弱弱。我说："你这结了婚有了老婆的人怎么还养不胖？"他说："有几个男人结了婚会胖的？"说着他还是习惯性地挤一下右眼，挤眉弄眼是他的老毛病。他在两种情况下爱挤右眼，一种是挑逗女孩子的时候，另一种是男孩子之间谈论女孩子的时候。看来这老毛病还是不容易改掉的。

吃完饭，贾东阳问我晚上去不去教务主任家？我觉得时间有点晚，去人家家里有点冒昧，可能不太合适，决定还是明天去办公室找他。

贾东阳看我没事了，突然神秘起来说:"带你去见一个人？""见谁？"我问。"见了你就知道了。"故弄玄虚也是贾东阳的老毛病，他每每故弄玄虚的时候，鼻子底下那一缕毛茸茸的小胡子都会不自觉地跳。

一排平房宿舍，很破旧。宿舍里有灯光，窗帘拉得很严实，什么也看不见。贾东阳敲门，里面传出女生的声音："谁呀？"

"沈进兵。"贾东阳报出我的名字。不用说，肯定是我认识的。

好半天，门开了，一个披着一头湿发，端着一个洗脸盆的女生出现在面前。

"六月红"？我一阵惊讶地说："怎么是你？"

“不是我你敲门干吗？”

“不是我敲的，是贾东阳敲的。”

“不是你敲的，那你可以走了。”

这话已经很不友好了。几年没见，见面说话还是这么冲，吃了枪药一般。贾东阳一看情况不妙，没准这股无名之火很快就会烧到他头上，那可不是他能招架的，还是趁早撤了为好。贾东阳扭头走了，走时还不忘留下一句：“你们聊啊。”

贾东阳一走，六月红“啪”的一声把门使劲一关，“咣当”一声把手里的洗脸盆往地上一扔，回过头来把我一抱，两个人就亲吻到了一起。

“当当——”，传来一阵敲门声。

六月红开开门，是贾东阳。他问：“你们没事吧？”显然他刚才听到六月红扔盆子的声音了。

“你浑蛋！”六月红怒吼一声，“能有什么事？”

六月红，本名刘月红，我喜欢叫她六月红。六月里，池塘里的荷花，山野里的花椒，热烈的味道。她是我的同班同学，我的梦中情人。阴差阳错的机缘，我们没能走到一起。大学毕业的时候，我送了她一句话：“别了，如果是永远，那就是永别。”她回我一句话：“如果你不去看我，那就是永别。”那意思，分明是在告诉我，她是不会来看我的。没想到，这次却在这里意外相见了。

“你是来看我的吗？”

“我是来办事的。”

“这几年过得好吗？”

“我结婚了。”我掏出带在身上的结婚照给她看。

“给我看这个什么意思？”说着眼泪就出来了。

男人最经不住的东西就是眼泪。我知道，这里不能久待。今天坐了一天车，有些累，我得回贾东阳宿舍休息，别让他等久了。我说我还要在这待几天，再聊。她约我明天一起吃早饭，她带我去吃一个特色早餐大骨头汤泡油条。我说好。

回到贾东阳宿舍，我们又聊了一会儿。他对我说，六月红今天是专门为我梳洗打扮，准备明天迎接我的。我说他就尽胡说。他说是真的，他今天下午告诉她了，说我今天晚上要来教育学院，明天大家见面，她特别兴奋。她肯定没想到我们今天晚上会去她宿舍，刚好碰到她一个人在宿舍洗头，她有些不好意思，所以见了我就有了她惯常的“变态反应”。

我琢磨着贾东阳的话，回想着刚才在六月红宿舍的情景，突然决定，明天回去。

贾东阳不知道我的心思，说：“你的事情还没办，教务主任还没见，怎么就突然要走？”我说：“教务主任不见了，估计见了也办不成，没有必要给人家送这个脸子。”

贾东阳又说：“六月红不是还约你明早一起吃大骨头汤泡油条呢吗？”我说：“你给她解释一下吧，就说我突然有事提前走了，她会理解的。”

贾东阳室友听到我们俩的对话，说：“沈老师要是明早回去，刚好有个便车，可以跟车走。”我说：“真是天意，太谢谢了。”

昨天去，今天回，曹欣妍没想到我会这么快。她问事情办得怎么样，我如实告诉她事情没办，昨天晚上我在教育学院见到我的前女友了，她也在那进修。我说：“如果我今天再在那待一天，明天可能就要回来跟你离婚了。”

不知是因为事情没办成，担心自己的工作没着落，还是听我讲前女友的事有了压力，曹欣妍突然泪眼婆娑起来。我赶紧安慰，说：“没事的，你我已是夫妻，有我一口吃的就有你一口吃的，只要两个人在一起，吃糠咽菜也是快乐的，大不了我一个人的工资两个人花，不会让你饿着的。再说了，不到最后，不言放弃。教育学院上不了，咱就上县教师进修学校，退而求其次，也未必不行。”

“教师进修学校的唯一不足，就是学历低了些，学历的事以后再说呗。眼下，至少可以先解决夫妻分居的问题。新婚宴尔，要是真让你去了教育学院我还舍不得呢。昨天晚上和贾东阳睡一张床就已经很不适应了，我只害怕睡到半夜别把人家搂上了。”

她破涕为笑，问我：“那你搂人家没？”我说：“我等着回来搂你呀。”

教师进修录取名额下来了，曹欣妍果然被录取到了县教师进修学校。让人惊喜的是，今年教师进修学校的招生居然纳入到了地区师范学校的招生计划，毕业的时候发地区师范学校毕业证，教育上还在积极争取带中专指标上学，如果这件事能办下来，毕业的时候就能带中专指标分配工作，那可真是天上掉馅饼的大好事。

知道了这个结果，曹欣妍的心情一下子好了起来，催促道：“赶快把我娶过来吧。”

“干吗这么急？结婚证都领了，还怕我不要你？”我下意识调侃她，故意装作不着急的样子。但她没有心情跟我调侃，而是一脸严肃地对我说，她已经两个月没来月经了，而且已有妊娠反应，她母亲已经发现问题，问她是不是怀孕了。她很紧张。

啊？这样啊？我要有儿子了？

第二章

医生问：『您爱她吗？』我答：『爱，太爱了，不爱怎么能和她结婚？』

1

我常说，我这辈子，一不小心干了三件事，一是娶了个漂亮老婆，二是走了个仕途，三是把一家人从农村带出来，扔掉了干农活的锄头。

现在看来，我这个人的格局不大，所以没干成大事。就说找老婆吧，你要是再进一步问我爱她什么，我会告诉你，就两个字：漂亮。

爱漂亮的女人是男人的通病，男人爱的，就是女人的脸蛋，尤其年轻的时候。结婚以后，年岁稍长，谁还会一直关注你的老婆漂不漂亮？如果有人持续关注，那你就要小心了，没准他已经惦记上你老婆了。所以有人说，老婆漂亮的男人不长寿，因为他时时怀揣一颗放不下的心。

我要结婚了，同事们都很诧异，从没听说我谈恋爱，怎么突然就结婚了呢？我和曹欣妍从第一次见面到结婚办事，六个月时间，能这么快走到一起，还真的要好好谢谢水老师两口子。

我提着烟酒点心到水老师家谢媒，水老师一脸笑意，说自己辛辛苦苦陪了我好几年，最终只换得了抽烟喝酒吃点心的礼遇，太便宜我了。我说你比我实惠多了，我同样陪了你好几年，什么便宜没得到，结果还要给你买烟买酒买点心，还要接手你的女学生。

水老师把脸往左一侧，一字一顿地说道：“接手女学生这事你话不要说得太早，实践是检验真理的唯一标准，不到最后，你和曹欣妍到底谁被谁接管还在两可之间呢。”

水家阿姨接着就说：“进兵，你看看你们身边的何美丽和孙子航，这两个人的情况就是最好的例子。结婚前都觉得是何美丽追的孙子航，结了婚两个人的关系就倒了过来，孙子航整天围着何美丽转，一有了小孩，孙子航一下就成了家里干活的机器了。”

一说到何美丽和孙子航这两个人我就急了，说：“赶快打住，快别说这两个宝贝级的人物，腻歪死了，一想到这两个人我的牙就倒了。”

风流倜傥的孙子航大学一毕业就被分到县教学仪器站工作，何美丽在县文化馆搞群众舞蹈，文化和教育没分家的时候，两个人在机关联欢时因为一支探戈舞曲结缘，走到了一起。两个人的热乎劲就跟加了温的糖稀一样，黏糊得很，两个人到别人家串门都要挨得紧紧的坐在一起，说一句话看一眼对方，还要伸手拍一下对方的大腿，或者摸一下对方的肩膀，不知道这两个人在家里是不是也这样？

水老师嘿嘿一笑，好不得意，说：“这下知道我的女学生厉害了吧？”

我当然知道了，我自己班上的学生也是女同学比男同学厉害。班上的同学听说我要结婚了，有事没事就想逗逗我。男生充满了好奇，看我的眼光有些怪异，不知道他们私下里都在说些什么。女生们则热闹了很多，平时不敢往我跟前凑的，这几天都大着胆子惹我，逗我，嬉闹着要去看新房，吃喜糖，只有曾玫还是那么沉稳，不和她们凑到一起打趣我。

我交给曾玫一个任务，让她带几个女生去帮我收拾打扫一下新房。几个女生高高兴兴叽叽喳喳去我家忙了一下午，我放学回去的时候还没干完。我没看到曾玫，便问她们曾玫在哪儿，其他女生说她没来。这丫头，把别人派来了，自己不来，也会偷懒。

我们的婚礼定在七月十一号，学校放假的第二天。曹欣妍说她这个学期请假太多，不好意思再往县里跑了，准备婚礼的事就由我来办吧。我说：“没事，你把结婚的钱拿出来交给我就行，你就安安心心在家里等着我去接亲吧。”

听了我的话，曹欣妍低下头，没言语，羞愧起来。我这玩笑开得有点让她尴尬了，农村女孩出嫁，不要彩礼就算好的了，哪还有女方拿钱出来和你一起结婚的。我赶紧缓和气氛，说：“不要你钱，逗你玩儿呢。”

“你娶我是不是特委屈？”曹欣妍一直低着头。

我逗她说：“哪有，我们俩是鱼找鱼，虾找虾，王八找个鳖亲家，谁也别嫌弃谁。”

我知道曹欣妍的难处，民办老师，一个月不到二十块钱的工资，她能有多少积蓄？自己能把自己嫁出来就算不错了。我工作四年了，刚参加工作的时候一个月三十九块七毛九分钱的工资，学校要求每人每月存十块钱互助金，一年存了一百二十元钱。第二年工资涨到四十六元钱，每月存二十元钱，一年存二百四十元钱。第三年工资涨到五十四元钱，每月存三十元钱，两年存了七百二十元钱。四年相加，一千零八十元钱，很富有了。

结婚是件忙忙碌碌的事，有三样东西总是没有个够。第一样是时间，有的大龄青年，好多年前就开始准备结婚的事了，可真到结婚那一天还是很匆忙，还有好多事情都没想到。第二样是人手，结婚前好几天，哥们儿姐们儿就开始张罗忙活，可到婚礼上，帮忙的人再多也是个手忙脚乱，总有一些客人没招呼好。第三样就是钱，结婚就是个花钱的事，多少钱都能花得出去，钱多多花，钱少少花，总能把婚结了的。

按照农村的风俗，结婚前，男方一般都要给女方送些彩礼，至少要给些礼金，这事一般都由媒人来做。水老师怕我为难，问我怎么办，做不做？我说做，为什么不做？但怎么做，我和水老师都被难住了。给多了没有，给少了没面子，不给显得咱不懂事。关键要找一个恰到好处的说法。

我们老家讲，家距十里地，各地一乡风，一个地方有一个地方的风俗习惯，更何况咱这个地方全国各地五湖四海的人都有，就我和曹欣妍两家来说，我安徽，她山东，地区差异就十分明显。沉思片刻，我说就给一百零一块吧？

半晌，水老师突然脸朝左一侧，一巴掌拍在大腿上，说：“进兵真有你的！就给一百零一块。”

百里挑一的老婆娶回家，我猛然意识到，结婚晚了。结婚前，家里大人急得不行，都二十七岁了，还不找对象，可我自己却没事人一样，觉得才二十七岁，小着呢。结了婚才知道，婚姻原来是这么美好的东西，为什么要搞到这么晚呢？

秋季开学，我送曹欣妍去县教师进修学校报到。进修学校的兰校长是我高中时候的历史老师，我十七岁从老家转到县中学来上学，就在兰老师班上。现在兰老师的儿子、女儿又是我的学生，我们的师生感情也这么一代一代传承着。我带着曹欣妍拜见兰老师，兰老师开玩笑说："曹欣妍交给我你就放心吧。"

县城不大，县中学在东，进修学校在西，两三公里的路程，曹欣妍每天骑车子来回跑。车子还是她在娘家时候骑的，家里没人骑车子，她就带了过来。

入冬了，曹欣妍已经有五六个月的身孕，我问她自己骑车子行不行，要不要我接送，她说哪有那么娇气，我说还是小心一点好。

突然有一天，放学回来，曹欣妍的呢子大衣上满是泥土和草屑，我问怎么了，是不是摔跤了，她说刚才回来的时候，碰到一群穿路而过的羊群，避让不及摔倒了，半个身子都磕青了。好在冬天衣服穿得厚，要不然，路边石子肯定会把皮肉蹭烂的。我心疼大人，也心疼大人肚子里的"儿子"。

我说："明天起，我骑车子接送你。"

接送曹欣妍的路上，时常能碰到兰老师骑车子上下班。我以为兰老师看到我表现这么好，会表扬我是模范丈夫的，没想到，一次单独在一起的时候，兰老师却毫不留情地批评了我，说我太娇惯曹欣妍了，这么大的人了，还要每天骑车子接送。

我正想解释呢，兰老师接着又说，你这个老婆太娇气，这么大的个子，下场打篮球既不争抢，也不跑动，跟个电线杆似的，杵在场子里不动弹。劳动的时候也是，小个子同学抬把子，她却扶着一把铁锨站在那有一搭没一搭地铲两锨土。估计兰老师已经憋了很久了，终于逮到机会，一气儿把他想说的都说了出来。

看来曹欣妍怀孕的事，兰老师和同学们都不知道。她个子大，不出怀，再加上现在天冷了，外面穿着长大衣，更加看不出来。她怀孕六个月上场打篮球的事我知道，她跟我说过，当时我还说她胡闹，但她说老师和同学都让她上场，她也就上了，居然还没被人发现。

年前，父母亲回老家时，我给母亲讲了曹欣妍春节后的预产期，母亲愣了一下，她肯定没想到这么快，我们结婚才半年多。母亲说他们不回老家了，留下来照顾欣妍坐月子。我说回老家的事是早先定下的，老家的人等着呢，回吧。母亲还是不放心，总觉得儿媳妇坐月子她走了不好，我说："没事的，你们就等着年后回来抱孙子吧。"母亲说抱孙女也一样。

母亲再三叮嘱我："女人坐月子不能受累，不能受凉，不能受委屈。月子里，女人爱哭，什么原因也没有，就是想哭。你性子急，脾气不好，一定要有耐心，不能急躁。"

本来，我觉得现在的医疗条件好了，医院里生孩子已不是多难的事，县医院妇产科的罗主任又是自己人，还有水老师家的阿姨在，伺候个月子应该不是什么大问题。但现在让母亲这么一说，我还真觉得事情挺多的，不敢怠慢。

春节一过，我就天天守着妻，守着妻肚子里的"儿子"，静候这个小家伙到来。妻问："要是生出个丫头来咋办？"我嘿嘿一笑说："就这么一说。"

正月里，还是天寒地冻的季节。半夜，妻说肚子疼了，我赶快起床，跑过去把水老师家的阿姨喊上，一起去医院。

夜间的医院静悄悄的，接诊的医生很尽心，把妻安排到病房，叮嘱肚子疼得厉害了就喊她。妇产科罗主任给她们科里的医生护士都交代过，医生护士们都很好。病房是一排平房，房间很大，但产妇不多，邻床一对夫妇带着诞下三天的女婴，睡得很熟。我们进来时吵醒了他们，我非常抱歉地说声对不起，男的笑笑说："没什么，你老婆待会儿的动静会很大，女人都是这样。"

妻的肚子一阵紧似一阵地疼，我去找医生，医生带着护士把妻推进产房。产房连着病房，一门之隔，但产房里是凉的，没生火。医生叫护士给妻盖上被子，叫我把产房里的炉子架上火。铁皮炉子冰凉，炉膛里一堆从烟囱落下的湿漉漉的油烟土，难道这两天没人生孩子？

拿来火种，架好煤块，好半天着不起煤火来。浓浓的煤烟从铁皮炉子四周冒了出来，窜得旁边的病房里都是，医生一边叫护士赶快把窗户打开，一边狠狠地熊了我一句，说连煤火都不会架，她自己直接上手把炉盖打开。憋在炉膛里的浓烟像是一群放飞的鸽子，腾空而起，一下把医生熏得坐到地上，我赶紧伸手扶起医生，医生大喊，赶快把炉子抱出去。

抱走炉子，一股子湿漉漉的油烟土从烟囱里落了下来，刚才是烟道被堵住了。医生看到炉子的情况有点不好意思，问护士："炉子烟道被堵的事你们不知道？"

忙完炉子的事，才顾得上产床上的产妇。妻的腿是凉的，额头上却全是汗。水老师家的阿姨抓着妻的手，心疼地说："疼就喊出来，别忍了。"妻"哇"的一声连哭带喊地把晚上吃的东西都吐了出来，我的心瞬间收紧起来。

天亮了，当班医生下班，妻还在产床上号叫。妇产科罗主任过来，看看情况，对她表妹说，还是坚持顺产吧，让我们回去打几个荷包蛋拿来给产妇吃，待会儿配合接生的时候能用得上劲。

妻在产床上躺了八个小时，我就站在她身边守候了八个小时，寸步不离。她把孩子生下来了，我也累得站不住了，顺着门框就滑了下去，瘫坐在地上。半晌，妻吃力地问了句："是丫头吗？"

我一下从地上跳了起来，俯卧在床前，搂着妻的身子，眼泪夺眶而出，随口就骂骂咧咧蹦出几个字："谁知道他妈的是个什么。"

我突然觉得这女人太可怜了。这样的时刻，她居然还在关心生男生女的事情。她刚才看到我顺着门框滑落下去，误以为我是看到她生了女孩不高兴。其实我根本就没注意她生下来的是男孩还是女孩，而且刚生下来的婴儿，猛然间还都以为是男孩呢。

妻在产房的这一幕，长久地撞击着我的心灵。产房里的八个小时，成了我永久的记忆。现在的人不是都喜欢回头看看自己从哪里来的吗？陪着媳妇进一次产房吧，看看人是怎么来到这个世界上的，看一次你就会知道“人生”为什么不易。看看女人生产有多难，看一次你就会明白母亲为什么伟大。从这一刻起，我们会突然长大。人为什么要孝敬父母？百善孝为先。男人为什么要疼爱女人？是女人承载了人类与生俱来的痛苦和希望。男人如果不对女人好，辜负了女人的一片心，就该千刀万剐。

妻从产房转到病房，我去找兰老师请假，说曹欣妍生了。兰老师一脸懵懂地问我：“生什么？什么生了？”

我说：“曹欣妍生了，生孩子了，生了个女儿。”

好半天，兰老师才回过神来说：“你这个沈进兵呀，为什么不早说呢？让曹欣妍背了这么长时间‘娇气’的黑锅。这个曹欣妍也是，怎么就一点都没让人看出来呢？我郑重收回以前跟你说过的话，为曹欣妍恢复名誉。”

县中学的同事听说我老婆生了，首先关心的就是孩子是男孩还是女孩，我说丫头。

问话的人说：“丫头也好。”

旁边的人说：“哪有你这样说话的，什么叫丫头也好。”

帮腔的人说：“沈老师两口子真的是生儿生女都一样，他们老了不怕没人养，几个妹妹就把他们养起来了。”

我说：“妹妹我们管了，妹夫我们可没管过，人家将来认不认我们还不知道呢。”

我一共有六个妹妹，我工作以后，她们都相继跟我在县中学上学，大妹妹上了一个学期，二妹妹上了两年，两个人先后考上大学走了，下面的四个妹妹接着又都跟着我和妻在县里。

孩子上户口，先办出生证，妻问：“叫什么名字？”

我说：“就叫沈欣吧，我的姓，你的名，小名欣欣。”

“为什么不叫沈妍？”妻问。

我说：“再生一个叫沈妍，妍妍。”

“才不要呢，”妻说，“一听这名字还是个丫头片子。”

我说：“那就叫沈言。”

她说：“这还可以考虑。”

到派出所给沈欣上完户口回来后，妻问我：“是商品粮户口吧？”那一刻，我再也忍不住了，一把搂过妻：“是商品粮，你也会是商品粮。”

照顾月子我并不陌生，好像打小就会。我母亲生几个小妹妹的时候我就给她做过饭，我会做，我喜欢做，我还喜欢吃母亲剩下的红糖泡馓子、鸡汤挂面、疙瘩汤煮荷包蛋，好像母亲每次都会吃不完剩下一些。

妻的月子饭肯定要比我母亲那时候丰富了很多，但我最拿手的还是母亲坐月子时候吃的饭，唯一不足的就是鸡汤挂面吃少了。妻是难产，生产的时候有裂口，医生交代少吃鸡，害怕对伤口愈合不利。妻说她一个月子都吃成安徽人了，我说她本就是安徽媳妇呀。

伺候月子最难做的是两件事。一件是洗小孩的屎尿布，屎是稀的，黑黑的，黏黏糊糊的，油性很大，难洗，洗完了还要用开水烫，太阳晒，消消毒，对小孩好。另一件是洗妻的脏衣裤，血迹斑斑好难看，一股子血腥味好难闻。洗小孩尿布的时候我是瞪大眼睛怕洗不干净，洗妻血裤的时候我是闭着眼睛不敢看。我惊叹这女人身体里到底有多少血，总是流不完。

月婆子好伺候，月娃子难带，你把所有的爱都给她了，她还是喜欢在夜间里啼哭，吵得我实在心烦了，腿一伸，照着包裹在欣欣身上的小被子踹了两脚。哎，你别说，还真有效，欣欣不哭了，她以为我那是摇晃她呢。

一觉醒来，孩子不哭了，妻却蜷缩在墙角流眼泪。一大早看着一双泪眼，气不打一处来，这是怎么了？妻怯怯地，不说话，只是哭。我火了，说："哭什么哭？我家死人了吗？"

妻被我骂得不吭声，好半天憋出一句差点让我背过气的话来："你是不是嫌弃她是丫头？"

妻可能跟水老师家的阿姨说什么了，要不阿姨不会突然凭空安慰起我来，说："进兵的福气真好，欣妍的奶水好，晚上不用起来给小孩喂奶粉，省了好多事。"阿姨这话倒是真的，很多城里长大的妈妈们，奶孩子的时候奶水都是不够的，家里人想着法子找各种偏方催奶。

我喜欢弥漫在房间里的坐月子的味道。空气里，被窝里，女儿身上，到处都是奶香味。味道的源头应该来自母体，我把鼻子拱到妻怀里，妻不明白我的意思，把我推到一边，说别闹。然而让我惊愕不解的是，在妻身上并没闻到奶香味。这人之初的味道居然来自我的宝贝女儿？

好闻的奶香味随着女儿一天天长大，慢慢淡去。妻照常上学，我照常上班，带孩子的事自然归了奶奶。奶奶说我们给欣欣起的名字好，没有方言和普通话的区别，安徽人，山东人，哪儿的人都叫欣欣，要不然她还不会叫呢。孙女就在奶奶一声声"欣欣""欣欣"的呼唤中成长着。

欣欣"小孩碰话"时发出的第一个声音不是爸也不是妈，居然是"奶"。"奶""奶"虽不连贯，一个字一个字蹦出来的，可听着真的就像是"奶奶"。奶奶由此高兴了好一阵，见人便说："我孙女会喊奶奶了。"可没过几天，这会喊奶奶了的孙女，突然又发不出"奶"的声音来了，不管奶奶怎么努力，就是教不会了。

我每次喂奶粉，都不停地摇晃着奶瓶，朝着女儿喊"奶""奶"。女儿看着奶瓶，手舞足蹈，嘴里却又突然发出"爸""爸"的声音来。

中秋节前的周末，妻要带女儿回娘家看看，我当然也得去。奶奶本来想带孙女回农村看爷爷的，其实是想让爷爷看孙女，现在儿媳妇要带欣欣回去看姥姥姥爷，母亲只好和几个妹妹一起回家提前陪父亲过中秋了。

生活在城里的农村女人回娘家心都比较贪，一个是不知道她想给娘家带多少东西，你就放手让她多带一些，结果她收拾到最后带的都是一些不值钱的，值钱的她一个也舍不得带，因为她本就没有多少值钱的东西。再一个就是不知道她回去要待多长时间为够，如果时间允许她好像回去就想待在家里不回来了似的，结果真的回到家了，一般都是三天的热度。第一天忙做饭，第二天收拾家务，第三天给爹娘洗衣服，第四天该走了。如果还有更多时间，必须在家再待个第四天的话，那第四天肯定就是会同学看朋友了。

回到姥姥家，欣欣认生，谁也不要，就缠着我。晚上睡觉前喝奶粉的事本就归我，现在更是没人能插上手了。喂奶粉，洗奶瓶，出门倒水的时候，没注意，一脚踩到卧在门口的狗腿上，我穿的是硬底皮鞋，狗被踩狠了，回头一口咬到我的脚后跟上。

全家人都围了过来，岳母拿起个笤帚忙着打狗，我说不要打了，它已经知道错了，蜷在那儿不动了。妻忙着扶我进屋，看我被咬的伤口，问要不要去医院，我说不用，明天回去到防疫站打狂犬疫苗。

一阵忙乱之后，一直没吭气的岳父开始骂人，骂他女儿，说这带孩子喂奶的事哪有大男人做的？他早就看不惯了，男人一天到晚忙着带孩子洗衣服，连袜子都要自己洗，还要你们女人干什么？

岳父骂着，我心里偷偷地乐着，要是我这脚早被狗咬了就好了。

早上起来，脚后跟的伤口开始流黄水，走路也开始瘸，岳父催我们赶快回去打针。直到我走，大黄狗依然蜷缩在墙根下面，连看我一眼的勇气都没有。我俯身摸摸它的头，安慰它一句：“没事，我回去打个针就好了。”大黄狗慢慢把身子伸直，僵硬的脖子也放松了下来。

回到县里，防疫站的人问我什么狗咬的，是不是野狗，我说不是，是我岳父家的狗。打针的人是个小姑娘，说那问题不大，但要坚持打针，一共打五针，今天一针，后天一针，第七天，第十四天，第二十八天，再各打一针。

发药的医生是个男的，他接过小姑娘的话说，岳父家的狗咬的，说明这个女婿的问题大了。我知道这个男医生是在开玩笑，民间说法，老丈人家的狗是不咬女婿的。女婿身上有女儿的味道，狗能闻得到。我赶忙解释，那狗是正当防卫，我误踩了它的腿，它误咬了我的脚。

母亲和妹妹们回来看到我腿瘸，忙问我怎么了，我说让老丈人家的狗咬了。母亲说："看你以后还瞎不瞎跑。"去老丈人家怎么叫瞎跑呢？看来母亲对我去老丈人家过节可能是有意见了，我赶紧多关心一下家里的情况，问问父亲怎么样，地里的农活怎么样。

3

小舅子当兵复员回来，直接到了县里，住到我们家。农村兵不负责安置，哪来的回哪去，但小舅子不想回农村，他要让姐姐、姐夫想办法给他在县里找个事做。妻说："你姐夫就是个教书的，他哪有那么大本事给你找个事做，姐姐到现在都还是个民办老师，就是个临时工。"小舅子说："那就让姐夫给我也找个临时工，姐夫教过那么多学生，有本事的家长多得是，找哪个有本事的家长说说还不能找个临时工干干？"

小舅子说得对，学生家长确实是一个重要的社会资源，小县城就这么大，家家户户都有上学的学生，县城里有能耐的人差不多都是学生家长，我的同事里就有经常做家访的人，利用家长关系办了不少事。我答应小舅子哪天找个学生家长说说看。

答应了小舅子的事，姐弟俩都很高兴。妻对小舅子说："找工作的事你姐夫慢慢想想办法，找找人，眼下没事你还是先回家陪陪爸爸妈妈，看看家里有没有什么事，帮他们干干。”小舅子对姐姐这话很不以为然，大冬天的，家里能有什么事，他就在姐姐、姐夫这儿待着，不回去了，爸爸妈妈要是在家待得着急了，他们也可以过来呀。

我这个小舅子看来不是什么善茬。好的方面看，他可能和姐姐亲，没把姐姐、姐夫当外人，就想和姐姐、姐夫待在一起。差的方面看，他可能就把姐姐、姐夫赖上了，他的事我们必须管，不管他就不走了。还有更糟糕的心理，没准他还在跟我家的人比呢，我的母亲和几个妹妹都在我们这儿，既然如此他为什么不能在这？

我母亲应该是看出了小舅子的心思，为了不让我和妻为难，免得因为她们这么多人在这而影响了我和曹欣妍的生活，当然也可能是因为父亲一个人在家，母亲不放心，开春后，母亲就提出要带欣欣回农村去。欣欣已经一岁了，会走路了，也会说好多话，奶奶和爷爷在家带她没问题。

欣欣跟着奶奶回了农村，家里一下子安静了很多。小舅子一时还没找到工作，天天待在家里也怪憋屈的，他就主动承担起家里一日三餐做饭的事。他在部队当过炊事班长，他最爱给我们炫耀的一件事就是，炊事班一个战士把半个没吃完的馒头扔到泔水桶里，他硬是逼着那战士把那半个馒头从泔水桶里捞起来吃了。这么强势的小舅子，突然委身在家里给我们做饭，甚至连我和他姐的衣服都给洗，这也太难为他了。我得赶紧想办法把他工作的事办了才好。

周末，妻回农村去看女儿，和我三个妹妹一起，我不回了，留下来办小舅子的事。小舅子赔着小心地问我准备把他办到哪个单位，我说联系一下酒厂看看。

酒厂厂长的孩子是我的学生，我跟这个学生说：“明天我去你们家见见你父亲。”学生很警觉，以为我要去家访，我说：“你别紧张，我去找你父亲办个事。”学生不好意思地笑了笑，马上表示热烈欢迎，问我什么事，要不要他回去先跟他父亲说说，我就把小舅子想干临时工的事说了，他说他晚上回去就跟他父亲说，估计问题不大，他们酒厂每年都要用很多临时工。

小舅子听说酒厂，一脸的兴奋，飘忽的眼睛都放了光，说酒厂好，是个老牌子企业，他这一阵在家没事，把县里好几家工厂都跑着看了，酒厂、修造厂、造纸厂、水泥厂，他都去了，他甚至还跑到山沟里看了煤矿，这些企业里属酒厂规模最大，他一直想，要是能到酒厂工作就好了。

人有时候也是挺容易满足的，种地的想做工，做工的想当干部，想法实现了，心里就满足了。但人的欲望又是没有止境的，站着想坐着，坐着想躺着，躺着还想搂着。我现在怎么也和水老师一样，一个人躺在床上老是睡不踏实，折腾半天，侧身抱着铺在我旁边的妻的被子，伸腿压着，好不容易睡着，屁股还撅在外头，半夜冻得冰凉。

早上我多睡了一会儿，小舅子把饭做好，推门进来喊我吃饭，我正站在窗前刮胡子，小舅子眼光落在我的床上，愣了一下，嗯了一声，退了出去，把门关上。我回头看看我的床上没什么异样呀，我和妻的两床被子整齐地铺陈在床上，并列着，被窝里像是还有人睡着吗？

这个小舅子，也真够一惊一乍的。

吃着早饭，我那酒厂的学生来了，说是他爸爸让我小舅子今天就到厂里去，我就不用再跑一趟了。这太出乎我的意料，我原以为就是人家答应帮忙，怎么也得等个十天半个月的，没想到这么快就给办了。

小舅子兴奋得饭碗一搁，换上一身崭新的军装，只是没有领章帽徽，骑上自行车，跟着我的学生一起去了酒厂。我心里的一件事总算落了下去。

小舅子对他姐姐说：“姐夫太厉害了，厂长说他们学生家长都特别敬重姐夫，说姐夫是县中学最好的老师，将来一定能当校长，所以姐夫一提出想让我去酒厂，厂长就说赶快来吧。我一定在酒厂好好干，不给姐夫丢脸。”

小舅子的话真假难辨，但上班了总是好事。一个人上班，全家人释怀，我和他姐，岳父岳母，我的父母，三家人都松了一口气。

春天的校园，生机盎然。县教育局通知调我到局教研室工作。这真是天上掉馅饼的大好事，这馅饼怎么就砸到我的头上了呢?

县里新成立一所职业中学，县中学的总务主任劳开利调职业中学当校长。教育局也要有专人负责职业教育工作，我被选中了。局长告诉我，县委曾祥贤副书记直接推荐了我。我心存感激，妻则毫不掩饰地直抒胸臆，说她这一下可以不回公社中学了。我问为什么，她说：“你都到教育局了，还不能把我留到县里？”

妻临近毕业，吊了他们两年胃口的中师指标还是没解决，原因是他们入学参加的是成人统考，师范生指标必须参加普通大中专统考。

中师指标解决不了，民办老师就不能调动，妻只好回她的公社中学，她是真的不想回去，当然我也不想让她回。妻说：“发挥你的聪明才智呀，你现在不是教育局的干部了吗，找个临时工干干也行。”这姐弟俩，还真像。

妻的话还真打开了我的思路。我去找局长，说妻进修学校毕业了，她要是回到公社，我一个人在县上带个孩子还真没办法搞，看局长能不能帮帮忙，把她调到城镇公社学校继续当民办老师。

局长听完我的诉求，看了我好半天，没说话。我心里发毛，也不知道局长怎么想的，给不给我办。

“就这么点要求？”局长终于发话。

还能有什么要求？我不知道该怎么说。就这已经给组织上添麻烦了，哪还能再有什么别的更高的要求？

“你现在知道麻烦了？”局长说，“两年前我就给你讲过麻烦的事情还在后头呢。”

“但麻烦已经找上了，我还能怎么办？”我哭丧着脸说。

局长笑笑，说：“别愁了，把你老婆放到新成立的职业中学当代课老师行不行？”

那一刻，我真想给局长深深地鞠上一躬。

这个结果是我和妻都没想到的，两颗悬着的心终于放了下来，顿觉浑身轻松。

夏日，正是农村里忙碌的季节，我和妻回去看女儿，爷爷奶奶在地里干活，女儿坐在地头铺着的一块毯子上，头顶支起一块布单遮阳。女儿看到爸爸妈妈来了，高兴地伸出双手要爸爸妈妈抱。我和妻也伸出双手，叫欣欣过来。欣欣居然乖乖地坐在毯子上，说：“宝宝不走，有土。”这肯定是爷爷奶奶交代的，我们的宝贝女儿居然就听了。我的眼泪在眼眶里打转。

我抱着女儿回家，路上有拖拉机“突”“突”“突”地走过，女儿高兴地喊：“呜呜”“呜呜”。女儿很有创意，拖拉机是“呜呜”。

回到家，女儿要我把“电啦啦”打开，好半天我才反应过来，她说的“电啦啦”就是收音机。小收音机是爷爷一个人在家寂寞的时候听的。

欣欣上午要加餐，奶奶用开水泡馒头，捏儿粒糖精放在里面，欣欣吃着对我们说：“馍馍好吃，甜。”

中饭，欣欣嚷着要吃鸡大腿，奶奶从炒茄子里挑出茄把子给欣欣，欣欣高兴地拿着茄把子给我和妻看，一边说着“鸡大腿”“鸡大腿”。

回应了女儿吃“鸡大腿”的兴奋之后，我跟父母商量，说你们两个在家既要忙地里的活，又要带欣欣，实在太辛苦。曹欣妍快毕业了，她的工作已经安排到了县职业中学。马上就放假了，我们想把欣欣带回到县里去，等到秋后地里活少了，奶奶再到县里来。

我的提议很突然，母亲一时没反应过来，随之就眼泪汪汪的。我知道，现在突然把欣欣从母亲身边带走，母亲是一百个舍不得。但我也舍不得，看到女儿对“糖精”的热爱，对“鸡大腿”的向往，我的心像刀割了一般。不是爷爷奶奶对孙女不疼爱，不是他们舍不得给孙女吃，实在是眼下农村里的条件就是这样。虽然回到县里我也未必能买得到白糖红糖，也未必能让女儿天天吃上真的鸡大腿，但县里的生活条件和生长环境肯定要比农村好一些。

你看人家何美丽、孙子航的女儿带得多精细，人家女儿只比我们欣欣大一岁，但那个头像大了三四岁的样子，经常可以听到孙子航说，他们女儿要赶快喂鸡蛋黄了，再不喂就晚了，要赶快给女儿喂钙粉了，再不喂就跟不上了。人家是科学喂养。我们女儿呢，连正常的饭食都不能保证，心里有愧呀。我今天也在心里对自己说：“赶快给女儿喂饱饭吧，要不就太对不住孩子了。”

回去的路上，妻说：“欣欣接回去你带呀？”

“我带。”我坚定地说。

“你这事做得太莽撞，”妻开始数落我，“你突然把欣欣接走，爷爷奶奶心里该多难受，他们肯定以为我们嫌他们没把欣欣带好。”

“说起来这事也怪我，”妻又自责起来，“要不是我那胡搅蛮缠的弟弟赖到我们家不走，奶奶也不会回去，奶奶要是不回去，欣欣有人带，三个妹妹有人管，我们吃饭也有人做，一家人亲亲热热的，多好。一颗老鼠屎坏了一锅粥，一家人的日子都让这一个人搅和得乱七八糟的。要是能做做工作让他住到集体宿舍去就好了。”

我说：“你可不要去捅这个马蜂窝，他那颗浮躁的心才刚刚安定下来，这时候你千万不要去招惹他。”我分析他的心理：“姐姐的家就是他的家，在他那些战友跟前，他和其他农村兵不一样，他的家在县里，所以他不回农村。在酒厂那些工友面前，他和其他临时工不一样，他是县里的人，他才不会去住集体宿舍呢。咱们还是满足一下他的虚荣心吧。”

妻叹息道：“请神容易送神难，而且这神还是不请自来的，也不知道这样的日子什么时候才是个头。”

“不用急，”我说，“牛奶会有的，面包会有的。”

欣欣半路上就嚷着要奶奶，不愿跟我们去县里。我说奶奶干完地里的活就来县里带欣欣。欣欣说她现在就要奶奶，我说县里也有个奶奶，回去就见到了。

水老师家的阿姨在家里没什么事，我想让她帮我们带欣欣。阿姨跟欣欣有感情，很乐意，欣欣对水奶奶有记忆，也认她。我们也不能让阿姨白带，正常付给她保姆费，但谁也不把话挑明，否则会不好意思。

女儿是爸爸的小棉袄，欣欣每天晚上都要跟我睡。带小孩睡觉的好处很多，一可以治失眠，躺在床上，专注于孩子，不能乱动，不胡思乱想，很快就睡着了。二可以睡懒觉，小孩睡眠时间长，大人也得跟着一起睡，不能晚睡，不用早起。

睡眠多了有时候也未必是好事。突然有一天，妻生出找茬的事来，我这才明白过来，我太大意了，我只带女儿睡，不带女儿妈妈睡，我是睡觉睡糊涂了吗？夫妻间的感情危机有时候就在睡觉之中不知不觉地潜伏着了。

妻从大衣柜的隔档里找出一叠避孕薄膜来，问我：“避孕膜为什么少了两张？”

“避孕膜为什么少了两张我咋知道，谁还能偷你这玩意儿？谁日子过得这么有心，连避孕膜有几张都是数着过的呢？”

“你少装糊涂，”妻气愤地说，“我一直把这个东西放在立柜隔档边上，躺在床上伸手就可以拿到。可你现在一个月都不用一次，还把它推到隔档里面，找也找不到，找到了还少了两张，你拿到哪儿和谁用了？”

原来是这样。时间长了没用是问题，少了两张是更大的问题。可怎么就能认定一定是我的问题？

我们有了欣欣之后，一直采取避孕措施，而且是听从了县计生办我那同学妈妈的建议，由妻放置避孕膜，我一直没经手这事。现在经妻这么一提醒，我突然想起来了，那天我收拾衣柜，放女儿的衣服，看到那膜就在衣柜隔档边上随便放着，要是被谁看见了多难为情，我就随手把那一叠膜往里面塞塞，这一塞，还把一叠塞成了两半，刚拿出一半在手，水奶奶过来接欣欣了，我就顺手一放，关了柜门。所谓少了的那两张膜应该就在隔档里的哪件衣服下面压着呢。

我说："你再找找，应该就在柜子里。"她说："你自己来找，看你能从哪儿变出两张来。"

我到柜子里翻了一会儿，还真没找到。妻站在柜子旁边，眼睛盯着我，她是在监视我，嘴里还无休止地叨叨，搞得我心烦意乱。我尽力回想那天的情景，很可能搁在女儿的衣服里面了。我把女儿的衣服散开，果然在衣服的夹层里。打开看了一下，还真是两张，随手递给站在旁边的妻。

本来我是想趁此机会说她两句的，但考虑到她的本意也是出于爱，而且这会儿已经像做错事的孩子一样站在旁边不吭气了，得饶人处且饶人吧。什么叫此处无声胜有声？现在就是，我越不说，她越心慌。我估计，她肠子都悔青了，为什么要让我知道她对避孕膜是数了数的呢？多浅薄啊。

夫妻之间最要紧的是信任，如果像防贼一样，是过不好的。人心一旦生变，看是看不住的。就像打篮球，哪一次投篮不是在全场紧逼盯人或是五人联防中突破的？

婚姻里，男人会把女人当成亲人，所以结婚是恋爱的坟墓。女人会把男人当成情人，所以爱情需要时时保鲜。男人是理性的，女人是感性的。理性和感性的交融点找到了，夫妻恩爱的钥匙就找到了。这是需要大智慧的。

不过这事倒是提醒了我，夫妻之间，睡觉也是一件敏感的事，大意不得。因为女儿，忽略了老婆，这还好理解，要是因为别的什么说不清道不明的原因而冷落老婆，那你就是有十八张嘴也不好说了。有些事，弄得不好就会为夫妻感情埋下隐患。

好早以前，刚结婚那会，我就曾发生过一次啼笑皆非的事。晚上我们在单身老师宿舍打牌，钻桌子，贴纸条，打得晚了，结束的时候，人家说："要不就睡这儿吧！"我说："就睡这儿吧。"衣服脱了，人家又说："啊？你还真睡这儿？你老婆咋办？"我想起我已经结婚了，爬起来就往家跑。

年初，县里准备召开教育工作会议，会议由教育局负责筹备。局长叫我把手头的其他事情都放下，主要负责起草会议讲话。

写东西需要安静的环境，办公室里人来人往比较嘈杂，静不下来，局长叫我拿上材料回家写。

这两年，我很少进我的书房，书房里的写字台，一直都是妻用着的，学习、备课，我尽量不进去打扰她。而且我这个老婆心比较大，说话直来直去，做事丢三落四，用过的东西随手乱丢，写字台让她搞得跟杂货店里的柜台一样，什么东西不是搁在上面，就是塞在下面，真要用了，找不着，还要问我："见我 ×× 东西了没？"我回她说："我平时很少进你这边来，看着你这一桌子乱七八糟的东西就心烦，怎么可能见到你的东西？"

这一次不进书房不行了，因为要写领导讲话，回家我就忙着收拾整理写字台上的东西，把妻堆在桌面上的那些横七竖八的书本、作业和资料都分门别类归整好。按照我的写作习惯，我把写作提纲和随手查阅的资料摆在桌面上，稿纸和底稿放在抽屉里，备用的资料放在写字台一头沉的柜子里。

一头沉的柜子底下真是太乱了，就像一个堆废纸的箱子，塞满了随手丢弃的废纸片。这些废纸片上都写有字，我还不敢把它们扔掉，万一有用咋办？我一页一页把它们叠齐捋平放好，想以此来现身说法教育一下妻：用过了的底稿，哪怕是废弃了的稿纸，也应该这样放。

我收拾着废纸，突然被一页皱皱巴巴的稿纸上的一行字吸引了："亲爱的王四毛同学"。嗯？什么意思？我有点心烦意乱，甚至还有点心惊肉跳。这应该是妻写给王四毛的信，开头一句，没有正文和内容，只是个底稿，大概写得不满意，重新写了。

这可是一个天大的发现。王四毛到底是他的老乡，同学，还是初恋？这一句"亲爱的王四毛同学"，至少说明两个问题，一个是他们一直有联系，有书信往来，只是我不知道。另一个是他们还有感情，是"亲爱的"，但也不是很近，是"同学"，是"王四毛"。但不管哪种情况，这件事必须引起高度警觉，不可大意。我决定将此事暗藏心底，暂不声张。

刚结婚那会儿，我就发现曹欣妍不是很讲究的人，用过的东西可以随手乱放，穿着鞋子可以在家里随处走动，穿着衣服可以在床上随意乱躺。生活不讲究这一点倒还好，我们还有点像。不是一家人不进一家门。家是过日子的地方，随意一些，自在一些最好。人是家的主人，不能成为家的奴隶。

但杂乱无章的生活也不是我要的。生活要有条理，不能乱糟糟的。家里的东西要归位，常用的东西随手就能拿到，不要到处翻找。特别是书房，我可以三个月不进去一次，两个月不看一本书，但我只要往书柜前一站，谁翻我的书了，马上就能知道。曹欣妍跟她的同学何美丽说我的心太细，她有点累。

何美丽直截了当地问我："沈老师，你对你们家曹欣妍是不是像防贼的一样防着呢？"

我说："这话怎么说起？"

"你老婆说你家哪天要是家里来人了而你正好不在，你回来就会问，谁来了？突然哪天就会问你的钢笔谁用了，家里的起子、钳子谁拿了。你把家里的东西都做上记号了？"

“这话说的，我真不是故意的，我用过的烟灰缸都会及时清理干净，有人来家里抽了烟，烟灰缸里有烟把子，我当然知道家里来人了。家里的东西我喜欢起子放在起子的地方，钳子放在钳子的地方，不要把起子、钳子放到锅上，更不要把扫帚、拖把摆在客厅，如果你物不归位我就找不到，当然我就要问这东西哪去了，谁拿了。”

何美丽哈哈一笑，说：“我知道肯定是这样的。我已经跟你老婆说过了，心细的男人好，做事认真，靠得住。”

心细的男人好不好不好说，但心太粗了的女人终归不好，这一次“亲爱的王四毛同学”的事，不就是她自己心粗惹的祸？要是她的心细一些，把写信的底稿收拾干净了，我哪能看到？

曹欣妍找何美丽诉说我心细的事真的是找错人了，何美丽不仅心细，干活也细。她的家几乎被打理得一尘不染，连那水泥抹就的窗台，都被擦洗得铮亮。你到她家去，如果不换拖鞋，她就会拿着个拖把跟着你，你走到哪她就在后面拖到哪。你刚坐下抽根烟，她就在旁边抬起手来在自己鼻子前作扇扇子状，三番五次之后，谁还到她家里去？

我老婆喜欢到她家去，她们毕竟是同学，好在我老婆倒没从何美丽身上学到管男人和洁癖的毛病，她依然还是那么大大咧咧地生活着，要不然这日子过得多累呀。

但人家孙子航倒没觉得他的生活有多累，何美丽把他管教得可好了，模范丈夫一个。洗衣做饭干家务，样样在行，连何美丽的裤头都是他洗，而且两天洗一次，如果孙子航出门在外不在家，何美丽两天一次换下来的裤头会积攒好几条搁在那儿等着他。在教育局，孙子航成了模范丈夫的代名词，结了婚的男人都爱说，向孙子航学习。孙子航说：“你们别再打趣我了，我老婆那张嘴是满嘴跑火车，我什么时候给她洗过裤头了？”

何美丽是搞舞蹈的，言行举止都有些夸张。她的裤头是不是由孙子航洗没人看见，也不知道，但我老婆说孙子航在家里什么事都干这倒是真的。我老婆现在动不动就爱说“你看人家孙老师”。

孙子航听了我的话，头摇得像拨浪鼓似的：“你别听女人那张嘴，她们是专捡对自己有利的话说。”他说他老婆在家最爱说的就是“你看人家沈老师”，外面办事能力多强，妹妹上学，老婆调动，小舅子工作，这几年给家里办了多少事。

不过我老婆跟我说的却和孙子航说的不一样，我老婆说，何美丽问她：“你一天到晚伺候他们家那么多人不累吗？”我老婆答：“沈进兵找我就是为了他那个家和那些妹妹。”

看来，听女人的话还真的要打折扣才行，你不知道她哪句是真哪句是假，跟谁说的是真跟谁说的是假。何美丽的话倒从另一个角度提醒了我，对老婆即使不需要像防贼的一样防着，至少也要搞清“亲爱的王四毛同学”这件事的来龙去脉，否则，搁到那里总是个心病。

我在家里写我的会议讲话。有人敲门。孙子航领来一个人，说是曹欣妍的同学，地区师范学校仪器站的王老师，他们来县教育局仪器站检查工作，抽空来我家看看。

王老师，年轻人，大个子，面皮白净，书卷气重。跟我站在一起，显出他的高大来，足比我高出快一个头。跟孙子航站在一起，显得孙子航就是个黑胖子。男人长成这样，走到哪，都不讨别的男人喜欢。

我老婆下班回来，一进门看到孙子航和王老师，先是吃惊，继而慌乱，随即蹦出一句话来：“你怎么来了？”

这话显然是冲着王老师说的，那王老师倒很平稳，轻轻一笑：“我来看看你。”

这一问一答之中有玄机，我突然意识到这两个人不是一般关系。送行的时候，我握着王老师的手问道：“王老师怎么称呼？”

“王四毛。”

狗崽子，你就是王四毛啊？你真是王四毛啊？我心里这么骂着，嘴上却

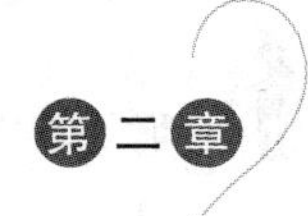

热情地说着："以后常来啊。"

以后常来？只要你敢，再来看看？

晚霞从窗外照在我面前的稿纸上。脑子里时不时地还会冒出想翻翻妻搁在写字台里那些东西的念头，看看她还有没有什么遗忘了的。

我继续写我的会议讲话，又有人敲门，是教育局的秘书。秘书告诉我，地区召开教育工作会议，明天集体报到，刚才地区来电话，叫我明天到会议上帮忙。我问到会议上找谁，秘书说就找会议上的人呗。

会议上那么多人，我找谁去？凭想象，电话应该是地区教育处打的，可我在会议上转了一大圈，见了那么多教育处的人都说没打。我头大了。

会议上见到了我们局长，局长问我干什么来了。原来局长不知道地区叫我来会议上帮忙的事呀？

我赶忙说昨天下午秘书通知我，地区打电话叫我到教育工作会议上来帮忙，可我找了半天也没找到打电话的人，问谁谁都说不知道。

局长听完直摇头，说："那个秘书不行，电话都不会接，会误事的。上次，秘书急急忙忙跑到我办公室，说县委来电话叫我过去一下。我问谁打的，说不知道。到县委哪个办公室？说不知道。你说，县委那么多领导，那么多部门，我去找谁？"

局长说着，话题一转，对我说："等教育工作会议开完回去，就把秘书换了，你来接。"

我接？我适合当秘书吗？我不知道该怎样回答局长。

我继续找打电话的人。在会议秘书组文印室，我意外见到了我同学贾东阳。同学相见，既高兴，又没正形。一顿胡侃之后，我问他在干吗，他问我来干吗。我说地区打电话叫我到会议上来帮忙，到了会议上却找不到打电话的人。贾东阳拽着我去教育处处长房间问问处长，贾东阳现在是教育处秘书，最近才调来，同学们都还不知道。

处长姓李，东北人，大舌头，一身的豪气，不像是搞教育的官员，倒像是体育老师。第一次见我们教育系统顶头上司的紧张心理一下子放松了，甚至连心底里的崇敬都失去大半，随之升腾起来的倒是几许哥们义气的东西。

贾东阳把我介绍给处长，处长伸出手来，爽朗一笑说："你就是沈进兵呀，我还以为是个大个子呢。个子小一点好，谭书记个子小，你比他高得太多不合适。"

我和贾东阳都让李处长的话搞得一头雾水，怎么拿我和别人比起个子来了？我看看贾东阳，贾东阳看看我，不明就里。李处长看出来我们俩的一脸懵懂，就对我说："地委谭副书记要调你给他当秘书，叫你来教育工作会议上帮忙的电话可能是地委办公室打的，你直接去地委办公室问问。"

我站在处长的房间没动弹，愣在那儿了。处长打趣我说："怎么了？被这突然降临的好事吓着了？年轻人，干大事的日子还在后头呢。"

我没被吓着，但有点蒙。地委是干什么的？地委副书记是多大的领导？怎么能选我来当秘书？长期在学校工作的人对这些事不是很懂，最大的领导我只见过县委的曾副书记，那还是我学生的家长。贾东阳懂，他知道地委是领导教育处的，地委副书记是管他们处长的。

什么叫初生牛犊不怕虎？什么叫无知者无畏？就我这样的。走出宾馆，我就去了地委，一幢好大的楼。传达室的门卫问我找谁，我说找谭书记。门卫说谭书记在地区宾馆，教育会议上。

我又拐回宾馆，刚进大门，身后过来一辆"巡洋舰"停到我身边。

"沈老师，参加教育工作会议？"车窗打开，是曾玫的爸爸曾书记。他也是来参加教育工作会议的。

我说地区打电话叫我来教育工作会议上帮忙，转了好半天，到现在还没找到人呢，也不知道谁打的电话。

曾书记一听，叫我赶快上他的车，他带我去见一个人。我跟着曾书记走进宾馆一个房间，见到房间里的人，曾书记说："老书记，我把人给你带来了。"

被曾书记尊称为"老书记"的人，矮墩墩的，很结实，一脸严肃。听了曾书记的介绍才冲我笑笑："小沈？沈进兵？"

我以为这个人不会笑呢，其实他笑起来也挺慈祥的。

曾书记说："小沈已经来了好半天了，但他只知道有人叫他到地区教育工作会议上来帮忙，其他的什么也不知道，所以他就没到你这儿来。"

"噢，是这样啊，保密工作做得不错嘛。"老书记说，"小沈啊，曾书记把你推荐给我当秘书了，地委办公室已经考察过了，正在给你办理调动手续，安排住处，开完会就不要回去了，这两天就跟我住一个房间。"

啊？眼前这个老书记就是地委谭副书记？调我给谭副书记当秘书？是曾书记推荐的？在这之前，我对这些事一无所知。

谭书记在地区管教育，曾书记在县里管教育。谭书记换秘书，自然要从教育上找，曾书记就推荐了我。曾书记以前和谭书记一起工作过，一个公社，谭书记当书记，曾书记当副书记。

曾书记走了，我留在了谭书记的房间。从这一刻起，我就是谭书记的秘书了。虽然我对怎么当秘书，秘书是干什么的，都很陌生，甚至一窍不通，但别人可不管我会不会当秘书，我就是秘书。周围的人都开始叫我沈秘书，连曾书记也不再叫我沈老师，而改称小沈了。"沈老师"是我和他女儿之间的关系，"小沈"是我和他之间的关系。"小沈"要比"沈老师"近。曾书记对我的这份厚爱和恩情，我当铭记在心，没齿难忘。

谭书记的房间不大，标准间，两张床。我不知道这秘书和领导单独待在一起的时候都该说些啥，做些啥。领导看文件，我干什么？走不是，坐不是，站不是，干什么都不是。领导看出了我的局促，说："小沈你没事先看看会议文件，熟悉一下工作。听说你也正在起草县里教育工作会议文件，看看你起草的文件和地区的文件有什么差别。”

白天可以看文件，晚上呢？更不自在。连上厕所我都得找个借口去楼道里的公共卫生间，房间里和谭书记同上一个厕所实在不好意思。

我从外面上完厕所回来，谭书记嘿嘿地笑着说：“小沈啊，你可能是我在任用的最后一个秘书了，人家说最后的就是最好的，就像家里的孩子，最小的就是最可爱的。过不了几年我就该退休了，所以这次选秘书的时候我就跟曾书记说了，让他帮我从县里找一个诚实厚道、脑瓜子好用的，以后我退休了还能帮着照顾照顾我。看来这个曾书记还真够用心的，还真是按照我的标准挑选的你，以后在我跟前不要搞得那么拘谨，像上厕所这类的事就不要再往外跑了，你在家里洗澡上厕所还回避你父亲吗？”

谭书记的几句话，说得我有些不好意思，觉得自己太小家子气了，同时也让我心里暖暖的，一下子拉近了我和谭书记的距离，觉得他就是一个长者。晚上睡觉的时候，谭书记叫我先睡，他还要看看文件。领导不睡我怎么能睡？我得陪着他才好。

吃早饭的时候司机小朱问我，昨晚睡得怎么样？我说还好。小朱瞪大了眼睛问谭书记没打呼噜？我说打了。他说：“打呼噜你还能睡得着？”我说：“睡得着呀，他打他的呼噜，我睡我的觉。”小朱不可思议地摇摇头说：“你是个神人。”

小朱不小，大我十来岁。他这个人肥头大耳的，我叫他朱师傅，不好意思叫他小朱。朱师傅直呼我小沈，不叫我沈秘书。他给谭书记开车已经十几年了，从县里跟到地区，秘书都已经换了两三任，司机还是他一个，方向盘还握在朱师傅手里头。看得出来，朱师傅和谭书记的感情很深。

朱师傅说："谭书记的呼噜是出了名的，谭书记在会议上的这个房间本来是和另一个领导两个人住的，但那个领导一听和谭书记一个房间，连忙摆手，说不住宾馆，回家。要不然哪能轮到你一个小秘书和领导住在一起？"

朱师傅什么人没见过？在他眼里，我就是一个生瓜蛋子，就是一个小秘书。头一天刚来，就和领导住在一起，他有点醋劲。和领导一个房间睡觉也是一种特殊待遇？朱师傅肯定和谭书记住过一个房间，要不然他怎么知道谭书记的呼噜大？谭书记也一定知道自己的呼噜大，要不他昨晚叫我先睡，他是想让我先睡着他再睡。我也是教书育人出身，凭我阅人的经验，像朱师傅这样在领导身边得宠的人，你千万不要把他当成开车的看，一定要把他看成是一个人物。

我庆幸自己刚才没说昨晚谭书记的呼噜吵得我没睡好，这样我在朱师傅面前就赢得了主动。朱师傅说原来不怕谭书记呼噜的只有一个人，谭书记家的阿姨，阿姨说她听不到老头子的呼噜声睡不着觉。现在又来了一个不怕呼噜的小秘书，真是奇缘。

呼噜哪有不吵人的？更何况谭书记的呼噜还真和别人的不一样，很有特点，一个是一口气吸过去，停顿好半天，没声了，让人好担心，就在你担心他一口气上不来了的时候，突然大呼一声，喘出气来，声音惊天动地，床都在抖。这还能不吵你？但吵了也说不吵，这是睿智。

开完会，我跟随谭书记回到地委机关，坐进谭书记外间办公室。安顿好自己的事务，谭书记嘱咐我去跟办公室主任报个到。

办公室主任姓肖，南方人，白面书生，教育工作会议上已经见过了的。肖主任未开口先带三分笑，说话轻声细语，先问我两件事，第一件事是市里有没有亲戚，可不可以先到亲戚家住几日，我说没有，主任说那我们尽快给你找个宿舍。第二件事是问我爱人在哪个单位工作，我说是代课教师，主任先是愣了一下，随即笑笑说，代课教师调动不了，那以后再说。

在地委机关没上几天班就是春节，我带着地委机关分给每人一份的年货回县里过年，大包小包的，有烟酒，有带鱼，有牛羊肉，还有各种点心、卤制品和新鲜蔬菜。领导机关的福利待遇就是不一样。可这么多东西我怎么拿呀。谭书记交代小朱：把沈秘书送回县里去。

出来十几天了，家里人肯定着急了，地区教育工作会议已经结束好多天了，怎么人还不回来？尤其是我那宝贝女儿，这半年来一直跟我睡觉，我十几天不在，她肯定天天晚上找爸爸。我急着想回去见到女儿。

年货装好，车子启动，朱师傅突然对我说："小沈不好意思，谭书记可能忘了，他还另外给我安排了别的事，我不能送你回县里了，只能把你送到车站，你坐班车回吧。"我说："没事，本来也不需要朱师傅送我，只是谭书记关心，不好推辞，那我现在就下去吧？"朱师傅客气一番说："没事没事，送你到车站，时间来得及。"

回到县里，下了车，正愁着这大包小包的东西怎么提呢，我的学生曾玫骑车子停到我身边说："沈秘书好！"

"啊，怎么是你，曾玫？两年多没见，省城回来的大学生，出落成大姑娘了。"冷不丁让她一声"沈秘书好"喊得我倒像是她的学生了一样，不自觉地有些羞涩起来。

"哎呀，当了大秘书还不好意思呢？"

"这死丫头，哪有这样跟老师说话的。"

曾玫边说边把我堆在雪地上的东西往她的自行车上搁。她说："县里的人都知道沈老师调到地区给大领导当秘书了，同学们说到这事都很高兴。古人说只有学生状元，没有老师状元，我们现在是先有老师状元，也不知道将来会不会有学生状元。"我说："我这个状元都是你爸爸栽培的。""我爸爸？"显然她不知道我当秘书的个中缘由，她爸爸什么都没跟她说。

妻也早就听说我调到地委当秘书了，要不我在地区十几天没回来，也没有任何消息，她早该急了。一见面，妻就大言不惭地说她是我的福星，是她给我带来的好运，自从我娶了她就好事不断，先是由学校调到教育局，现在又由县里调到地区。我女儿才不管那么多呢，爸爸回来了，就没妈妈什么事了，晚上睡觉，不要妈妈了，跟爸爸睡，要妈妈走。

大年初二，我和妻带着女儿回娘家拜年。我把从地委带回来的烟酒和点心装了一手提袋，妻提着，我抱着女儿，早早去车站坐班车。现在到哪去都比以前方便多了，县里到各个公社都通了班车。

人得意的时候容易忘形，也容易忘事。一路上我只顾和女儿玩，没顾及妻的感受，她这是回娘家，岂能受得了冷落。下车的时候人已经是气鼓鼓的了。我赶紧讨好似的问了句：“怎么了？”

“怎么了？你自己看看，回你们家的时候你是大包小包的，还要别人推着自行车帮你把东西送回家，现在回我们家就提这么一个手提袋还没装满，也不嫌丢人。”

我一片好心招来一顿怒怼。什么你们家，我们家，我的家不是你的家？我强压住火气没有发出，抱着女儿快步往前走。不理她了。

进得家门，岳父岳母都很诧异，问怎么今天就回来了？往年我们都是年初四回来的。我赶忙解释，今年和往年不一样，过年只有三天假，过完年就要回地区上班，上了班就没时间来了。

岳父很不领情地来了一句，那也没有年没过完就回娘家来的。我突然明白过来，妻他们老家的习俗，嫁出去的姑娘不能回娘家过年，年没过完，闺女回娘家是娘家人的耻辱，放在从前，是不会让我们进门的。

百里不同风，十里不同俗。在我们这个全国各地人都有的地方，大家约定俗成的都是年初二回娘家拜年。我们老家过年期间单日子不出门，双日子回娘家。可我老丈人他们尊崇的是他们老家的礼数，乱了人家的礼数就是不敬。

这一趟娘家回的，本来是满心欢喜，结果搞得灰头土脸，路上就招来了不快，进门又碰了一鼻子灰。我实在不想待下去了。我想回去，下午就走。

小舅子不让，他是年前回来的，在这个家里，小舅子觉得他和姐姐、姐夫最亲近，他早就说了，他这辈子就跟着姐姐、姐夫混了。现在姐夫又成了地委秘书，他更是跟定姐夫了。他才不管那么多呢，两眼一瞪，说来都来了，怎么能走？妻也不同意走，她觉得这样走了父母脸上挂不住，那这样待着我的脸上就能挂得住？

硬着头皮住了一晚上，第二天一大早我们就折返回县里，我一刻也不愿多待。妻知道我的脾气，她挡不住。她也知道她爹娘的死脑筋，拗不过来。昨天她还为回家东西带少了和我怄气，今天又为她爹娘慢待我们心生懊恼。嫁出去的姑娘泼出去的水。娘家和婆家就是不一样。婆家是家，娘家是亲戚。不待见我们，就得走。

地委机关里像我这样夫妻分居的单身汉有那么几个人，有的住集体宿舍，有的自己在外面租房子，都是从县里选调过来的，号称自己是“快乐的单身汉”。业余时间，有喜欢打牌的，有喜欢喝酒的，下班以后的生活丰富多彩。我因为才来时间不长，人都不是很熟，平时和他们在一起的时间不多。

我们宿舍住着两个人，各自都有事要做，为了不影响别人，我平时在办公室待得多，在宿舍里待得少。谭书记晚上经常到办公室加班，我得陪着，一时还没融进他们这些快乐单身汉的圈子。

贾东阳不是单身汉，但他却混迹于这个圈子之中，而且是圈子里的热心人。他告诫我说：“你不能游离于这个圈子之外太久，否则圈子里的人会排斥你的，现在就有人说你城府深，是块当官的料。”

我也想放松一下自己，可又总是觉得时间不够用，手头总有忙不完的事。昨天谭书记才交代写一篇文章，今天又安排跟他下乡调研，明天还要写调研报告。再说我自己又是一个新手，做事慢，又想做得好，花费的时间自然就比别人要多。而且还有大量当秘书的基本功课要做，上面的政策，下面的情况，手头的文件，分管的工作，这些情况都是要掌握的。只有把这些事都做好了，才能真正放松自己。现在的问题是，这些事总是做也做不完。

贾东阳说："还是你的心太重。时间挤一挤总是有的。"我说："人家是把时间挤出来干事，没让你把时间挤出来去玩。"

贾东阳说："俗话说得好，年轻的时候不折腾，老了你就没名声。一个月不喝几场大酒，一年不醉上几天，一辈子不放纵几次，真是少了太多的人生乐趣。"

我说："你这是从哪听来的俗话？纯属瞎话。照你这样没事就把屎盆子往自己头上扣的胡言乱语，早晚会给自己惹事的。"

果不其然，让我一语成谶。突然有一天，黄色录像不能看了，扫黄，各单位都开始清查看黄色录像的人和事。贾东阳和那几个爱看黄色录像的人都吓得大气不敢出一声，这事要是传出去，多难听，面上多难看？不过现在单位的人都好，不爱管别人的闲事，不知道的不乱猜，知道的也不乱说，只是私下里议论议论。

但这议论不知道怎么就传到贾东阳老婆的耳朵里去了。他老婆问他："你整天不是都到你同学沈进兵那儿去了吗？怎么跑出去看黄色录像了？"贾东阳坚持他就是在我这儿，坚决不承认看黄色录像。

贾东阳的观点是，有些事，不能承认的就坚决不承认，打死也不承认，哪怕让老婆把你堵到别人床上了，你也只能承认在人家床上睡了一觉，什么事也没干。

贾东阳老婆觉得一个大男人跑出去看黄色录像和在外面找女人是差不多的事，同样丢人，她硬是逼着贾东阳带着她一起来见我，她要搞清楚贾东阳平时到底是来我这了还是去看黄色录像了。

贾东阳老婆是贾东阳的学生，和我不熟。相传贾东阳求爱是通过批改作文夹带纸条传递情书的，所以他老婆一直对他不放心，看管得很紧，觉得他什么事都可能干得出来。

贾东阳陪着老婆来见我，他对老婆说，沈进兵晚上一般都在办公室，这么晚了他带一个女同志到地委领导办公室恐怕不合适，影响不好，于是他就带着老婆到他自己办公室给我打电话。电话通了，没人接，他想着我肯定不在办公室，他就使劲打，一遍不接，再打一遍，反复不停地打，说明他心里没鬼。

功夫不负有心人，贾东阳终于把电话打通了。电话通了，他却慌了。怎么说，说什么，跟我说岔了，露馅了怎么办？他采用先声夺人的策略，上来就骂："你他妈的这半天都不接电话，到哪去了？"

电话那头："你谁呀？"

贾东阳说："你他妈的别给我拿腔作势装神弄鬼的，我是谁你都听不出来？"

电话那头显然生气了，"啪"的一声把电话挂了。

贾东阳拿着话筒，听着电话里"嘟""嘟""嘟""嘟"挂断的声音，突然反应过来，坏了，这人不是沈进兵，是谭书记。于是拉起老婆就跑，赶快回家，走慢了别让谭书记派人来把他们抓走了。

贾东阳打电话误骂谭书记"你他妈的"的事还真把他们两口子吓着了。第二天贾东阳就找到我说他老婆叫我晚上到他们家吃饭，想把这事跟我说说。我说："没事，你们昨晚打电话那会儿我刚好上厕所了，上完厕所回来，谭书记就说他刚才接了我一朋友的电话，直骂他妈的。当时我就想肯定是你，没想到你老婆也在。"

贾东阳说只要谭书记这边没事，那昨晚这件事就坏事变好事了，他老婆现在已经后悔追究他看黄色录像的事了，要是现在我再能去帮他开脱开脱，他以后的日子一定就好过了。

我说："你那金屋藏娇的小媳妇也敢拿出来示人？"

贾东阳嘿嘿一笑说："你看看还是没问题的。"

贾东阳老婆真不能多看，看多了绝对出问题。身材娇小火辣，大热天的，穿得本来就少，领口再低一点，她在沙发对面一会儿给你倒水，一会儿给你上水果，那胸前的风光全都从圆圆的领口透给你了，让你脸红心跳，欲罢不能。

这个贾东阳，家里放着这么个尤物，还跑到外面看什么黄色录像？

贾东阳老婆姓花，名蕊。花蕊，一个让人想入非非的名字。我们同学都叫她"花儿"。

花儿，英语老师，和人自来熟那种，和她在一起绝对不会冷场。一顿饭的工夫，就听她不停地说，我和贾东阳都插不上嘴。我突然理解了贾东阳为什么喜欢往外跑，为什么在外面喜欢说，因为在家里什么都轮不到他。

花儿当着贾东阳的面，说她为什么一定要核实一下贾东阳平时到底是去我那儿了还是干了别的了，因为她对这个人失去了信任，他现在满嘴没有一句实话，而且他还故意要把实话当成假话说，让你搞不清东南西北。他说他去上厕所了，可能他去吃饭了，他说他在东边，一定是在西边，他说他去张家，你一定得去李家才能找到他。夫唱妇随，有时候你还得帮他说的假话打圆场，现在搞得她母亲都说她自从嫁给贾东阳嘴里也没实话了。

花儿的一席话让我刮目相看，这小女子还真不是胸大无脑的那种，我们过去误以为花儿就是贾东阳摆在家里的花瓶，今天一见，才知道花儿的智商和思想都不在贾东阳之下，她之所以在乎贾东阳误打电话的事，并不是因为她后悔追究贾东阳看黄色录像，而是担心会因此让谭书记怪罪下来，给我惹麻烦，大家都难看。至于贾东阳幻想的坏事变好事，从此过上好日子，那绝对是贾东阳的一厢情愿，严重误判。恰恰相反，花儿倒是要借这次事件，治贾东阳的臭毛病，没准我今天离开，明天两个人就要闹事。

果不其然，我又一语成谶。早上我刚走进办公室，就接到一个自称派出所郝所长的电话，问我是不是沈秘书，我说是。问我认不认识贾东阳，我说认识。问我方不方便到派出所来一趟，我问有什么事，他说贾东阳在派出所。我赶紧跟谭书记说，我有点事出去一下。

昨晚我走后，花儿不知道从哪儿借了录像机，还借了录像带，她拿出来让贾东阳放带子两个人看。贾东阳很熟练地把录像机连接到电视机上，开机一看，跳出来的居然是赤裸身体的画面，是他一直热追的黄带。他多少次都想过和老婆一起看带子，但他不敢说，也没这个条件，没想到老婆却把带子拿到家里来看，她居然也好这一口。

花儿第一次看这东西，面红耳赤的，问："这就是黄色录像？"贾东阳很痴迷，不停地咽吐沫，说："不然你以为这是什么？"花儿看他没出息的样子，心想，看你今天怎么表演。

"跟你们平时看的一样不一样？"花儿问，"有没有你们平时看的过瘾？"

"这些带子都是一样的，"贾东阳答，"没有艺术性，就是刺激性。"

"那你平时看带子的时候想没想过和我一起看？"

"想过，每次都想。但不敢说。"

花儿转过脸来怒视着他说："你不是没看过黄色录像吗？"贾东阳没想到，原来有诈，反悔也来不及了。花儿"啪"的一巴掌扇在贾东阳的脸上。

贾东阳被老婆一巴掌打蒙了，没想到她会来这么一招。男人是要脸面的，岂能受打脸之辱？回过神来，一拳砸在老婆的眼眶上。

花儿站起来就把茶几上的茶杯摔了，贾东阳把暖瓶砸了，而且扬言："你摔一块钱的东西，我就摔十块钱的东西。"花儿抱起凳子把茶几砸了，贾东阳抡起椅子把柜子砸了。花儿抱起录像机摔到地上，贾东阳抱起电视机砸了下去。就在两人战事不断升级的时候，门口传来敲门声。两个人以为是隔壁邻居来劝架的，没理会，继续吵，继续砸。外面继续敲门，边敲边说："派出所的，开门。"

打开门，进来两个人，果然是派出所的。

“你们俩在家干什么？”

“吵架。”两个人老实说了。

“吵架？录像带呢？”

贾东阳和花儿想着，他们原来是冲着这个来的？他们怎么知道我们看黄色录像？不能承认，绝不承认，打死也不承认。

派出所的人从地上捡起录像机，冲着贾东阳说：“还嘴硬，这是什么？机子还热着呢。你看黄色录像，老婆不让，你不听，吵架，老婆把录像机、电视机砸了，你把老婆打了。对不？走，跟我们走。”贾东阳被带到了派出所。

谭书记在地委分管文教政法口工作，政法系统的人一般都知道政法口有个沈秘书。我直接去了派出所郝所长的办公室，郝所长很热情，给我讲了贾东阳的情况，但只字未提看黄色录像的事。

讲完贾东阳的情况，郝所长说耽误沈秘书的工作了，那意思是我可以走了。

郝所长很热情地把我送到门口，叮嘱我如果派出所这边有什么事，随时可以给他打个电话，说着递给我一张名片，“这上面有我办公室和家里的电话。”

贾东阳下午一下班就跑到我办公室，进门就说：“谢谢老同学。”我说：“这有什么好谢的。”他说上午他从派出所出来的时候，所长告诉他：“回去吧，沈秘书专门来了一趟，没事了。”

我说：“这个所长姓郝，真的是个好所长，特别会说话会办事。”贾东阳叮嘱我：“和所长保持联系，以后没准还有用得着人家的地方呢。”我说：“派出所那地方你还想着要经常去呢？”贾东阳说：“好人就不去派出所办事了？”我赶紧把郝所长的电话记到本子上。

贾东阳还说，他老婆花儿上午到教育处找他们处长了，下午处长找他谈话，上来就问他什么时候离婚，贾东阳说他没想过要离婚。处长说离婚也没什么见不得人的，要离就早点离。贾东阳怔怔地看着处长，不知道处长想要表达什么意思，但转念想了想，没准哪天自己可能真的就会离婚的。我说别瞎想，离婚哪有那么简单的，吵吵闹闹的夫妻最长久，心里不搁事，吵完闹完就好了。

婚姻中的恩爱是有保质期的，居家过日子哪有天天恩爱如初的？俗话说，牙和舌头也会磕碰，天天在一个锅里吃饭，哪有不拌个嘴不怄个气的。

贾东阳说他的老婆他知道，说是磕磕碰碰一辈子，但打打闹闹久了总不是什么好事。

贾东阳问我和老婆吵不吵架，我说我们不吵架，但生气。我觉得夫妻之间最怕两件事，一怕吵架，吵架上瘾，一次吵了，下次张嘴就吵。二怕动手，一次动手，下次一吵架就想动手。吵架伤情，打架伤人。

我看过一个资料，说聪明的男人处理夫妻吵架问题有两招，一是哄老婆，哄好了自然就不吵了。戏言是灵验的：天干物燥，小心她闹，哄哄是良药。二是陪着她吵，吵完了，气出了，也就顺畅了。天上下雨地上流，小两口吵架不记仇。但这样的本事是修炼出来的，不是每一个男人都能有的，反正我就没有。

贾东阳说："你说的一点没错，我以前采取的就是'惹不起还躲不起？'的态度，老婆一找事，我抬腿就走，这一下坏了，她更气了，一个人憋在家里，生气找不到对象，吵架找不到对手，她就坐到门口等着你，等你一进门，接着再吵，躲是躲不掉了，只有奉陪到底。我现在就是一张嘴就想吵，一伸手就想打。"

听贾东阳这么一讲，我突然笑了起来，这夫妻之间的事还真都是相通的，夫妻之道没多少奥妙和技巧。幸福的家庭都是相似的，不幸的家庭各有各的不幸，看似不一样，其实都一样，吵架都那么吵，骂人都那么骂，打架都那么打，生气也是一样的，气惯了，我一生气都能气好几天，甚至个把月不理妻。有些人前面吵完架后面就好了，马上就能有说有笑。我做不到，我的气不生够不舒服。有时候正生着气，家里来人了，可以做到什么都没发生过的一样，但人一走，这气还要接着再生下去。女人不能打不能骂，生个气总是可以的吧？

贾东阳说生气多了也不好，气大伤身，气得时间长了就成了冷战，冷战的结果很容易把老婆往别的男人那儿推。如果哪个男人乘虚而入，很容易得手。

贾东阳的几句话把我心里说的毛毛的。我问贾东阳能不能租上房子，他问干吗，我说放暑假了，想把老婆接过来。贾东阳说："你早就该这么安排了，把家安到市里，让老婆来回跑。"我说："不行，我还有几个妹妹在县里上学，我老婆要带她们，给她们做饭。"贾东阳说："你老婆真好。"

贾东阳通过他的学生，很快在他们家附近找到了两间出租屋，平房，私人院落。房东两口子人很好，男的是医生，女的是老师，第一次见面不谈房租，就催我赶快搬进来住，说他们这房子本来就是空着的，现在我住进来算是帮他们看房子了。

老婆孩子一过来，家就算过来了。贾东阳两口子把我们叫到家里吃饭，为我老婆孩子接风。他们两口子结婚到现在一直没要孩子，两个人都不会亲热孩子，也可能压根就不喜欢小孩。我女儿认生，她就一直挤在妈妈怀里。

花儿不停地跟我说他们家贾东阳不好。贾东阳插不上话，就和我老婆有一搭没一搭地东拉西扯说几句。我老婆也可能觉得没意思，吃完饭就催促我回吧，女儿要早点睡觉。

回到家老婆就问我经常去贾东阳家吃饭吗？我说没有，这是第二次。她说她看我和那个"花儿"很熟，一顿饭花儿就没怎么理她们母女俩，只管不停地和我说，说我看花儿的眼神都直了。老婆的醋劲上来了，我赶紧赔着小心上床。

两口子的好多矛盾都是可以在被窝里解决的，不管白天气成什么样，晚上往一个被窝里一钻，什么问题都烟消云散了。可今天老婆成心要跟我过不去似的，不管我怎么努力，她就是烟不消云不散，不让我上手。

什么意思？惩罚我？

女人惩罚男人的做法可以有很多，最愚蠢的做法就是这种虐待式拒绝。男人通常有三种选择：一是说好话哄，得手了再收拾你。二是霸王硬上弓，生整。三是躲到一边生气去，再不理你，晾你一段时间，等着你求我。

我们好像还没到那么严重的程度，折腾了好半天，妻终于说出实情，她的那个膜在县里没带来。我一听是这么个原因，来劲了，要什么膜，谁叫你不带来的？

我上班了，妻带女儿在家没什么事，也挺无聊的。找个妻心情好的时候，我问她想不想见我的前女友。她问什么意思，我说就那个“六月红”。红儿？突然她直勾勾地盯着我，说：“怎么你的女人都是这个‘儿’那个‘儿’的。花儿，红儿，还有什么儿？”我说我的女人是妍儿。妻一下哈哈大笑，说：“你别那么酸了，我又不是何美丽，牙都酸掉了。”

女儿不知道爸爸妈妈为什么这么开心，但她知道开心了就好。女儿想学我们俩的对话，但她发不出儿化音来，就跟着“啊”“啊”地乱叫，逗得我们忍俊不禁，大笑不止。我突然觉得，一家人生活，开心的事不在房子大小，而在屋里的笑声。

六月红如今在市里中学当老师。贾东阳说，六月红在教育学院进修的时候，班上有一个追求者，但她一直若即若离的。贾东阳不知道我那趟教育学院之行跟六月红说了什么，我回来之后那两个人的关系突然有了快速发展。追求者的条件很好，在市教育局工作，六月红一毕业就调到市里来了。

我和六月红又是三年多没见了。我知道她在市里，她也知道我在地委，但一直没见。彼此没见不是不待见，而是刻意不见。刻意不见，其实是在等待自认为合适的机会。现在这个机会终于来了，六月红听说我老婆来了，她要请我老婆吃饭，她们一起带孩子过假期。

我真没想到，我问妻见不见六月红的时候，妻居然说："为什么不见？"我更没想到两个人居然一见如故，我成了空气。妻说："她爱过你，我爱着你，说明我和她有共同爱好。"乱说一气，这是爱好的事吗？

妻和六月红带孩子逛街，我没去，逛街是女人的事，大老爷们跟着有什么意思？逛完街回来，妻感慨："怨不得人都愿意往城里跑呢，这城市和县城就是不一样，太大了，转了这么老半天，满大街的人，居然一个认识的都没碰到。"我说："是啊，大千世界，茫茫人海，我们认识几个人，认识的人里朋友有多少，朋友里知己又能有几个？所以人们才说见面就是缘分。"

女儿抱着一个粉色的保温壶喝水，保温壶好漂亮，我问是不是妈妈买的，女儿说阿姨买的。

妻说我们的宝贝女儿可懂事了，她在百货商场玩具柜台看到一个好看的飞机，拉也拉不走，说："妈妈，我看看，不要。"听了妻的话，我问是哪个商场，然后骑上车子就往商场跑，一定要把那个飞机买回来。

到了那个商场，到了那个柜台，指着那个飞机："服务员，飞机。"

服务员拉开柜门，捧出飞机，递给我："三十。"

"三十块钱？"

"三十块钱。"

三十块钱什么概念？半个月工资，一个月生活费。我慢慢把飞机递回给服务员："这飞机真漂亮，但钱没带够，下次再买吧。"我随手指了指柜台里标价一块钱的小汽车，红色的，地上使劲摩擦两下，放手就能跑好远的那种。说就买它。这是迄今为止我给女儿买的第一个玩具。女儿拿上小汽车，不会玩，我在家里的水泥地面上摩擦两下，往前一送，小汽车就跑了，女儿咯咯咯地追着，跑着，笑着。屋里充满了女儿的笑声。

妻知道我心里不好受，想安慰我两句，可话还没出口，自己倒先掉出眼泪来了。我赶紧反过来安慰她，说："牛奶会有的，面包会有的，等你有了指标转了正，赶快调到市里来。”她说：“你还要让我回到县里去啊？”我说：“不去咋办，代课老师调动不了。”她说她听人说地区最近从师范学校分出来一个体育运动学校，那里有招录代课教师的。

成立体育运动学校的事我知道，是谭书记分管口子上的事，但体育学校使用代课教师的事我不知道。我问她听谁说的，她说听教育上的人说的。教育上的人说的？教育上的什么人跟她说的这件事？

就在我心里纳闷的时候，体育学校的校长来找我“汇报工作”，我说：“校长你可不要开玩笑，有什么事你只管吩咐，可不能说汇报工作。”校长说了些学校的事之后，突然说：“听说你爱人在县里当老师，可以把她调到我们体育学校去。”我说她是代课教师不能调动，他说没问题，他已经请示过体委主任了，说可以办，以后有了指标可以在他们那儿转正。

如果能这样当然更好。人家校长已经提前做过了功课，现在又主动找上门来，想来应该没什么问题，我总不能太过于刻板，不近人情，拒绝人家的好意，我不就是文教口子上的一个小秘书吗？也不能太端着，否则就不识抬举了。

真是踏破铁鞋无觅处，得来全不费工夫，妻的工作和调动这么难办的事，就这么简单地解决了，简单到让我都不敢相信这是真的。妻才不管那么多，工作和调动的事一解决，幸福得跟花一样。

妻到体育学校上班，我随谭书记去外地出差。妻早早帮我把出差要带的东西收拾好，行李箱，换洗衣服，洗漱用品，感冒药，治拉肚子的药，我说药不用带了，她说：“有备无患，我又不在你跟前。”

出差没几天，突然接到妻的电话，说是体育学校通知她回家，她的工作调动不了。我问她找校长了没，她说找了，但校长回避，不见她。这事来得太突然，也有些蹊跷，我让她不要着急，先在家待着，等我回去再说。妻在电话里哭了。

这事整的，真让人骑虎难下。怎么偏偏这个时候我不在家？真是心急火燎，一刻都等不了。我先给校长打个电话，问问情况？可问什么呢，人家让你回家，肯定是办不了了。可回家怎么办？工作没了，再回县里？多难堪，面子往哪搁？不行，我还是要问问校长，当时谁让你办这件事的？现在又是谁不让你办这件事的？你一推完事了，我们怎么办？这不是害人吗？

思虑再三，我还是不直接打这个电话为好，最好的办法，让贾东阳帮我摸摸情况，我不直接出面，有个缓冲，我也好争取主动，有个回旋。

贾东阳回话说，体校的校长就是个生瓜蛋子，搞专业出身，不会当领导。在我老婆工作问题上他至少犯了三个错误。一是误以为体育学校归体委管，找错了婆婆，体委说能办，教育处说不能办。结果是体委只管业务，人事权还在教育处。二是他太急于走上层路线，想结识我这个文教口的大秘书，不顾一切想把我老婆的事办好，结果出了过头力，揽下了一件办不成的事情。三是哥们儿义气太重，师范学校有个姓王的老师，给他讲了我老婆的事。他和姓王的老师是朋友，朋友的事是要办的。

姓王的老师？王老师？王四毛？原来问题出在这里了。我原以为这个问题一怪妻，她太急了，二怪我，太迁就她了，现在才知道这个问题的始作俑者居然是他，王四毛。不知道他私底下还给我老婆出了什么样的鬼点子。

这件事至少说明两个问题，一个是我老婆和王四毛还有联系，而且是私下里，背着我，我不知道。另一个是他们两个还有感情，有牵挂，放不下。

我的碗里飞进来一只苍蝇，饭不能吃了。倒掉。

10

出差回来，妻眼睛里放出光芒，觉得救星回来了。我好像被光芒刺着了，睁不开眼。晚上上床，黑暗中，没了光，眼睛合不上。妻想抱抱我，我挪了挪身子。“累了？”妻问我。我去了外间的小床上。

我记起贾东阳的话，生气不好，生气容易把老婆往别的男人那儿推，如果哪个男人乘虚而入，很容易得手。现在的问题是我不推她自己就往外跑怎么办？

我想见六月红。想红儿了。电话约见，她问到哪，我说：“你定。”她说到她家。我说：“家里不行，我想跟你说说话。”

她说：“那到哪，餐厅？”“乱哄哄的。”“压马路？”“招摇过市。”“逛公园？”“又不是情人幽会。”“还是到家里来吧，就我一个人在家，我给你煮大骨头汤泡油条吃。”她还忘不掉教育学院错过的那顿早餐。

人是由思想支配的动物。不想说话的时候，见到了想见的人，话就多了起来。肚子不饿，见到了想吃的东西，胃口大开。

红儿见我心情大好，打趣道：“不开心了？”

我不解地看着她说：“我明明很开心，你怎么知道我不开心？”

她笑笑说：“你的心情都写在脸上了，谁还读不懂。上学的时候就是这样的，肚子不饿的时候想吃饭，心情不好的时候想唱歌，心里苦闷的时候想见我。”

“你怎么知道我心里苦闷？”我依然不解地看着她。

她依然笑笑作答：“男人高兴的时候，想见一群女人，显摆；有欲望的时候想见情人，做爱；要排解的时候想见前女友，倾诉。说吧，那么好的小媳妇，感情上出了什么问题？”

“你怎么知道我就是感情上的问题？”我更加不解地看着她。

她还是嘿嘿一笑作答：“你找我能有什么事？工作上的事你找贾东阳说去，男人们的话题才是工作、官场、前程。生活上的事回家找老婆说去，家家都有一本难念的经，生活上的酸甜苦辣外人是不知道的。只有感情上的事才会想到找前女友，可靠，不会笑话你，也不会坏你的事。”

我一阵冲动，筷子一搁，饭碗一推，走过去抱住红儿就把她放倒在地毯上。她极力回避着，说我满嘴的大骨头汤味。我用力撕扯着，她拼命拒绝着。好半天，两个人都累了，慢慢坐了起来。

红儿无力地看着我：“你今天来找我就是为了这个？你以为错过了的感情可以用性来补偿？”

我无言以对，默默地站起来走人。

妻站在窗前等我，饭还留在锅里。看我回来，她自顾上床睡去。

我还睡在外间的小床上。

朦胧中，我听到了里间的抽泣声。我估计，妻的脑子里，一定一大堆问号，首先是“我怎么了？”然后是“她做错了什么？”再就是“你就这么讨厌我吗？”我什么都不说，她也就什么都不问，这是我们两个人生气冷战时一贯的做法。

“我怀孕了。”妻怯怯地走到我的床前。

“是我的吗？”我侧过身来冷冷地撂了一句。

妻没说话，又回到了里间。

妻早上起来，做好饭放在锅里，她带着女儿走了，中午也没回来。

我是不是太过分了？

她们会去哪里？妻在小城没有熟人，去红儿那里了？我想给红儿打电话，又不好意思，昨天才把人家欺负了一顿，这会儿她会接我电话吗？管她呢，红儿自己不都说了嘛，只有前女友，可靠，不会笑话你，也不会坏你的事。

电话通了，红儿接了，我迫不及待地问她我老婆去她那儿了没，红儿一听我的话就火了，一句话甩了过来：“我还以为你为昨天晚上的冲动道歉呢，结果是跑到我这来找你老婆的。你是不是昨晚在我这里没得逞，回去又欺负你老婆了？”

我心里有些忐忑，这母女俩去哪了？去找那个浑蛋王四毛了？不会，带着女儿她不敢。回县里了？可能，非常可能。回县里就好，大家都消停几天。

下班回家，一打开门，女儿欣欣高兴地喊爸爸，说她今天跟妈妈去县里看爷爷奶奶了，妈妈还去医院看肚子里的小弟弟了。

“做掉了？”我冷冰冰地问了一句。

妻一点也没在意我的态度，而是兴致勃勃地跟我说她和水老师家阿姨去县医院妇产科找了罗主任，问什么情况下不能打胎？罗主任给她做了初步检查，说：“你现在的情况就不能打胎，人流手术前连续两次检测体温三十七点五度以上就不能做，你这都连续三次三十八度了。”

妻已从这两天的冷战情绪中走了出来，高兴地跟我说她身体有问题，不能打胎，她是在为自己生二胎找理由呢。我说现在不能人流，三个月以后还可以引产。

三个月以后她又高兴地对我说，罗主任讲了，她有贫血，胎位不正，不适合引产。

我说：“空口无凭，何以为证？”她从口袋里掏出医院证明，问：“这个可以吗？”我说：“这个当然可以，赶快送到县计划生育办公室去。”妻的户籍在县里。

年底前，地区从干部自然减员指标里拿出来三十个名额，解决地直机关干部职工子女和配偶工作问题。三个条件：一是大中专学历，二是到县里工作，三是三年内不得调回。

我觉得这是当下解决老婆工作问题的最好办法，带指标回县里职业中学继续当老师，既解决了问题，又挽回了面子，咱是拿了干部指标回来的。

我对妻说：“那咱们还回县里吧？”她说：“好，回县里把儿子生了再回来。”她认定肚子里的孩子是儿子，决定要把孩子生下来。

我提醒妻：“办理干部指标前要进行体检，体检时要是发现你怀孕了，肯定不让你生二胎。”妻说：“那我就不要这个干部指标了。”我说：“你这么坚定？”她说：“我就想给你生个儿子。”我说：“要还是个女儿呢？”她说：“不会的，我有感觉，这次一定是儿子。”我说：“那你要是感觉错了呢？”她突然吼了起来："哪有你这么讨厌的？"

春节的时候，妻悄悄告诉我，她这次怀的真的是儿子，儿子的小鸡鸡她都看见了。我说："真有你的，为了这个孩子，你真是挖空了心思，也不嫌累。"她说："只要能给你生个儿子，累一点也没关系。"

妻为什么非要生个儿子，而且是为了我？不知道她是怎么捕捉到我想要儿子的心理的。

我说："人家现在讲的是只生一个好，生儿生女都一样，你却还在千方百计想生个儿子。"她说："怎么可能只生一个好，生儿生女都一样？我们这一大家子谁不指望你？指望我行吗？"

其实，妻的道理我懂，两个孩子肯定比一个好，儿女双全肯定更好。所谓女孩比男孩好，女儿是福气，儿子是名气，这都是针对重男轻女思想说的。

一个孩子太孤单，两个孩子好带，欣欣现在一个人，整天爸爸陪她玩，妈妈讲故事，要是两个孩子，可以一起玩。

妻说她带欣欣的时候没经验，欣欣生下来没睡到三天家人就把她抱起来了，这个抱起来看看，那个抱起来瞅瞅，都觉得稀罕，抱着抱着就放不下去了。这次儿子生下来一定要让他多睡，来看望的人可以逗他，哄他，但不能抱他。要让他睡出一副温文尔雅的性格，睡出一张周周正正的国字脸，可不能再像他爸和他姐，由着性子长，一个比一个脸小，一个比一个脾气躁，两个人的后脑勺都凸起一个硬硬的疙瘩。

我伸手摸了摸后脑勺，问："人的脸型和性格都是睡出来的？"

妻说："小家伙的名字就按你早先起好的，叫言言，沈言。我查了书、字典和资料了，沈言，慎言。人如其名，名如其人。我闭着眼睛就能想象他那安安静静的样子，不哭不闹，谁逗他都是浅浅一笑，绝不顺着竿子往上爬，要你哄，要你抱。"

我哈哈一笑，调侃她："我怎么觉得你描述的形象还是一个乖乖女呢？"妻不理我，沉浸在自己编织的幸福里。

难得妻这么有心。我从柜子里取出那枚曾在我的爷爷、我的父亲和我三代人的脖颈上佩戴过的平安扣，庄重地挂在妻的脖颈上，让她等儿子生下来的时候再给儿子戴上。

男孩要比女孩出怀，妻的肚子比怀欣欣时大得多。寒假里，妻带着欣欣来市里，房东看着妻的大肚子，问几个月了，妻说七个多月了。

现时情况下，城里人怀二胎的情况不多，见到的人都很惊讶地说："啊，沈秘书爱人怀二胎了？"地委办公室的行政秘书，一个没儿没女的老妇人，知道我老婆怀二胎，鼻子不是鼻子眼睛不是眼睛的，自己嘟囔了一句："怀二胎也不向组织上报告。"我知道这下坏了，可能要摊上事了。

果然，没过几天，办公室肖主任找我谈话，未曾开口先带笑意三分："听说你爱人怀二胎了？"我说："是的，本不想要的，孩子自己跑来的，爱人身体不好，不能刮，不能引，没办法，只好硬着头皮要了。"

"有计划生育手续和医院证明吗？"主任问。我说："有，医院不能刮不能引的证明都在县计划生育办公室。"

主任的谈话很客气，始终面带三分笑，基本上是点到为止。但听话听音，锣鼓听声，这事绝没那么简单，而且眼下计划生育政策正在趋紧，以前边境县、牧业县和农村人可以生二胎的政策都有可能要调整，而且我老婆已经拿上干部指标，再不能算是农村人了，加之背后还有个行政秘书惦记着，没准哪天冷不丁就会生出什么事来，我让妻赶紧带着欣欣回县里去。

办公室肖主任第二次找我，笑容依旧，但话题却严肃起来，说："沈秘书啊，看来你这第二胎的孩子还是不能要，你是地委领导的秘书，地委领导是主管计划生育工作的，你不能开这个头。"

我说："我们本来也没打算要，因为避孕失败，是孩子他自己跑来的。我老婆身体不好，不能刮，不能引，没办法，只能硬着头皮要了。我们有医院证明。"

主任说："我们的行政秘书到县计生办去过了，县计生办年前着了一场

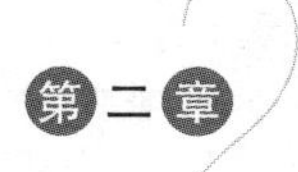

火，档案材料都被烧掉了，你老婆的医院证明也没有了。”

我一听就蒙了，说：“计生办可以证明呀！”

主任说：“县计生办已经给你们证明了，听说县计生办主任还是你同学的妈妈？”肖主任又露出了他那标志性的笑容，“按政策规定，县计生办是控制生育的，不能给你出具这样的证明，行政秘书说地区还要追究他们的责任呢。”

我说：“我老婆怀孕追究人家什么责任？”

主任说：“对呀，所以行政秘书的意见是让她带你老婆再到地区医院做个检查，看到底能不能引产。”

妻才不管那么多呢，坚决不能引产，医院是检查过的，也是证明过的，你们找不到证明那是你们组织上的事，她现在怀孕已经超过八个月了，八个月引产是犯法的，如果行政秘书想引她就自己引去。我说：“行政秘书一辈子没儿没女的，她引什么？”

水老师家的阿姨也说：“不能那样，老辈人讲，七死八活，八个月的孩子引出来也是活胎。他们这样逼欣妍不怕遭雷劈吗？咱生，不能那样，生出来我给你们带，反正我现在一个人也没什么事。”

水老师去年夏天回徐州老家给他那个战犯父亲过寿，出车祸走了。我觉着人这一辈子好多事都是命，水老师当年因为受父亲的牵连亡命向西，丢掉了一只眼睛。三十年后因为牵挂父亲，折回头一路向东，丢掉了一条性命，留下他家的阿姨一个人在县里，我们就算是她的亲人了。

主任跟我商量，看我能不能陪行政秘书去一趟县里，再找我老婆谈谈，做做工作。我不去，我无法面对我老婆那张痛苦欲绝的脸。

行政秘书独自去了县里，我担心老婆会沉不住气跟人家杠上，给人家难看，让人家下不来台。但行政秘书一回来就开始忙碌起来，说我老婆同意引产了。考虑到我老婆是大月份引产，有一定风险，对产妇的伤害也比较大，行政秘书这两天尽快与地区医院联系好，派一个有经验的老医生做，确保万无一失。

我心里有些担心，妻对她肚子里的这个孩子看得比她的命都重要，怎么这么轻易地就同意引产了呢？是妻有诈，还是行政秘书用了什么手段，她是怎么把妻说通的，妻是不是被这个“凶神”给吓着了？

我估计，这个“凶神”一定是以我为筹码，说如果不引产，就会对我怎么样，否则妻是绝对不会同意引产的。妻一心要给我生儿子，是为了我好，如果因为她生了儿子而把我搞得灰头土脸、焦头烂额甚至是一无所有，那她生这个儿子还有什么意义？这个时候我肯定又比儿子重要了。

妻费了这么大的周折，已经怀孕八个多月了，现在突然要强行把儿子从她体内拿走，她一定是痛不欲生的。我放心不下妻的情况，我要赶在妻来地区医院引产之前回去一趟，如果妻一定要生，就让她生吧，我也什么都不要了。

乍暖还寒的时候，室内停暖了，室外刮着风，才脱下没几天的厚衣服又从衣柜里拿出来穿在身上。

妻不在家，在医院，在妇产科的病床上，见到我，一声呼喊：“你儿子不在了！”人就昏迷了过去。

第三章

医生问：『她爱您吗？』我答：『爱，不爱怎么能嫁给我？』

1

不是一家人不进一家门，婚姻没有配错的。找对象的时候，我爱说，我的老婆一定要对我父母好，对我妹妹好，否则我情愿打光棍。如果让我选择母亲和老婆落水先救谁的话，我会毫不犹豫地说先救母亲。结婚以后，我爱说，我老婆可以有一百个不好，只要她对我父母和妹妹们好这一条就够了。现在，如果让我父母和几个妹妹在我和妻之间做选择的话，他们会毫不犹豫地选择妻，妻在家里的地位已在我之上。不是我做得不好，是妻做得太好。

妻现在唯一的心病就是她那个一直赖在我们家不走了的弟弟。小舅子是个不拿自己当外人的人，自打部队复员回来就一头扎到我们家里再没出去过，他是真的把自己当成这个家里的一分子了，在这个家里吃住，在这个家里结婚，在这个家里生孩子。

我劝慰妻："他不走你又能怎么样？伸手不打笑脸人，他对我好，对你好，对我两个妹妹好，至于我的父母不来县里那是我父母的事，你父母不也没来吗？我的妹妹能在这儿，你的弟弟为什么不能在这儿？而且咱们住三间正房，他一家三口就住在院子里的自建房，影响咱什么了？"

小舅子的补位意识极强，居家过日子总得要有个当家主事的，我在的时候我是老大，他姐在的时候他姐是老大，我和他姐都不在的时候他就是这个家里的老大，凡事都应该听他的。其实我和他姐都不在的时候家里也没什么人，就他和他老婆孩子，还有我两个妹妹，至于他在他的老婆孩子跟前耀武扬威那是他家里的事，只要他两口子对我两个妹妹好，我们就没什么可说的。

小舅子媳妇是个干粗活的人，她一家人都在酒厂，人很善良，家境不是很好。小舅子娶她，就是看上了她酒厂正式职工的身份，即使他自己的身份将来解决不了，他的半个身子也已经进了城里，不用担心再回农村的事了。

妻又回到县里工作，家的主人回来了，小舅子那张扬跋扈的态度有所收敛，突然又有了些许寄人篱下的卑微。妻经历了强行引产的伤痛之后，心灵和肉体都受到了巨大打击，人很长时间都缓不过来，我们把岳父岳母接到县里来住一些时日，小舅子也尽力想多给姐姐一些体贴和关爱，娘家人在一起总是要温馨一些。

但妻的心里总还是过意不去，因为她弟弟在这儿，我的父母就再没到县里来。妻催我，赶快想办法把她弟弟的身份问题解决了，解决了正式身份就让他们搬出去住。小舅子也对我说了，姐姐的指标解决了，也该想想他的事了。

小舅子的事我肯定一直在想，现在解决一个工人指标的事并不难，厂子里的余地和空间都很大。我之所以拖了这么长时间没给他办，本意还是想找机会给他解决更好一些的工作。但小舅子等不及了，他说不管好坏，先有个公家的身份再说。小舅子的性子那么强，现在家里家外都把身架放得这么低，看来他还真让农村人和临时工的身份拖累得不轻。

人家说家家都有一本难念的经，我老丈人家所有难念的经都集中在我这个小舅子身上。小舅子的毛病总是出在把控不住自己上，正式身份一解决，人就开始趾高气扬起来，尤其是在那些农村老乡和同学战友面前，岳父提醒他收敛一些，有势要当没势过，好日子要当苦日子过。

小舅子一听就火了，说："我有势怎么了？我过好日子又怎么了，都是你给的？我已经低三下四、点头哈腰二十多年了，你什么时候才能不说东道西，让我直起腰杆子来？"

岳父说："我什么时候都想让你直起腰杆子，关键是你自己要能摆得住。"

小舅子说："我什么时候摆不住了？怎么摆不住了？无论我怎么做你都看不惯，你的眼睛里只有姐姐和姐夫，地地道道的势利眼。"

小舅子一直都很自卑，自卑心理反映到行为上就是攀比。攀比又不能明着来，只能暗中较劲。对上，自然就是跟我和他姐比，他肯定比不过；对下，拿他的孩子跟我们的孩子比，他的是儿子，我们的是女儿，儿子一定比女儿金贵。可他觉得岳父岳母还是对外姓人比对自家人好，对外孙女比对嫡孙好，不太待见他家的宝贝儿子，这是他最接受不了的，这不是势利眼又是什么？

岳父被小舅子一句“势利眼”呛得火冒三丈，接连在院子里转了好几个圈，然后从锅台上捞起个刷锅把子就要打小舅子，没想到犯浑的小舅子居然顺手从锅台底下抄起一把火剪，跳起来就喊：“你还想打我？你今天敢动手看看，我可以认你是父亲，我手里的火剪可认不得你是谁。”

岳父哪受过这个气，当场气得差点晕了过去。妻一看父子俩闹成这个样子，急忙从门后面拽出一把笤帚就往小舅子的屁股上抽，边抽边骂：“你还反了你了。”

一触即发的父子战火被妻手里的笤帚抽熄了，可岳父憋在心里的心火却腾腾燃烧，越烧越旺。趁着上班时间家里没人的时候，岳父在院子里和了一堆泥巴，用堆放在墙角处的旧砖头，在院子里砌了一堵矮墙，把正房和自建房隔开来，岳父的意思就是让他一家三口单独过，不要再影响姐姐一家人过日子。

小舅子晚上下班回来，一看到院子里垒砌的一堵砖墙，气得把手里的自行车往地上一推，三下五除二就把砖墙推倒，冲到屋里，手指岳父，问：“你到底想干啥？你跑到县里来这么一趟就是想把我从你女儿、女婿家里赶走？我告诉你，做不到。只要我想住，就是你女儿、女婿也赶不走我。”

岳父说：“你姐姐、姐夫欠你的吗？你这样不知好歹、耍无赖是要遭报应的。”

小舅子说：“遭报应？我要让你和你女儿、女婿先遭报应。你现在就去告诉你女儿，就说我要把他们两口子送到公安局去，把他们两口子的那些丑事都揭发出去，看看谁先遭报应。你别以为你那个道貌岸然的女婿是个什么好东西，我那个傻姐姐一离开家，他的床上就睡上别的女人了，还是我那个傻姐姐的闺密何美丽，要不是我误闯到他的房间亲眼看到，我自己都不会相信的。”

岳父被小舅子的话吓得什么也不敢说了。妻一下班回来，岳父就赶紧跟过去给妻讲了刚才小舅子说的那些混账话。一晚上挨过去，第二天一大早，岳父带着岳母回农村，妻赶紧跑到地委来给我讲小舅子在家闹的事和威胁我们的话。妻流着泪对我说：“真的对不住，给你惹事了。”

我叫妻放心，我们又没干什么违法乱纪的事，他不能把我们送到公安局去。如果说我有什么私心的话，就是托人给他找了个工人指标，如果公安局找我，我就坦白，把他的工人指标收走就是了。

妻说：“你给家里办的那些事都没有问题？”我说：“没有问题，什么问题都没有。我父母和两个小妹妹的商品粮户口是按照落实知识分子政策解决的，四个妹妹上学是她们自己考上的，你的干部指标是地区按政策给的，没有一件是走后门办来的，我也没有那么大的能耐走那么大的后门。”

小舅子讲我床上睡了个何美丽的事妻没说，是她不信还是不想说，我也不知道。

妻现在的情况我有些不放心，小舅子这么一闹，家里乱哄哄的，日子怎么过？按理说，小舅子应该不会找他姐的麻烦，跟他姐过不去，他之所以跟岳父说了那么多威胁我们的话，也就是气不过，吓唬吓唬岳父，但那些怨气却郁积在他姐的心里头，总也散不去。

妻现在在县里很孤单，除了上班，没地方可去，连个串门的地方都没有。水老师家的阿姨在妻强行引产后就回老家了，一直没回来。欣欣也没人带，又跟着爷爷奶奶回农村了。何美丽妈妈罗主任给妻做完引产手术，被推荐为地区优秀妇产科专家和计划生育先进工作者，调到了地区医院，何美丽、孙子航两口子也跟着调到了市里，何美丽在市少儿艺术学校，孙子航在地区教学仪器站。

我对妻说：“干脆请个假在市里休息一阵吧！”妻说：“这个时候怎么能来

市里？家里头让那个不争气的弟弟搞成那个样子，两个小妹妹还在上学，我还是回去把爷爷奶奶和欣欣都接到县里来，等我在县里工作满三年再说吧。”

我等不及政策规定的妻必须在县里工作满三年才能调动，县医院给妻做引产手术的医生罗主任都能给予奖励调到地区工作，我老婆作为被实施手术的人，冒着那么大的风险，受了那么多的罪，至今身心健康还没得到很好恢复，还不能调到地区来，让我们夫妻团聚，照顾她的生活吗？

我找了地委办主任讲了我的想法，主任依然是未开口先带三分笑，说：“沈秘书提的这个要求一点也不过分，其实在这之前，我们已经主动给你爱人联系工作单位了，但行政秘书那儿一直没有给你们找到合适的岗位，最近听说地区石油公司三产上需要一个人搞工会工作，但考虑到是企业，又是闲差，你爱人好容易拿了个干部指标，解决了干部身份，现在又让她到企业去，怕你们不愿意，就一直没跟你说。”

我一听这话，脑子里立即浮现出上次在省城出差和几个大秘书吃饭时听来的故事：现时最优家庭组合是“一家两制”，男的在行政单位，女的在企业，省城的秘书们都在忙着“一家两制”的家庭布局呢。其中有一个秘书的爱人在财政上工作，别人说要不把他爱人调到银行去？他说不去，去石油公司。别人说那就去石油公司经理办？他说不去，去三产。别人说去三产搞财务？他说不去，去工会。

天哪，我老婆现在的情况不就是那个大秘书老婆工作调整路数的复制吗？这还有什么好犹豫的，我立即答应，我们愿意去，就去石油公司，就去石油公司三产，就去石油公司三产工会。心里激动，嘴上还要卖个乖，说我们能体谅组织上的难处，有个单位就行。面带三分笑的主任，更是满面春风地夸我，说沈秘书就是通情达理。临了，他还不忘站起来拍拍我的肩膀让我好好干。

妻终于调到了地区单位工作，这是她做梦都想的事，但她做梦也没想到我会把她调到石油公司，调到企业来。虽然我费了很大的劲反复给她解释“一家两制”的好处，但她还是不能接受这个现实。小城里的人总觉得干部身份的人进企业，是屈就，是迫不得已，是无路可走的人才走的路，有办法的人谁愿意由行政事业单位调到企业去？直到年底，妻一把拿回来好几万元钱工资外收入的时候，她才知道这石油公司三产有多好。我说：“你现在拿到的才是不到一个季度的钱，要是一年呢？”

地委家属院的阳台上，每天都能看到妻做饭的身影。我从家里到办公室就五分钟的时间，妻从家到石油公司要走二十多分钟，但一天三顿饭从来都是她做。他们单位领导比较照顾我们，考虑到我平时工作忙，特许她每天可以早下班晚上班。偶尔哪一天我突然回来早了，想提前把饭做好，结果她下班的时候又买了菜回来，人家做上一顿的时候已经谋划好了下一顿做什么，现在让我这么一勤快，把她的计划全打乱了。

有时候看着妻一声不响地忙碌着，总想在旁边伸伸手，帮帮忙，择个菜，打个下手什么的，但因为地方小，两个人站不开，妻嫌我绊手绊脚的碍事，说歇着去吧。

人的毛病都是惯出来的，时间长了，家里的活插不上手，我也就不插手了，油瓶倒了也不想扶，成了真正的甩手掌柜。我下班回到家的经典形象是，人躺在沙发上，手里拿本书，电视开着，眼睛睁着，没睡觉，没看书，没看电视，什么也没看，什么也没想，脑子里空着。每当此时，我最怕三件事，一怕女儿跑来找我撒娇，二怕老婆嗔怪的眼神，三怕突然的敲门声。

过完年，我们把欣欣接过来，送幼儿园。欣欣在家里散养惯了，突然送她去幼儿园，不干，哭。早上，我送她到幼儿园大门口的大铁门外，老师伸手把女儿接进大铁门内，我不忍心看女儿哭泣的样子，迅速扭头走了。

身后传来女儿凄惨的呼喊：“爸爸，爸爸！”我终没忍住，回过头去，看到女儿两只小手抓着大铁门的立柱，小脸紧贴在大铁门立柱的空当里，惊恐地向我张望着，哭喊着：“爸爸，爸爸！”那一幕，跟电影里父女俩生离死别的场景没什么两样。我快步跑回到女儿跟前说：“对不起老师，我女儿不上了。”说完，我抱起女儿走了。

妻说：“你真是个二杆子，女儿抱回来咋办，谁带？”我说送给何美丽带。我本是随口一说，可妻却觉得这个办法可行，把欣欣交给何美丽肯定可以。何美丽在市少儿艺术学校是幼儿班的舞蹈老师，让欣欣跟她学舞蹈去。

何美丽一听我们要把女儿送到她那，可高兴了。她牵着欣欣的手，告诉别人说这是地委沈秘书的女儿。

幼儿班舞蹈每天只上半天课，剩下那半天咋办？何美丽说学手风琴。从此，每天早晚，妻都会骑着车子，背着手风琴，接送欣欣往返少儿艺校。小城的大街上，母女俩的身影成了一道流动的风景，折射出多少母爱来，有时候何美丽也会跟在母女俩旁边，身边走过的人，时不时会多看她们两眼。

小城就这么大，待得时间久了，大街上的人都是熟面孔，低头不见抬头见，今天不见明天见，见到谁都觉得面熟，好像半城的人都是认识的。

女人和闺密在一起，做她们喜欢做又必须做的事，绝对是男人的幸福，她没有时间顾得上你了。孙子航高兴地对我说：“你老婆调到市里来太好了！”我说：“我老婆调过来跟你有什么关系？”他说：“关系太大了，男人如果天天被女人盯着，你还能有自己的事，自己的时间，自己的自由？”我说：“那就是说你老婆现在不管你了呗？”

孙子航没接我的话，只顾夸我老婆好，说我老婆能干。我说：“你怎么知道我老婆能干？”他说前一阵下雪的时候，他看到我老婆推着自行车从粮店打面粉回来，雪大路滑，我老婆连车子都推不住，后来还是他帮我老婆把面粉推回家的，本来他还想帮我老婆把面粉扛上楼的，结果我老婆一提一举就把面粉扛到肩上，上楼了。我说我老婆是拉大锯出身，劲儿可大了，扛面粉这点小事不算什么。嘴上这么说，心里却心疼起妻来了。

小城的生活要比县里精致一些。在县里的时候，因为和家里人在一起，她弟弟、我妹妹都跟着我们，所以基本上还是农村人的生活习惯，早上都是米饭炒菜，这样吃得扎实，做起来也简单，米饭焖在锅里，菜择好洗好切好，在锅里一炒，菜就做好了。现在城里人的早餐基本上都是馕饼、奶茶、小咸菜，也有买油条，熬稀饭的，但很少。

早上打牛奶的事是我的。小城周边的养牛业都是一家一户的，卖鲜牛奶的也多是些家属，妇女，老的，少的。每天清晨，在小城一些固定的地方，路边或墙角，都有自然形成的鲜奶售卖点，卖牛奶的人站成一排，每人跟前放一个或两个装鲜奶的铁桶或塑料桶，我们地委家属院外面的拐角处就有一个卖鲜奶的点。

小城的人习惯把牛奶叫奶子，卖牛奶叫卖奶子，买牛奶叫打奶子。奶子是早上刚挤出来的，生的，鲜的，打回来要放到锅里煮，慢慢熬出一层金黄色的奶皮来，再和单独熬好了的砖茶兑到一起，香喷喷的奶茶就成了。奶茶里再按照自己的口味，适当放一点咸盐，真香。那时的奶茶好喝，主要是奶子鲜、纯，没有添加任何别的东西。

开春，我跟随领导出差下乡，早上打奶子这点事也帮不上妻了。出差前，妻照例把我要带的东西收拾好，行李箱，换洗衣服，洗漱用品，感冒药，治拉肚子的药，我说："这次下去时间不会长，这些东西就不带了。"她说："带着吧，反正你们有车，又不要自己背着。乍暖还寒的季节，最容易感冒了，我又不在你跟前。"

这次我们去的是一个牧业县，谭书记要去调研牧区寄宿制教育问题。

到了县里，住进县委招待所，我要做的第一件事是翻开被子看看有没有虱子。翻找了好半天，谭书记问我有没有收获，我说没有。书记说别找了，等到晚上我们睡下的时候它们就该出来了。就在我想放弃的时候，突然在枕巾上发现了两个虱子，虱子头朝下屁股朝上，钻在枕巾的棉绒线里。我去找服务员换个枕巾，服务员告诉我，这个房间前几天住的是县长。

冬窝子里憋了一个冬天的牧民们，终于转到了春牧场，进入了一年中最为紧张忙碌的接羔育幼季节。

春牧场的夜还是很冷的，毡房里生了火。我和谭书记住一个毡房，被窝里躺下不大工夫，书记说有东西在爬动，好像是虱子。我说我把衣服脱光了，他问："裤头也脱掉？"我说："脱了。"我听到书记被窝里窸窸窣窣的声音。

第二天，朱师傅开车老爱把手伸进衣服里挠，书记叫他好好开车，注意安全，他说身上痒痒，好像有虱子。书记说："谁叫你晚上不脱光衣服睡呢？"

那年头人们身上好像特别爱长虱子。是环境因素、饮食因素，还是人体因素导致的，我不得而知。那些年自己家洗衣服总是要用开水烫一烫的。有时候稍不留神，化纤衣服也误放到开水里烫，便被烫得皱巴到一起不能穿了。

有一次我在一个汽车站旅馆住宿，同房间有一个南方人，他在床上坐了一会儿就发现有虱子在爬行，他打开被子一看，那被子里密密麻麻全是虱子，有的虱子都结成了球。他被虱子吓得吱哇乱叫，赶快叫来服务员，服务员说："给你换床被子。"过去宾馆、酒店不是每天都换被套、床单的。

后来不知从什么时候开始，好像是九十年代中后期，虱子突然没有了。这当然与生活条件好了、讲究卫生了有关系，但慢慢人们发现更主要的还是与使用化学洗涤用品多了有关，虱子跳蚤都被化学物品灭了，连农村的萤火虫现在都见不着了。

牧区的天变化快，太阳一出来就暖和，太阳一下山就冷了。昨天还是艳阳高照，今天突然变天降温，妻给我准备的衣服派上了用场。书记说："小朱，你和我的老婆都不行啊，还是人家沈秘书的老婆好，把男人收拾得暖暖和和的，咱们赶紧回家吧。"

从牧区回来的路上，朱师傅闹肚子，走一会儿就要停车下去一趟。朱师傅下车下得急，把铺在座位靠背上的毛巾带翻了过来，毛巾的背面好脏。谭书记看到了，拎起毛巾的一角对我说："沈秘书你看。"

朱师傅再上车的时候，我从行李箱里拿了拉肚子药给他吃。谭书记又说："小朱啊，你看人家沈秘书老婆的心多细。"但他没说靠背上毛巾背面脏了的事。

回到小城，路面有冰，很滑，朱师傅的车开得很慢，不敢走快。快到地委家属院了，我突然看到妻推着驮着煤气罐的自行车，避让行人，脚下打滑，连人带车滑倒在路边。我赶紧让朱师傅停一下车，说："我要下去。"可能我的话说得有些急，朱师傅随口甩给我一句："一惊一乍的。"

下了车，我跑过去扶起路边的妻。妻没想到是我，不好意思地笑了笑，像做错了事似的。我赶紧推起自行车，把手里的行李箱递给她。

回到家，一进家门，妻就叫我赶快把衣服换了，说身上的味道好大。妻现在经常说我身上的味道大。我说她进城了，人变了。

我把换下来的衣服随手丢到门外面的过道里，害怕虱子爬出来掉到家里，然后端上脸盆，拿着拖鞋、毛巾、香皂去澡堂洗澡，以免晚上妻不让上床。

虽然出去只几天的时间，晚上上了床还是有些想。妻说："你出去才几天，咋又想了？"我说："在牧区吃羊肉吃的。"妻说："那你以后还是不要再去牧区了。"我说："为什么，你不想？"她说："我现在不怎么想这事。"我说："屁话，正常人哪有不想的。"软缠硬磨了好半天，妻眼一闭腿一伸，从容就义般地说随你吧，我心中燃烧着的火焰瞬间熄灭，哪还有那个心境？

我问贾东阳有录像带吗，贾东阳问什么样的录像带，我说有颜色的。他说："干吗，你想看？"我说："是的。"贾东阳说："你这个人真跟别人不一样，人家都开始找情人了，你却又想起看黄色录像了。”我嘿嘿笑笑，没告诉他我的真实意图，其实我是想借个带子拿回家给老婆看，但不好意思说。

晚上下班，贾东阳打电话说有个饭局，我说没跟老婆说，那得先回趟家。贾东阳说：“你也太婆婆妈妈了，出去吃顿饭怎么了，没说就没说了，你老婆还能把你生吃了？”

贾东阳安排饭局是次要的，主要是为了吃完饭带我去朋友家里看带子。现在家庭看带子已经没人管了，但要等家里人都睡了才能看，要不然人家老婆孩子都在，你咋看？

第一次看带子，心里好紧张，机子还没打开，手心里已经全是汗，可等了好半天，电视里老是闪动着雪花，发出刺啦啦的声音，出不了图像。贾东阳的朋友说，他们家的录像机坏了，他带我们再到另一个朋友家看去。我一看时间好晚了，晚上出来又没跟老婆说，太晚了老婆会着急的。我想算了，不看了。贾东阳说出都出来了，看一会儿再走吧。

到了另一个朋友家里，我对看带子的好奇已经减去大半。看了两个带子，已经后半夜了，我说我得走了，老婆在家里肯定着急了。贾东阳朋友的朋友说，太晚了，他们院子大门从外面锁上了，现在出不去，要等到明天早上开门才能走。我陡然有一种被人囚禁了的感觉。

好容易挨到凌晨五点，我说：“贾东阳，咱们还是走吧。”贾东阳说他现在不能走了，回去他老婆也不给他开门。我说：“对不起各位，我必须得走了，要不然老婆会着急的。”他们送我到家属院门口，扶着我翻过大铁门，自行车就留在他们院子，明天再过来骑。

东方已经泛白，回到家快六点了。卧室床上的两床被子整齐地并排摆放在那儿，没打开。女儿欣欣一个人睡在自己房间的小床上。妻不在家，我的脑子“嗡”的一声，心想：坏了，妻出事了。

我猛地冲了出去，往楼下跑，往大街上跑，往背街小巷里跑，偶尔碰到个行色匆匆的路人，赶紧询问是否见到一个高个子的年轻女子，行人看怪物一样侧目审视着我，好像心里在问：这是什么人？

我站在空旷的大街上，对着天空喊了两嗓子：“曹欣妍！曹欣妍！”

我心惊肉跳地拐回院子，上楼，开门，看到阳台上站着人。我不顾一切地冲上去，抱着妻就是一顿大哭，真的就像是做错了事的孩子，反反复复就对老婆说一句话：“这是第一次，也是最后一次。”

妻当时什么也没说，到了晚上才问我：“你们昨天晚上到底去哪儿了？”我说：“你问的‘们’指的是谁呀？”她说：“不是贾东阳吗？”我惊讶地问她是怎么知道的，她说贾东阳家的花儿今天找她了，花儿问她，我昨天晚上是不是出去了。

我告诉妻，我们昨天晚上去看黄带子了，妻问我是不是特想那事，我说：“不是的，我是想借个带子回来给你看。”妻突然可怜起我来，说：“我今天晚上帮你解决了。”

早上一上班，贾东阳来电话，我一接上电话就问他是不是又和老婆闹矛盾了，他说没有，我老婆昨天已经给他解围了。今天说的是公事，他们处长要过来给谭书记汇报工作，问谭书记在不在，有没有时间。我说来吧，书记在，有时间。

地区师范学校一个退休老教师，利用学校资源，搞社会力量办学，招生时声称可以发放大专毕业证，现在学习时间已经过半，学生听说他们要参加省里统一组织的自学大专考试，成绩合格才能发放自学考试毕业证。学生不同意，说他们上当受骗了，要上街游行，要到地委行署闹事。

谭书记没听完处长的汇报就火了，师范学校搞社会力量办学这么大的事，事先他为什么一点都不知道？现在出了问题想起找他来了。两条意见：第一，谁批的谁负责。第二，谁办的谁负责。处长亲自带队，立即组织一个工作组，进驻师范学校，妥善解决好学校和学生问题，绝不能把问题推向社会，把学生推到街上。

处长心里明白，谭书记明年到龄退休，为党工作了一辈子，退休前他才不希望在他分管的工作中出个什么问题，哪怕一丁点小事。社会力量办学这件事必须妥善处理好才行。

处长提出让我参加工作组，跟他们一起工作几天。谭书记略一迟疑，同意了。

利用师范学校搞社会力量办学的组织者还是很有智慧的，它没有单独的校名，单独的体系，单独的教师队伍，只是单独招生，有单独的财务，就叫“师范文秘分院”，但它是谁的分院不知道。深入了解后发现，它就是师范学校一个退休老教师顶个名，其他相关在职人员参与的大杂烩。现在事情闹出来了，谁都不敢伸头，都想往回缩，但能缩得了吗?

这件事的调查处理意见是：第一，撤销“师范文秘分院”的名称。第二，在读的一个班学生全部转入师范学校成人中专，发成人中专毕业文凭，费用改按成人中专收取，多收的退回，不足部分由参与办学者补齐。第三，取消办学老教师退休待遇。第四，免去参与办学的师范学校校长、教务主任职务，其中，最让我高兴的是免去参与办学的王四毛教学仪器室主任职务，另外还要对参与办学的体育运动学校校长进行免职处理，我有点同情这个体育运动学校的校长了，觉得处理有点重。

处理办法和意见得到了谭书记的充分认可，他最关心学生们有没有意见，处长说同学们没有意见，都很高兴。同学们满意的办法就是好办法，地委会上一致通过。

我们离开师范学校之后，有两个女同学专门来地委找过我，她们俩代表全班同学来感谢我们工作组，是我们保护了他们的合法权益。领头的女同学是班长，阳光，洋气，名字特逗也特好记，叫三儿。我问三儿姓什么，她说就姓三。“那你的名呢，叫什么？”“就叫儿呀，姓三，名儿。”

我忍不住就笑了出来，开了眼界了，世界上还有姓这个叫这个的。三儿的那个女同学也忍不住插嘴，说：“我们班同学都开玩笑叫她小三。”

我突然想起什么似的问她：“你们家是北京人？”她说：“沈秘书太厉害

了，你咋知道的？”

我说：“你这儿化音的名字，不是北京的还能是哪的？”她也嘿嘿笑了出来：“我这个‘儿’可不是简单的儿化音，是儿子的‘儿’。我上面有两个姐姐，我是老三，是三儿，我父亲想要个儿子。”

三儿说她跟我是一个县的，她两个姐姐都是民办教师，她们都知道我。我说：“那你好好学习，毕业以后也回去当个民办教师，三朵姐妹花在一起。”听了我的话，三儿很高兴，说她毕业的时候再来找我。

没等到学校毕业三儿又来了，这次是她一个人来的，她说他们这个文秘班学的主要是新闻秘书，因为很快就要提前毕业了，她想试着写写新闻，投投稿，想让我帮帮忙，给她提供一些新闻素材，她来写，我来改，署我们两个人的名字。我说：“提供素材可以，帮你改改也可以，但署两个人名字不可以，你就自己写自己发吧。”

过了一阵，三儿又来了，说了两件事，一件是稿件还是要署两个人的名字，光署她的名字人家不采用。另一件是她现在经常往地委办公室跑，怕对我影响不好，我们是不是改个见面地点。我觉得这丫头考虑事情还挺细的，办公室里已经有人议论，最近经常来找沈秘书的那个丫头是哪儿的？

地区的报纸和电台都开始有“通讯员沈进兵三儿报道”的新闻稿了，三儿告诉我，当她看到自己的笔墨变成了铅字，听到自己的名字在喇叭里播出，她兴奋得转过来转过去，就想找到我，想当时我要在她身边就好了。我问我当时要是在你身边你想干啥？她诡异一笑，说不告诉你。

三儿拿到第一笔稿费，高兴地拉上我去吃烤肉喝啤酒，我问稿费够吃几串烤肉，她说管够。她让摊主给我们端来二十串烤肉，打开两瓶啤酒，我说我只吃烤肉，不喝啤酒，她说喝白酒？我说我不喝酒。她说好没劲。

吃完烤肉喝完啤酒，三儿问我接下来想干什么，我说送她回学校。她说她喝得有点多，我说那我们赶快回去。

我们俩各自推着自行车朝他们学校走，都没骑。快到学校的时候她说她的酒劲有点上来了，我说天不早了，赶快回宿舍休息。

女孩子家一个人喝了两瓶啤酒确实不少，这会儿天黑着，要是能看清三儿的脸，估计应该是粉里透红面若桃花的。

我推车掉头转身的时候，三儿有点站不稳，摇晃着要摔倒的样子。我赶紧支起自行车，回头扶了三儿一把，她随手把车把一松，自行车倒了下去，人也顺势往我身上一靠，两个人就抱到了一起。

她的头发厮磨着我的脸颊，要不是她口气里的啤酒味直往我的鼻子里钻，可能我真有点把控不住自己了。不大一会儿，三儿硬撑着抬起头来，站直身子，直视着我，问："你为什么占我便宜？"我不自然地嘿嘿笑笑，心想这丫头怎么了？

三儿扶起自行车，丢下一句话，"你要负责的。"

我逃也似的回到家，岳父来了，正窝靠在沙发上，捂着肚子，不停地哼哼，说是胃疼。我问刚才吃饭了没，妻说岳父疼得吃不下去。这会儿岳父满头豆大的汗珠，脸色发白，情况不是很好，得赶快送医院。妻说现在晚了，要不等到明天？我说不行，现在就去。

到了医院看上急诊，医生初步检查，可能是胃穿孔，一面收治入院，一面安排 B 超、平片，同时准备手术。我让妻在医院守着，我去找院长让他安排好一点的医生做手术。

手术的时候，医生问谁签字，我说我签。院长说："你这个女婿可以嘛，人家一般都是儿子、女儿签字。"我说岳父的儿子都在农村，等他们来签字，没准人都没了。我老婆签字和我签字又有什么区别？

我和妻在手术室外面等着，心里想着岳父的病，平日里他的胃就不好，经常捂着肚子喊胃疼，可是我们每次叫他来市里看看，他都说没事，自己在家煮点羊肉汤喝喝，补一补就好了。可这一次他怎么就知道一个人跑到市里来了呢？

医生手术后出来告诉我们，胃穿孔的地方已经修补好了，但病人的情况不好，胃一打开，就发现了癌，已经扩散，医生想听听家属的意见，还做不做胃切除手术。我问医生的意见，医生说，癌细胞已经转移，病人已经六十多快七十岁的人了，现在做胃切除手术意义已经不大，只会增加病人的痛苦。我和妻商量，那就听医生的吧。

岳父做完手术的第三天，我的大舅哥和小舅子一起过来，他们在医院陪了一个中午，下午就要回去，好像他们来探视一下就没事了，我说："不行，你们两个今天至少留一个在医院陪一晚上，换我回去睡个觉，我已经两个晚上没睡了。"

大舅哥勉强留了下来，小舅子走了。第二天早上我去病房给大舅哥送饭，他不在，岳父说他天一亮就回去了。农村忙，家里的活多，也能理解。

岳父说："沈啊（岳父家的长辈一直都叫我的姓，沈，不叫名，也不当面称我女婿。），她哥的情况你也看到了，指望不上，昨天下午我叫他去给我买五包烟，十瓶罐头，其实我现在已经抽不了烟了，也吃不了罐头了，我就是想让他给我花个钱，这辈子他还没给我花过钱呢。结果他跑出去一趟，给我买回来一包烟，两瓶罐头，他说他钱带少了，不够买那么多。"

我看了一眼床头柜上塑料袋里的一包烟和两瓶罐头，随手把它们放到柜子里了。

岳父说那东西别往柜子里放了，拿回家去吧，他不能抽也不能吃了，岳父的眼泪顺着眼角就流了下来，我赶紧拿了纸给他擦擦。

"沈啊，"岳父继续说，"嫚的弟弟就是个混账，没有你和嫚，哪有他的今天。为了他，你们受了不少委屈，但他小，你们还得多担待着点。"

我说："爸您放心，都是兄弟姐妹，对哥哥和弟弟，我们都会尽心尽力的。"

岳父不同意我的话："嫚她哥家的事情你们不能管，你们要是管他的事，就是对不起我。"我真没想到岳父对大哥的积怨这么深。

岳父说，他知道他这次情况不好，哪天他要走的时候会给我留一个交代，把家里的事托付给我。

我宽慰岳父："别想那么多，好好养病，兄妹几个都会好好孝敬你们的。"

岳父突然激动起来，说："沈啊，我们村里的人和那些老乡们都知道我养了个好闺女，找了个好女婿，这一次能把我从阎王爷那又拉了回来，也是多亏了你和嫚了，那两个孽种是靠不住的。"

岳父出院以后就急着赶回去，一天也不愿意在我们这儿多待，他回去就亲自带着他以前的徒弟给自己做寿材，尽管我们都没跟岳父讲他的病情，他自己也没问，但人的好多事好像自己都是知道的，至少有预感。

旧历年底，岳母捎话过来说岳父不行了，我和妻吃了早饭就带着欣欣往回赶。何美丽要把欣欣留在她那儿，让欣欣和她女儿在一起，不让我们带她回去，担心孩子小，会害怕，但我们还是想让欣欣能看上姥爷一眼，留下她对姥爷的最后念想。

外面飘着雪花，家里进进出出的好多人，岳父躺在火炕上，岳母说岳父已经几天没有声息了，我和妻趴在炕前喊了一声："爸，我们回来了。"岳父居然清脆地应了一声："噢！"随即一声粗气喘过，咽气了。岳母说："他一直等你们呢。"

岳母年轻的时候当过妇女队长，处理一些大事小情的也有经验，岳父的后事都已经安排好了，唯独缺少花圈，村子里做不了，又不好提前买好放到家里，我只有再回一趟市里。

下午，我坐上班车，折返回市里，买好花圈，天色已晚，没有回来的班车了。我硬着头皮去找朱师傅，看他能不能帮我跑一趟岳父家，可他还是拒绝了："领导的车怎么能给你拉花圈？"

我扭头出门的时候，身后突然传来一句："我又不是他们家承包的司机。"可能是他夫人说他了。那一刻，我就想一件事：哪天我能当你的领导就好了。

我到办公室给贾东阳打电话，他们教育处下面的直属单位多，看他能不能找辆车送送我。贾东阳让我稍等，不大一会儿工夫，他就回话过来，说处长给我派了一辆"草上飞"，这辆车这几天就跟着我，留给我用。我心里那个感激，处长的好，我会一直记在心里。

岳父的坟地就在村子外面的大路边上，以后我们逢年过节来烧纸上坟也方便了。

送走岳父，答谢完参加葬礼的亲朋好友，我赶忙翻找岳父炕头的东西，岳母问是不是找那个小本子，我问岳父留下过一个小本子吗？岳母说有一个小本子，但嫚她爸一咽气那小本子就被她哥拿走了。

我知道，这小本子我是拿不到了。

大舅哥和小舅子都来找岳母细算办理丧事的账，我心想，这次两个人表现还不错。

大舅哥先把从他家拿过来的清油、黄萝卜、辣椒之类的都算了钱，岳母给他付了，原来他是来要钱的。

小舅子说他的朋友搭的礼钱都应该算他的，他要拿走。原来他是来分钱的。

岳母说，整个丧事没收多少钱，多是送挽幛送纸钱的，送帛金的多是沈和嫚的朋友。

妻说，丧事所有的开支和待客费用都由我们出，所有入账帛金都由岳母和大舅哥、小舅子三人分了，我们一分都不要。

大舅哥说，你们都是拿工资的，不在乎这点钱。小舅子说拿工资跟拿工资的也不一样。大舅哥赶快应诺说是。

分完丧事帛金，大舅哥、小舅子都走了，我和妻也要回去。岳母一个人留在家里太孤单了，我和妻叫她跟我们一起去市里，岳母说她现在不去，开

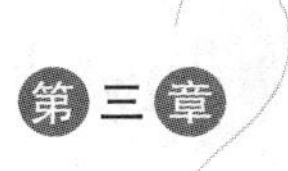

春以后再说。她说："嫚她爸才走，有时候免不了还要回来看看，要是家里没人，他找谁去？"

开春以后，清明节，我和妻回来给岳父上坟。可我和妻在坟地里找了好长时间，怎么也找不到岳父的坟了，难道我们记错了？

回到家，岳母说："你们没记错，你爸的坟被你哥迁到别处去了。"

"迁哪去了？"我们赶紧问。

岳母说："不知道迁哪去了。听说他请了一个先生看了风水，找了一块地，在山里头，坟是半夜迁走的，安葬好，又平了，没有坟头，找不着，怕被别人发现破坏了风水。你们以后只能在十字路口烧纸了。"

我和妻有点气不过，这么大的事也不跟我们说一声，我们问哥是怎么回事，哥说他是长子，老大，这件事他可以做主。听懂了，他是嫡系，我们是旁系。我和妻再没说话。

嫂子看出了我们的尴尬，出来帮腔解围，说："其实迁坟这个事对你们好，老辈人说，上人的坟，都是男关女，女关男，我们沾不上什么光。"

妻不说话，我得应一声："谢谢哥哥嫂子的关心。"

其实我心里真正想说的是，对上人，活着的时候你对他好，他死后一定会保佑你的，活着的时候你对他不好，死后不管你想出什么千奇百怪的办法来，他也不会对你好的。

岳母说："你爸也不知道让你哥给弄到哪去了，肯定找不到家了，不会回来了，我也就不在家等了，还是跟你们到城里过些日子吧。"

岳母来了，家里的生活得按岳母的习惯来。

岳母的牙口不好，但喜欢吃肉，她用手把肉撕得碎碎的，放到嘴里慢慢咀嚼细细品味，吃那感觉，品那味道。于是我们就把肉煮得烂烂的，因为煮的比炒的烂，煮的比炒的好撕，一次多煮一点，放到冰箱里，顿顿可以吃。几天吃下来，岳母说："你们不能炒点肉给我吃吗？"对不起，我们搞错了，赶快把肉炒着吃。

岳母喜欢喝两杯，除了早上，每顿都要喝，大口地喝，一口一杯，只喝两杯，多了不喝，少了不够。妻好心提示岳母，一顿喝两大杯是不是多了？岳母一句怼了过来："我活到这么大了，一顿喝多少酒都不知道吗？"

我们给岳母喝的是酒厂内部供应的原浆白酒，装在塑料桶里的，喝了几顿，岳母突然说："你们给我喝那个瓶装的酒不好吗？"

估计岳母以为塑料桶里的酒没有瓶子里的好，她一个人在家的时候可能看到柜子里的瓶装酒了。

我的妈呀，千万别以为我们舍不得给你喝好酒啊。我赶忙解释，说这塑料桶里的酒是纯粮食酿造的，是好酒，瓶子里的酒是酒精勾兑的，没有塑料桶里的好。岳母说："我喝了这么多年的酒还不知道哪个酒好吗？"

我也不知道岳母这话什么意思，到底是知道哪个酒好还是不知道哪个酒好，妻说把两种酒都放到桌子上，让她自己挑着喝，喜欢哪个喝哪个。

岳母好动，在家里待不住，我们上班了，她一个人在家无聊。一开始她不敢出去，不知道楼梯怎么走，害怕出去回不来，时间一长，她就想着法子要到外面走走看看。

妻中午下班回来，看到岳母一个人在地委家属院里转悠，从这栋楼走到那栋楼，可能找不到家了，妻赶紧走过去问："妈你怎么下楼来了？"岳母说她下来看看。

回到家，妻说："妈你以后不要一个人出去，要是走丢了，找不到家了咋办？"岳母说："我活到这么大了，连家在哪都找不到？你想想我和你爸当年是怎么把你们从老家带出来的。"

岳母一个人在家待得久了，突然琢磨出一些事来，说："这楼房一家跟一家摞起来，不会塌下来吗？这上面一家人天天骑到下面一家人的头顶上拉屎尿尿，不晦气吗？你们城里不好，没有农村好。"

她在农村一抬头就可以看到很远很远没边没沿的地方，这里往外看了好半天，目光还在楼里头，都被别的楼挡回来了。想出去走走，转来转去还是在楼道里，院子里，不像她在农村，想到哪去到哪去，想去谁家去谁家，这里的人，住在一个楼里头就像不认识的一样，你跟他打个招呼他看你好半天都不说一句话。

妻说："你先不要着急，等我们闲了带你出去转转。"岳母说不行，她要回去。

我不让岳母走，岳母跟我急。妻悄悄告诉我，这个老太太不好伺候，她要回去赶快让她回去。她一辈子闲不下，父亲最烦的就是她喜欢这里走那里看，跟这个人说跟那个人聊的，这习惯跟了她一辈子了，改不了的，她要走就让她走吧，我们是挡不住的。回到家她就自在了，不管春夏秋冬，就她一个人在家，又没有什么事，她想干啥就干啥，没人管她，她也不用管任何人。

我说妻："你怎么这么说你妈呢？"妻说不是说她，她就这性格，她和父亲吵吵闹闹一辈子，就这么过来的。

没等我们发话，周末早上一起来，岳母就收拾好她的东西说要走了，妻说走也要等到下午，吃完中午饭才能走，早上的班车已经赶不上了。岳母说："那你们不早点起来送我走。"岳母是真的待烦了。

我到外面给岳母买些东西带回去，回到家属院门口，看到一个憨头小伙子和一个笑容灿烂的女孩站在那里，指指点点地不知道说些什么。

哎？那女孩是三儿。三儿在这干什么？

我刚要下自行车打招呼，三儿向我使了个眼色，什么意思？叫我快走？

身后的小伙子问："是不是他？"三儿怎么回答的我没听到，可那憨头小子已经冲了上来，一把抓住我的车把，把车子摔到地上。

我不管车子往前跑，憨头跟在后面喊："你不要跑。"是啊，我为什么要跑？

我停下来，憨头追过来。我说："有什么事你说吧。"

憨头手里握着一把刀子，刀子不大，在手里颠过来倒过去，吓唬人。

憨头指着三儿问我："你认识她吗？"我说："认识。"憨头说："她是我女朋友。"我说："祝福你们。"憨头说："你为什么要占她便宜？"我说："我没有占她便宜。"

"走，到你家说去。"

"到我家干什么？"

"你害怕了？你要是不带我去你家，就别怪我的刀子不认人了。"说着，他就挥舞着刀子在我眼前晃，好像要用刀尖划我的脸。

说实话，我确实有些怕，一来我不知道他什么来头，他身体比我壮实，手里又拿着一把刀子，他要是真的胡来了怎么办？二来我们现在就在地委家属院门口，要是让进进出出的人看到，我怎么办？三来我岳母和我老婆都在家，他跑到我家里胡闹怎么办？

我赶紧抱着息事宁人的态度对他说："有些事不像你想象的那样，我和三儿之间什么事也没有，你可以私下里问问三儿就知道了。"他说："我什么都知道，要是不知道还会来找你吗？"

看来这事复杂了，不知道三儿跟他说了些什么，但不管怎么样，这家属院门口的地方不是久待之地，现在躲是躲不过，跑是跑不了。

"走，跟我走。"

"跟你到哪去？"

"到我家去呀。"

小伙子突然有些迟疑，拿眼看看三儿，显然他不是真的想到我家去，没有任何要到我家去的思想准备，但话已至此，他也只好硬着头皮跟我走。三儿没去。

妻看我和一个陌生小伙子进来，可能觉得气氛不对，让了座，倒了茶，收拾了东西就催促着岳母赶快走吧。妻和岳母已经吃过饭了。

送走岳母，小伙子指着我问妻："你是他老婆吗？"

"是的，你是谁？"妻反问小伙子。

小伙子又指着我对妻说："他欺负我女朋友。"

妻说："他欺负你女朋友，你来找我干吗？你来欺负我，还是来逼我离婚？"

小伙子显然又没想好他到我家来要干吗，他不知怎么回答，就说："我可以和你单独谈谈吗？"

妻说："你不是已经坐到我家里，正在和我谈吗？有什么话就抓紧说吧。"

我站起身，去了趟卧室，留他们两个在客厅说话，从卧室出来我又去锅台上吃饭。锅台与客厅有玻璃隔段，可以随时注意客厅的动静。

饭还没吃完，外面有人敲门。开开门，进来的是警察，问："这是沈秘书家吗？"我说："是的"。警察指指沙发上的小伙子，说："就是他？"我说："是的。"

警察带走小伙子，小伙子起身时，看看我，看看妻，没说话。

小伙子走了，我和妻也没说话，她去卧室，我在客厅。我打开电视，手里拿一本书，横躺在客厅的沙发上，脑子里交替闪现着几个关联人物在这同一时刻里的不同画面。

三儿，在外面闲逛着。心里只有一个目标，把沈秘书拿下，也不知道那个憨头这会儿怎么样了。这个沈秘书胆子也够大的，他怎么敢把憨头往家里领呢？他老婆听到他和我的关系会是什么反应？会跟他闹离婚吗？会找我吗？她知道哪怕她不找我，我都会找她吗？

憨头，在派出所里。警察问："你为什么要找沈秘书闹事？"憨头说："他欺负我女朋友。""你女朋友是谁？""我没有女朋友。""那你说他欺负你女朋友？""我喜欢我女朋友，我女朋友不喜欢我。""他欺负你女朋友有证据吗？""我听三儿说的。""三儿在哪？""不知道。""你相信三儿的话吗？”“我不信了。”“为什么？”“他老婆长得比三儿漂亮。”“你知道你手持凶器，私闯民宅是犯法的吗？”“三儿只是让我吓唬吓唬他。”“你这样做的目的是什么？”“想和三儿处朋友。”“三儿为什么叫你吓唬吓唬他？”“三儿没说。”

妻，躺在里间床上睡不着。妻心里想着这个三儿是谁？他真的对她动心思了？如果真的是这样的话，也是我自己惹的祸，男女方面的事太冷落他了，男人哪有不想的。何美丽都问过我三儿是谁，我咋知道三儿是谁。何美丽说三儿肯定是个女孩子，女孩子经常和一个大男人一起写东西，时间长了还不写出问题？三儿长得漂亮吗？那小伙子说她没我漂亮，但她年轻呀。他要是真的有什么把柄在人家手里，他还敢叫警察过来把人家男朋友带走？男女这事，心里没鬼都怕乱敲门，心里有鬼还敢跟人家犯浑？那这小伙子和三儿两个人是什么意思？三儿的意思很明白，就是要取我而代之。她现在是地区报社的聘用记者，身份也不在我之下。

妻连续几个晚上都是很晚才回家，我问去哪了？她说和三儿出去了。原来三儿做妻的工作，让妻把我让给她。妻问为什么？三儿说因为她爱我。

“我也爱他呀，”妻说，“我都爱他这么些年了，为什么要把他让给你呢？”三儿说：“你都爱他这么些年了还不累吗？”

这话还能谈下去吗？

后来，派出所的郝所长问我：“沈秘书，你认识一个叫王四毛的吗？”我说：“认识，他是我老婆的同学。”郝所长说这个人好像已经辞职下海了，听说那个叫三儿的把报社的工作辞了，跟着他去了南方。三儿和她那个所谓男朋友的小伙子都是王四毛的学生。

啊？原来是这样啊！

孙子航来电话，问我晚上干吗，我说没事，他说跟他吃饭去。吃饭的人不多，就四个人，我和孙子航，孙子航的小师妹，一只飞来飞去的花蝴蝶，地区幼儿园的老师。还有一个是花蝴蝶的大学同学，我的学生曾玫。

曾玫大学毕业分配在省城公安部门搞外事，这次回来探亲过年，是今天的主角。孙子航知道曾玫是我的学生，专门叫我来陪客。

花蝴蝶问曾玫："怎么一个人回来，老公呢？"曾玫说吵架了，没让他来。花蝴蝶告诫曾玫："你可不要由着性子来，现在的女孩子也不知道怎么了，公然宣称好男人都在别人家里，现在的男人也都花得很，一不小心就有人把你的男人撬走了，千万别像我大意失荆州。"

曾玫忙问："你怎么了？"花蝴蝶说她老公被人撬走了。曾玫问："什么级别的妖精这么厉害？"花蝴蝶说："一个地地道道的小三，名字就叫三儿。"

我心里咯噔一下，花蝴蝶是王四毛的老婆？

看得出来，花蝴蝶是个简单的人。看问题简单，说话做事也简单。她直截了当地对曾玫说："我和我老公可是典型的大男人小女人式的兄妹恋，这样的恋情都不牢固，你们那种大女人小男人的姐弟恋，可真的要当心才是。"

曾玫看似一副无所谓的架势，实则是底气十足地说："男人是管不住的，越管越犟，你越是不理他他反而越黏你，过不了两天他就会从省城追过来了。"

花蝴蝶说她只听说过女人黏男人，从没听说还有男人黏女人的。

孙子航说男人叫缠，不叫黏，按当地话说叫呥。

花蝴蝶说呥不兮兮的男人最讨厌。

曾玫说男人和男人不一样，有的男人喜欢读书，呆，说着她不经意地瞟了我一眼。她觉得我呆？这丫头怎么说话呢？我刚回望她一眼，她的眼光又漂移回去，继续她的话题。曾玫接着说，有的男人喜欢挣钱，贪。有的男人喜欢喝酒，馋。她的男人想挣钱没挣上，天天喝酒，贪杯馋酒又没有量，结果天天醉醺醺回家，回到家就往地上一躺，装狗熊，等着你去伺候他。

因为曾玫刚才看了我那一眼，我赶紧开口说话，可刚一开口就又是好为人师的口气。我说："你这个时候千万不要数落他，赶紧把他从地上拉起来，扶到床上，把他鞋脱了，拿过热毛巾给他擦擦脸，嘴里再不经意地念叨两句：'咋把自己喝成这样，以后不会少喝点吗？'听到这话，他绝对会在心里偷笑，第二天早上起来，你再骂他，使劲骂他，他也绝对一点不恼，笑脸相对，因为在他最困难的时候你疼爱了他。疼爱之后你说什么都对。"

"他不是已经醉得像死猪一样了，我疼爱他他知道吗？"曾玫侧过脸来看着我，疑惑地问道。

我继续说："死猪一样只是他的醉态，并不代表他什么都不知道。我从来不信醉得什么都不知道的人，他醉得什么都不知道了怎么还知道回家？酒醉心明白，千万别上他的当。他一进门就躺到地上，或者和衣躺到床上，那是跟你撒娇呢，如果你这个时候不理他，甚至是嫌弃他，斥责他，他会在心里恨死你，明天早上起来你再跟他说好话，做好饭，好言相劝要多爱护身体少喝酒，他绝对不会理你，下次会比这次喝得更多更醉，甚至会一次比一次喝得多，一次比一次醉得厉害。"

曾玫一阵惊讶，说："老师你太厉害了，你说的咋那么像？你不是不喝酒吗，怎么对喝酒人的心态这么了解？"

我说："人同此心，心同此理，没吃过猪肉还没见过猪跑？别忘了我可是学过教育心理学的人。"

孙子航是个喝酒的人，他对酒的感悟要比我深。他说酒壮屃人胆，他有一个同学，典型的"妻管严"，嗜酒如命，就好喝一口，而且一喝就醉。喝酒的时候他不吃饭，喝完酒，摇摇晃晃回到家，喊着老婆给他下汤面吃。老婆气不过，下着汤面，数落着喝酒的不好，那同学脸上挂不住，气得打开窗户，把汤面锅扔到了楼下。老婆气得“哇哇”直哭，一甩手，“砰”地一声把门关上，跑了出去。那同学找来一把起子，把门上的合页拧了，“咣当”一声把门扔到了楼道里。

花蝴蝶说：“我怎么觉得这事应该是师兄所为？”孙子航说：“我有这么粗俗吗？我要是做这事还需要拿起子卸合页，一脚踹出去不就解决问题了？”花蝴蝶撇撇嘴说：“你就吹牛吧。”

过年的时候，我和妻去给曾玫的父亲曾书记拜年，这是我们每年都要做的。

曾书记家里有很多人，很热闹。女儿回来了，女婿跟着也回来了。我小舅子也在曾书记家，而且他还跟县委办公室的同志一起在曾书记家帮着招呼拜年的客人，小舅子看我和他姐的眼神都放着光。这是什么情况？

曾书记指着小舅子对我说：“小曹很能干，人也很热情，他找了我好几次，想从酒厂出来，换换工作，最近，县委把他调到招待所给了个副所长，先让他干着。”

我连声谢谢曾书记。

曾玫过来打断我和她爸的对话，说她有事要跟我说，曾书记说：“好好好，你们师生之间好好聊聊，让你妈陪师母说说话。女婿也跟着岳母师母凑到一起。”

曾玫把我领进她的房间，一进房间，曾玫突然转身趴到我的肩膀上哭了起来。我一时不知如何是好，有些手足无措，我说：“大过年的，有什么话赶快跟老师说，别哭。”

曾玫平静了一会儿，说她想离婚，但她不敢跟她爸爸妈妈说，她想让我帮她联系一下地区公安处，她想调回来。我说：“你们两个不是挺好的吗？怎么能有这种想法？”

曾玫说：“我老公是比我低两届的同学，比我小两岁，他是他们家的老么，一直就像个长不大的孩子。他父亲是省城公安局的领导，我大学一毕业就住到他们家，我的工作也是他父亲安排的。结婚前我们两个在一起相处得很融洽，可他大学一毕业，两个人结了婚，情况立即变了，他整天不务正业，和一些狐朋狗友在一起，忙一些不着边际的事，说他也不听，还跟我怄气，一生气两个人十天半个月都不说话。这个春节虽然他跟了过来，可我们这几天也还是一句话没说。”我心里想，这小子怎么跟我一样？

“还有别的吗？”我问。

“还有就是他妈特别宠他，吃饭穿衣都得他妈管，每天出门，他妈都要把他的皮鞋擦亮，把他身上的衣服捋整齐，还要用毛刷子把身上扫一遍，我们晚上睡觉连门都不能锁，他妈经常半夜三更跑到我们房间来给他儿子盖被子。你说怎么让人受得了？”

我笑笑，说：“就这些啊？”曾玫说：“这还不够啊？”我说：“不够，远远不够离婚的条件。你看啊，你们两个的问题不是他长不大，不是他不务正业，更不是他结了婚变了，根本原因是你和他妈争夺他的爱。他从小到大一直都在他妈跟前，现在突然跑到了你的跟前，一天到晚不黏他妈黏你了，他妈多失落呀。你呢？以前他是他妈的儿子，现在他是你老公，他妈还在宠他，争夺他对你的爱，你心里不舒服。是你自己结了婚心态变了，而且这还是为了爱，你说这符合离婚的条件吗？”

曾玫怔怔地看着我，没说话。

“至于你说的你们两个一怄气，十天半个月不说话，这倒算是一个问题。解决这个问题的办法只有一条，你主动找着他先说话，只要做到这一条，你们的问题就解决了。”

我心里觉得特好笑，我自己都没解决问题，现在却来给别人开治病的药方，而且纯粹是按照自己的想象和内心需求开的药方。

“男人是这个世界上最没名堂的人，脆弱，娇气，耐受力差。再坚强的男人都有脆弱的一面，越坚强的男人越脆弱。比如感冒吃药这件事吧，男人感冒了，最喜欢在老婆跟前叽歪说我感冒了，如果老婆没顾得上理他，他马上会再重复一次，我感冒了。他要的结果就是想引起老婆注意，希望老婆把水倒上，把药递过来，伺候吃药，其实他的感冒已经好了大半。可轮到老婆感冒了呢，说一遍他没听见，说两遍他不耐烦，只来一句药在那儿，你不会自己吃吗？”

曾玫显然对男人没名堂这句话感兴趣，喜欢听，从她逐渐舒展的眉宇可以看得出来。

“你为什么要跟一个最没名堂的人怄气呢，纯粹是自己给自己找气生。一个最没名堂的人，又是被人宠着的人，他本来就是个小男人，很娇气，你突然想让他变成大男人，让他来哄着你，让他找你先说话，可能吗？既然不可能，为什么不能好好当你的大女人，主动找他先说话？而且你找他说话，还要有足够的思想准备：第一遍，他可能还是气哼哼的；第二遍，爱答不理的；第三遍，已经喜在心间；再来一遍，他可能就心花怒放，喜上眉梢。可是我们很多时候往往就在这最后关头失去了耐心，结果前功尽弃。”

曾玫突然问我：“你也是这样最没名堂的人吗？”我说是的。她笑笑。

我和妻告辞的时候，曾玫喊过来她的小丈夫，说：“认识一下沈老师。”小丈夫兴奋地连声说：“沈老师好，沈老师好。”这可能是他到老丈人家几天来曾玫第一次跟他说话，小丈夫也就把这个恩情记给我了。

曾玫又调侃小丈夫，说：“你看师母比我漂亮吧？”小丈夫激灵一下，赶忙“哎哎”两声，这小子脑子挺灵，反应也快，这确实是一个不好回答的问题，说“是”不行，说“不是”也不行，只有“哎哎”两声是最好的。

看着小两口恩爱如初的样子，曾母跟我悄悄说了声：“谢谢沈老师。”曾母的意思我懂，我也轻轻说了声：“他们本来就很好。”

第四章

医生问：『您家庭关系和睦吗？』我答：『和睦，但再和睦的家庭也有磕磕碰碰的时候。』

1

我们是个多口之家，母亲一辈子生了十个孩子，活了七个，还拿了一个计划生育先进个人奖。她是公社里第一批做结扎手术的。

我们兄妹七个，一男六女，我是老大。我比大妹妹大六岁，比小妹妹大二十一岁，人家看我和小妹妹，哪像兄妹，就是父女。如果撇开我这个老大不提，单说她们那六姐妹，从大往小按顺序排列，我们老家以大小论英雄的说法还真有些道理：大孬子，二犟子，三讥子，四拐子，五赖子，六坏子，对应下来，每个人的性格都有些像。

大孬子不孬，二犟子真犟。我把漂亮媳妇一娶到家，大妹妹就高兴地说："大嫂长得真漂亮。"二妹妹跟上就来了一句："漂亮能当饭吃吗？"

漂亮不能当饭吃，但漂亮的大嫂可以给你们做饭吃。结婚那天，婚礼一结束，客人散去，妻的新婚服装还没脱去，就忙着到厨房给一家人做晚饭了。我想在旁边帮个手，妻说："你陪家里人说话去吧。"

父母和六个妹妹挤在小院自建房里，我进去前他们都围着大妹和二妹说着话，她们俩都是从外地上大学赶回来的。我一进来，大家的目光都齐刷刷地投向了我，我一下被他们看得不好意思起来。

二妹抢先说："大哥新婚宴尔，怎么不多陪陪大嫂？"

我说："陪你大嫂的时间长着呢，还有一辈子，陪我妹子的日子总是越来越少。"

二妹说："听人说，有的地方把娶进来的媳妇看得很重，是自家人。把嫁出去的姑娘看得很淡，认为是别人家的人，嫁出去的姑娘泼出去的水。你以后的家庭成员就是你和你的老婆孩子，我们就变成你的社会关系了。"

母亲突然发话，说："娘家的大门永远向闺女敞开着，不管到任何时候，只要你大哥不胳膊肘子往外拐，这个家都还是你们姐妹落脚的地方。”

我读懂了母亲和二妹的对话，母亲怕我娶了媳妇忘了娘，二妹怕我不像以前一样爱她们了，母女俩这是在新媳妇过门的当口给我点眼药呢。

大妹妹总是懂得我的心思，在我不知该如何接话的时候为我解围，说：“二妹，别躲在这里迎风流泪对月伤悲了，大嫂今天新媳妇上门，她一个人在忙着给我们做饭，我们一家人却躲在这里等吃等喝不合适吧？”

大妹的话音刚落，院子里传来敲门声，许是闹新房的人来了？我赶紧抽身出去。

开门看是何美丽，她一进院子冲着曹欣妍就喊：“新娘子第一天进门就掌勺做饭了？沈老师你也太舍得了，不怕炒菜的油烟熏了新娘子？”

我嘿嘿笑笑，没接她的话，转身进屋。身后又传来何美丽和妻的对话：“他们一家人都歇着，就你一个人在忙？”

“那要不谁干？”妻说，“沈进兵娶我来还不就是为了他这个家，为了他父母，为了他妹妹？”

妻这话听谁说的？水老师？水老师家的阿姨？

“那也不是要你来伺候人的吧？”何美丽的声音高了起来。

“小点声。”妻说。

“你的苦日子还在后头呢。”何美丽的声调低了下来。

我在心里对自己说，一定要让妻过上好日子。

母亲说：“欣妍这孩子好，话不多。话不多的人事就不多，事不多的人好相处。但要提防点儿欣妍身边的人，特别是那个何美丽，别老是在欣妍跟前说三道四的。”

母亲说她这辈子最烦张家长李家短，人前说人话，人后说鬼话，满嘴没真话的人。在老家那时候，户下里的大爷大妈，叔叔婶婶，大伯子小叔子，姑嫂妯娌之间，谁不说进兵妈是个实在贤惠的人？多一句话不说，少一句话不讲，是是非非的事从来找不到她。

听了母亲的夸奖和提示，我直为曹欣妍捏把汗，面对这么好的婆婆，你可不要有什么闪失啊，否则你可是要背骂名的。

婆媳天生是冤家。千百年来婆媳关系就没有处好的。你听那些婆婆们嘴上说她会把儿媳妇当成女儿一样看，可嘴上说的，心里想的，实际做的，人人都知道是怎么回事。儿媳妇也一样，听她嘴上“妈”“妈”喊得可甜了，心里的小九九打得比谁都响。

这里面，有伦理的原因，十年媳妇熬成婆，熬出了头的媳妇她还不好好使唤一下现在的媳妇？可媳妇哪有那么好使唤的，她是别人家长大的闺女，她凭什么跑到你家来让你那么轻易地使唤？

有为生活所迫的原因，还是太穷了。婆婆想让全家人都过得好一些，她的男人和她所有的孩子。儿媳妇也想着全家人都好，但她首先想让她的小家好，她的男人和她的孩子。虽然儿媳妇的男人和孩子也是婆婆的儿子、孙子，但婆婆和儿媳妇两个人的出发点不一样，婆媳矛盾便会由此产生。所以在我的老家，每个家里的儿子成亲以后过几年都是要分家的，如果分家不及时还会闹着要分家，闹分家的矛盾不可调和了，还要把儿子的舅舅请来评理，舅舅说的话在儿子在母亲那儿有权威，一言九鼎，两边都得听。

婆媳问题是个千古难题，即使分了家了，问题也未必就能解决。我母亲认为自己是天底下最贤惠的媳妇，但她惯常爱给我们讲的故事也是她和婆婆之间的事。闹饥荒那几年，她先后给我生过一个弟弟一个妹妹，但都没能活过满月就死了。原因都是母亲的婆婆和小姑子、小叔子待她不好造成的。

她怀小弟弟的时候没吃的，吃树皮吃野菜吃稻糠，肚子吃得胀胀的，屎憋到肚子里拉不出来，生拉硬拽，结果把不足月的小弟弟给拽了下来，没几天就死了。父亲那时正在搞河网化建设，吃住在水利工地，很少回家，家里偶尔有点吃的，奶奶也是带着叔叔姑姑躲起来晚上偷着吃，要是奶奶他们稍微匀一点出来给母亲也吃两口，没准那个小弟弟就能足月生下来。

再就是那个小妹妹，一生下来就没奶水，母亲知道奶奶那里有一些鸡蛋，但奶奶把鸡蛋装在坛子里埋到地里了，那个小妹妹没过几天就饿死了。母亲说奶奶一直对我都很好，他们吃什么都有我一份，所以我才能在艰难岁月里活下来。

我要感谢奶奶，感谢母亲，但曹欣妍没吃过母亲的奶水，没吃过奶奶在饿肚子的时候给我省下来的那口饭，她能像我一样铭记母亲的养育之恩和奶奶的救命之情吗？

她和我母亲都是在另一个跟我们老沈家毫无关系的家庭长大的，我母亲要不是跟我父亲结婚，她跟我奶奶就没有任何关系，曹欣妍要不是做了我的老婆，她跟我母亲也没有任何关系。

所以这婆媳之间本来就没有什么血缘关系，纯粹因为她们中间的那个男人才有了间接关系。不是一家人，却走进了一家门，好了是缘分，不好是可以理解的，不产生矛盾是万幸，你还能要她们好到哪去呢？

母亲说，当媳妇不容易，特别是在我们家，小姑子这么多，六个小鬼，哪一个人对人家欣妍不好，人家的日子都没法过。母亲说她就是打儿媳妇当过来的，她可深有体会，不仅婆媳要好，姑嫂也要好，要是小姑子里出个刁的，出个坏的，哪天再冒出个爱生是非的，那这个家还不乱糟糟的？

女人是家里的风水。家庭和睦不和睦主要取决于女人。女人似水，旺夫旺家。女人脾气不好，怨妇一样经常抱怨，家里的生活肯定受影响。

我们家的风水好像有点太过旺盛，女人太多了些，光女儿就有六个。农村人说，女儿多了好，一个女儿就是一棵摇钱树，家有六千金，这一辈子吃穿不愁了。

母亲是个要强的人，她才不会指望六个丫头过生活呢。孩子都是母亲的心头肉，只要是她生的，她都喜欢，不管男女，不分大小。但事实上，不管哪家的孩子，在大人心里头还是有轻重之分的。五个指头有长短，几个孩子哪能没差别？只是嘴上不说而已。一般讲，如果父母有好几个孩子，那最得他们喜欢的要么是老大，要么是老小，要么就是最乖巧的那个，要是遇上特殊情况，好几个孩子里只有一个是男孩或女孩，那这个孩子将会成为父母最喜欢的孩子。

我在家里占有老大、男孩两大先机，但我母亲好像也没有多喜欢我。从小到大我是家里挨打最多的。我猜想可能是两种情况。一种情况是男孩子好打，女孩子不好下手。母亲不善表露自己，喜欢的她要藏起来，不喜欢的她要遮掩，手心手背都是肉，一碗水要端平，不能让别人感觉出她重男轻女来，表面上看不出来她到底喜欢谁，没准心里对我还是好的。另一种情况是我长得没有别人家的男孩子魁伟耐看，说是老大，却像老幺，矮小瘦弱，可能真的就不讨母亲喜欢。

男人是家里的顶梁柱，男人挺住了，家就倒不了。

自古，女人的命运总是和两个人联系在一起，一个是她的男人，结婚以后她就是“谁谁谁家的”；一个是她的长子，有了孩子之后她就是“谁谁谁的妈”。为人妻为人母的女人，一辈子的荣辱得失都系于这两个男人的身上。

我父亲是场面上的人，喜欢出头露脸，爱说大话，想干大事。身上有一分钱他会说有一块钱，家里有一块钱他会说有十块钱，由此时常会引得一些人来家里借钱，因为家里没有，父亲又时常会到外面借钱回来再借给找他借钱的人。

父亲在外面风风光光，家里过日子却又非常能凑合。我们家干活的农具，如铁锹，镰刀，锄头，都是自己砍下木棍做的把子，用起来很不顺手，经常会磨出满手血泡。挑水的扁担是用自家屋后一根枣树棍做的，那木头看着像人弓着腰，我们就叫它勾腰扁担。母亲勾着腰的身板，挑着勾腰扁担，颤巍巍地走在小路上、田埂上，是我脑海里永远抹不掉的记忆。

儿子是母亲亲生的，最能把控，也最能给母亲长面子。好在我没有太让母亲失望。我干活手快，小时候，挖野菜，别的孩子挖半篮子，我挖一篮子。拔猪草，别人拔半筐，我拔一筐。捡麦穗，别人捡几把我能捡一抱，别人捡一抱我能捡一大堆，母亲干完活收工的时候，和我一起用绳子把麦穗连着秸秆捆起来，背到脊梁后头，她勾着腰，见到人也不忘抬起头来和人家打招呼说："麦穗都是我儿子捡的。"

母亲做什么都要做到最好。当媳妇要当最好的，她最在意的就是户下的人夸她贤惠。当母亲要当最好的，她最喜欢听别人夸她的孩子懂事。

可是在家里，我毕竟不是能够支起一片天的那个男人。我个头矮，力气小，难负重荷。小活细活干得好，刷锅洗碗，烧火做饭在行，粗活重活不行，十三四岁了还挑不动一担水。哪天母亲实在忙不过来了，也会吩咐我到井上少挑点儿水回来。明知挑不动，我又总是要把水桶装满。一路上，颤颤巍巍，跌跌撞撞，歇上几次，洒了好多，挑到家里也就剩两个小半桶了。有时候实在累得不行了，半路上歇下来，扶着勾腰扁担站在那儿，忍不住就会在心里骂上一句："喝了我挑的水把你们胀死。"

我想如果不是后来父亲带着我们全家人背井离乡远走他方，我的挑水功夫一定会日渐长进的。大男人，挑不起担子，怎能担得起责任？

母亲命苦，外公外婆死得早，我从小就没见过。娘家人只有一个妹妹，我的姨娘，再没有别的亲人。母亲和姨娘是在她们的叔叔、姑姑、舅舅关爱下长大的。母亲逢年过节回娘家，也只是回去露露脸，看看那几个血缘关系比较近的亲人，最主要的还是回去到她父母坟上烧个纸。打我记事起，母亲每次回娘家必带我，既是要我陪她，也是想让娘家的人看看她现在生活得不错，她已经有儿子了，也可能是想让我记住已经过世的外公外婆。我对母亲娘家记忆最深的就是外公外婆那两座长着杂草的坟堆。

我们离开家乡以后，每次回老家探亲，也是一定要去外公外婆坟上烧纸的。而且后来探亲，老家里已没什么亲人好探，只是回去看看，到坟上给逝去的人烧烧纸。

在我女儿欣欣长到一岁多了，放暑假的时候，母亲突然提出要我和曹欣妍、欣欣一起陪他们回老家探亲，我说地里的活能离得开吗？母亲说没事，麦子已经收了，苞米还在生长，找个人帮着照应一下，浇浇水就行了。

老家的夏天雨水多，而且下起来就是连阴雨。大雨过后，池塘、稻田、沟渠，汪泽一片，我们去外公外婆坟茔的路上，到处都是哗啦啦的流水声，在小时候，这样的天气正是我们男孩子们下网捕鱼的好时候。

雨后的农村，到处都是烂泥，根本没有路，我们捡着那些长着茅草的田埂走，没泥巴，不沾脚。遇到一个小渠沟，母亲一步迈过去，没站稳，跌落到水里，浑身湿透了。父亲陪着母亲返回，我和妻去坟上。从坟上烧完纸回来，妻的鞋底被路上的烂泥粘了厚厚一层，路都没法走了，她提着鞋子，卷着裤腿，打着赤脚，老家的人见了，都说进兵妈真是摊上了个好媳妇，现在，连家里的这些媳妇们下雨天都没哪个打赤脚下地的。

这次探亲，该看的人看了，该走的亲戚走了，该上的坟上了，我对父母提出，趁着探亲的空当想带曹欣妍到上海和附近的苏杭去转转。

父亲说："你们去吧，年轻人现在都讲究旅行结婚，你们两个结婚这么久，小孩都一岁多了，还一直没到哪儿去玩过，趁这个机会出去走走也挺好。"

我们到了上海，那可真是个花花世界，什么都好，就是让人有种找不到东南西北的感觉，最犯愁的事就是上厕所，这么漂亮的大上海，到处找不到公共厕所，不管跑多远，要上厕所了，我们都会坐上公共汽车往上海火车站跑，火车站有厕所。跑着跑着我就急了，憋不住了，赶紧找个僻静一点的地方就地解决，我越想快快解决完，不想让人看见，越是解决不完，老是觉得有人扭头看我。妻说："你就不能再坚持一会儿吗？"我心想要是能坚持得住还需要你说吗？

就在我佩服女人比男人能坚持的时候，妻终于也出现了弯着腰捂着小肚子的情况，痛苦不堪地问身边的老太太："哪里能方便一下？"老太太不解地反问："百货大楼里不是都有厕所吗？"

啊？大楼里怎么能有厕所，厕所不是都在外面的吗？

上厕所困难，吃饭也是个麻烦事，大街上的饭店倒不少，就是吃不到可口的饭菜，想吃个辣子鸡都找不到，好容易在家饭店点了一盘宫保鸡丁，端上来却是甜的。

饭店里也不给茶水喝，看到了一个茶水桶，有人从桶里接出黄黄的茶水，还冒泡，喝茶的人一小口一小口地喝，喝一口茶还就一口菜，上海人就是文明。

我也拿着杯子去接，要收钱，一毛钱一杯，这么贵。一毛钱一杯也得喝，我先给妻接了一杯，妻一口喝下去就吐了出来，说不是茶，一股怪味。

不是茶能是什么？我端过来尝一口，也吐了出去，不知道这是啥东西。上海人真能搞怪。

到淮海路、南京路上逛逛，到上海第一百货商店看看，给妻买两件衣服。所有的商店一进门，都能看到一个戴着红袖章，手拿电喇叭的人，坐在高高的架子上，用半生不熟的普通话不停地提醒大家要注意小偷。感觉那时候上海的小偷好像特别多。

到了杭州，看着干净整洁的街道，连一口唾沫都不忍心往地上吐，我们平日在单位，在家里，吐痰擤鼻子都是不分场合，找个墙角就解决了。

西湖真美，天黑了更美。西湖里面小道两边的靠椅上，都是些成双成对的情侣，他们举止亲昵，惹得小道上行走的男女也想加入他们的行列，但苦于再找不到空着的靠椅。我和妻牵在一起的手都被汗水湿透了。

我读过不少描写西湖美景的诗作，晴游西湖，雨游西湖，一年四季游西湖的诗都读过，还真没读过几首夜游西湖的诗。苏轼的“菰蒲无边水茫茫，荷花夜开风露香”和欧阳修的“风清月白偏宜夜，一片琼田。谁羡骖鸾，人在舟中便是仙”，虽都是名句，但怎可与眼前的景致相比？年轻人在结婚之前要是能出来夜游一次西湖，对增进感情一定大有益处。

在西湖边上的一个地下防空洞招待所，我和妻登记入住。住宿开票的是一个老大爷，人很好。

“介绍信？”老大爷向我们伸着手。

“没带。”我歉意地笑笑。

“工作证？”老大爷再向我们伸着手。

妻把我和她的证件递给大爷。

“我们俩开一个房间吧？”我对大爷说。

“结婚证？”大爷又向我们伸着手。

妻把结婚证递给他。

接过，展开，像学校里发的一张三好学生奖状，“奖状”上的文字像蚯蚓一样，不认识，大爷把头摇得拨浪鼓似的连连说道：“不行，不行，这怎么能行？”

我赶忙解释我们来自少数民族地区，大爷说：“你们结婚证上连照片都没有，谁知道这结婚证是不是你们两个的？”我说我们结婚的时候还没有实行贴照片。

大爷笑笑说，不要说结婚证上没照片不行，就是有照片也必须是夫妻俩的合影照才行，两张单人照都不行，你要是把其中一张单人照揭下来换成另一个人贴上去呢？

我当时就想，这么好的杭州，要是能把人想得更好一些该有多好。

苏州是一个美到可以吵架的地方。宁听苏州人吵架，不听宁波人讲话，没准就有苏州人爱吵架的意思。我和妻坐在苏州小餐馆里，看到一个女的斜靠在服务台前，一直都在和服务台里面的女人喋喋不休地说着话，一顿饭吃完了，我们该走了，两个人还在说，这个时候我和妻才反应过来这两个人原来一直在吵架。

吵架是会传染人的。我和妻穿行在大大小小的园林之间，看着不慌不忙的街道上走来走去的身影，我们倒显得有些过于匆忙和赶路了，便找一块宽敞地带，停下来歇歇。

两个银发斑斑的老人推着孙儿从我们面前走过，我有感而发地对妻说：“我们老了就该是这个样子。”

妻突然来了一句：“你什么意思，怪我没给你生儿子？”

你说这是哪跟哪，再说下去还不吵架？

西行的列车上，我们一家五口坐在同一节车厢的不同座位上，欣欣跟爷爷奶奶坐一起，我和妻分坐在两个地方，我们想和同座的人对调一下位子，

两个同座的人都不同意，只好作罢。

不和谐的座位，预示着不和谐的氛围。我凑到父母这边来，想和他们待一会儿。父亲说："这边坐不下，回你自己座位上去吧。"

我逗欣欣玩，母亲说欣欣的奶粉不够了。我说："你咋不早说，这会儿人都在火车上，到哪买去？"母亲突然没好气地来了一句："你们跑出去疯了好几天，我到哪跟你说？"

坏了，母亲对我和妻出去这一趟有意见了。

母亲又说："你们有时间跑到那些大地方看看，却把我和你爸扔到家里给你们带孩子，怎么不把我们也带着一起出去看看？你们有钱给自己买衣服，怎么不给我们也买件新衣服穿穿？"

明白了，妻买了两件衣服的事母亲知道了，老人家舍不得钱，不愿意，生气了。

母亲义正词严地说："我们是专门让你们陪我们回来探亲的，你们倒好，扔下我们自己跑出去玩，你们玩得心安吗？"

这可是站在道德高地上的话，极具杀伤力，我无言以对。父亲赶紧制止，说："火车上这么多人，别说了。"

母亲可不管是在火车上还是在哪里，既然说了，就要说个够，不痛不痒的不过瘾。"你们都是拿工资的，钱比我们多，以后该你们出的钱你们就自己出，不要再花我们的。"我说："这个没问题，以后你们要花的钱都由我们出。"

"你们的钱我们花不起。"母亲用手拍拍欣欣，"这次你和她妈回来的火车票都是我们买的，你们把这个火车票钱给我们掏了就行了。"看来母亲对妻的意见大了，连"欣妍"都不叫，而是"她妈"了。

对，这次火车票是父亲托人买的，钱也是父亲出的。我说："这有什么问题，连我这个人都是你们的，你们要，我都可以给你们，我们的钱你们怎么就花不起呢？"

"你们结婚的时候花了多少钱？"

啊？突然翻起旧账来了？这是什么意思？我心想，我们结婚时没花你们的钱呀？

“结婚前，你是跟我们生活在一起的，你在学校存的那一千块钱是属于我们的，应该交给我们。”一听这话，我觉得母亲的积怨有点深，已不是三言两语能说得完的了。我心里窝着火，什么也没说，站起来扭头走了，回到自己的座位上生闷气。这老太太怎么了？

好在刚才发生的这一切妻不知道，她一直坐在自己的座位上没过去，要是她知道母亲为她跟我出去一趟，还买了衣服，生气了，心里不知道会怎么想。

坐了一会儿，我过去对妻说：“欣欣的奶粉不够了。”妻一抬眼，说：“那是你们沈家的事，跟我曹家没关系。”

坏了，这枪药肯定不是对我的，婆媳俩这之前已经接上火了？父亲可能知道，要不父亲刚才叫我回自己座位上去。

“怎么了，结婚几年了，就跟你出去了这么几天，买了这么两件衣服，就鼻子不是鼻子眼不是眼的，吊个脸子给谁看？人家年轻人结婚，出去旅行的，回老家探亲的，不都没啥吗？怎么到了你们家就是事了呢？”

我说：“这也难怪，我们家兄妹多，生活过得紧巴一些，他们不就心疼那两个钱嘛。”

“钱多钱少的日子我们还不是照样过，人多人少的生活还不是照样热热闹闹的，还有谁说什么嫌弃什么了？到头来，怕就怕出了力还不讨好，落一身不是。”

我说：“哪能呢？虽然我们出力不是为了讨好，但肯定能够落好。你看那些妹妹们，哪个不是把我们当成长兄为父长嫂为母的样子？母亲不也常常对外人讲，她有七个女儿，你是她的大女儿吗？”

“得了吧，她真把我当成大女儿看了？生欣欣的时候，明知道我要临产生孩子她还要回老家探亲，我一个月子才吃了两只鸡。”

天哪，这女人都是爱翻旧账爱记仇的呀？妻这边才跟我数落完，母亲那边又给我翻起屎篓子来。

“当婆婆的，我恨不得把心都掏出来给儿媳妇了，可她还是不念我们的好，嫁到我们老沈家都快两年了，连个爸爸妈妈都不好好叫一声。”

我说这个还真是她的问题，她嘴笨，连她自己的爸爸妈妈都不好好喊一声。我背地里说过她好多次，她就会嘿嘿一笑然后说："爸爸妈妈又不是外人，一天到晚挂到嘴边上干啥？"

"你们刚结婚时间不长，你姨父去县里到你们家，她连一顿饭都不留你姨父吃。"

母亲没有别的亲人，就一个妹妹，她对妹妹、妹夫看得很重，这事情都快过去两年了她还记在心里。

我说："这个事确实有，当时我就说过她了。但他们家人跟我们家不一样，谁来谁去随你自己，想走就走，愿留就留，水老师家阿姨跟他们家多亲呀，可你从他们家人的言谈话语里一点也感觉不出来。不像我们家，好就是好，不好就是不好，一定要表现得淋漓尽致，不管谁到家里来，都要笑脸相迎，热情相待，人家要走，还一定要留人家吃饭，而她呢？连她的同学到我们家都要我招待。"

"这些事我就是想给你说说，也不是要你做什么，你也不要再跟欣妍说了。"

母亲的话说完了，气可能也慢慢消了，又称"她妈"为"欣妍"了。

妻走了过来，手里拿了一袋奶粉，递给母亲。

"哪来的奶粉？"我问。

"我刚才去找了列车长，"妻说："问车上有没有奶粉卖，我们女儿没奶粉吃了。列车长是个女的，说车上没有奶粉，但她自己从上海带了几袋奶粉回来，让给我们一袋。"

父亲站起来，让欣妍和母亲一起坐在这边带欣欣，他和我坐到那边去。

我仰靠在座位上，闭目养心。心绪在车轮声中慢条斯理地运转着。

家是什么？家就是柴米油盐、酸甜苦辣，牙和舌头也会碰。家没有对错，没有是非，只有亲情。父母最大的"是"就是生了你，家人最大的"对"就是手足。如果谁试图把是非对错引入到家庭，跟兄弟讲对错，跟父母论是非，那这个人一定就是这个家里不和谐的因子，家庭关系一定会因为他的存在而变得错综复杂起来。

家是什么？家就是以父母为中心，以血缘关系为纽带，以兄弟姊妹为半径画的圆，圆里头就是家。中心没了，家就散了。过去讲，父母在不远游，兄弟姊妹都要维系这个家。现在干什么都要填履历表，表里都有一项家庭成员，父母在，兄弟姊妹都是家庭成员，父母不在了，兄弟姊妹就成了社会关系。所以人们常说，只有今生的兄弟姊妹，没有来生的兄弟姊妹，下辈子不一定还能在一起。

家是什么？家就是一代一代延续下去的香火。我们是父母的儿女，也是儿女的父母。香火断了，家就没了，用我们老家的一句话说，这一家就成了绝户头。爷爷奶奶为什么要对欣欣好，欣欣就是他们生命的延续。有一天，他们不在了，我们还在，我们不在了，儿女还在。香火不断，家道相传。

孝敬父母的最好礼物不是给了父母多少钱，买了多少好吃的，而在于子女自己过得怎么样。你过好了，不要父母为你操心，就是对父母最大的孝敬。

这些年，我们家差不多每两年出一个大学生，我父母所在的农村，多少年也考不出一个大学生来，而我们家已经考出来四个，我和大妹、二妹、三妹。父母亲在当地可荣耀了，名气也可大了，当地人都尊称我父亲为“沈大学”，我们家也被人家尊称为“沈大学”家。

有人调侃我父亲说：“介绍一下经验？”

我父亲也不谦虚：“我生了个好儿子。”

父亲把所有的功劳都归了我。当然，功劳簿里，有我一半，也有曹欣妍一半。

盛名之下其实难副。我一直觉得，考大学这档子事，主要还是靠自己，靠天分，不是别人所能替代的。

我好像生来就适合考试，属于人来疯的那种，人越多的场合越有激情，越是紧张的时候越理智，平时记不住的东西一到考场就想起来了。我最聪明的时候就是考试的时候。

我至今忘不掉恢复高考那年，考语文的时候我感冒了，做了几道题头就开始蒙。我把笔放在试卷上，闭上眼睛，单手支头，心里默唱了一遍《草原之夜》，霎时人就轻松了，脑子也清醒了。考场上唱歌可能也是我应对考试的一大发明。

我的几个妹妹没准也属于我这种，归结到一点，还是我们家的遗传基因好。

我父亲说："尽胡扯，还遗传基因呢，我和你妈能把自己的名字写下来就不错了。"

我说："那是因为你们没上多少学，要不然，还不知道要比我们强多少倍呢。"

老家一个大妈就讲过："进兵妈的脑子那是真够用，说话做事滴水不漏，我们妯娌几个加到一起都赶不上她一个。"

我大妹也说："妈说话总爱说半句留半句，让人想半天也想不明白。"

又是一年高考季。现在跟我们在一起的三个小妹妹里，四妹是最大的，她参加今年的高考。县中学的老师老早就问我："你们家的谢师宴准备好了吗？"

"我父亲的谢师宴是一定要摆的，你们就等着吧，肯定还是老地方，学校对面的小饭馆，一张很大的带转盘的桌子，酒水论箱子堆放在桌子旁边，到时候你们就放开喝吧。"

我前面三个妹妹的谢师宴就是这么摆的。

临近高考，四妹病了，她一觉醒来大呼："大哥不好了，我脑子里背下来的高考题全跑掉了，不在了，找不到了。"

我赶快安慰她，说："别紧张，你昨晚睡少了，糊涂了，赶快揉揉脑袋，清醒清醒就好了。"

说着，四妹突然"哇"的一声哭了出来，说她昨天晚上见到奶奶了，奶奶说她脑子里的高考复习题都让老天爷拿走了，她今年肯定考不上大学了，还是趁早找个地方上班躲一躲，要不然老天爷老是跑到学校找她，她的脑子很可能就要被老天爷掏空了，那样她就会成为没有脑子的傻子了。

四妹的情况让我诧异，出了什么情况？奶奶已经去世好几年了，她怎么突然搬出奶奶来说事，奶奶真的给她托梦了？

我问四妹不参加高考想干什么，她说听她同学说县里正在筹办一个毛纺厂，已经开始招工。奶奶昨晚上也交代要让我找找人，把她安排到毛纺厂上班。

我心想奶奶连这个也知道呢？

我私下里问父母怎么办，父母都说随她去吧，别真把她逼疯了。

四妹在县毛纺厂上班到年底，毛纺厂还没正式投产就下马了。四妹一下蔫了，没了声音，看着怪可怜的。过了年，我把四妹带到市里补习，还是想让她考个学。四妹又兴奋起来，说她这次一定好好学。

地区正在筹办一个大的毛纺厂，要招录一批应届高中毕业生送纺织学院学习两年，为毛纺厂培训专业技术人员，我给四妹报了名。四妹得知消息的时候，高兴得把手里的钢笔往地上一摔，抱着我就哭了起来："大哥你真的救了我了。"

两年后，四妹从纺织学院学成归来，成了地区毛纺厂的车间技术员。下面的两个小妹妹同时参加当年的大中专考试，五妹高考，小妹初中毕业参加中专考试。小妹有主见，她说她和五姐同时考走了，爸爸妈妈就可以随大哥大嫂到市里生活了。父母在市里的房子已经安顿好，妻他们单位的集资建房。我们终于结束了市里和县城之间的往返奔波。

谭书记到了退休的年纪，他把我和小朱叫到办公室，很认真地给我们俩谈了一次话，他想在他退休之前，先把我安排到秘书科当副科长。前任领导的秘书，后任一般都不会用的，问我这样安排行不行，想听听我的意见。我说让书记操心了，就按书记安排的办。谭书记又交代我以后照顾好小朱，小朱跟了他十几年，有感情了，但小朱有点死心眼，一根筋，不认人，别的领导不可能再要他开车，把他安排在车队，估计别人也会欺负他，他想把他放到秘书科，小朱是党员，可以跑机要，送文件，这样我可以照顾着他一些。小朱说他以后就跟着沈科长干了。

沈秘书成了沈科长，尽管是副科长，但一般情况下没有谁会直呼你沈副科长的，除非有人成心想给你找不痛快。

当了沈科长，最先来找我办事的是我的大舅哥。大舅哥从岳父岳母那儿遗传了好酒量，一大早就要妹妹给他倒酒喝。

两杯酒下肚，哥哥开口说话。

他说：“妹夫过去当秘书，手里没权，我没来找过你，现在当科长，是领导了，该给家里办些事了。”

我说：“哥，有什么事你尽管说。”

他说两件事，一件是把他两个孩子带到市里来上学，农村学校的教学条件太差，将来肯定学不出来。

我说：“这个事好办，你今天先不忙回去，我把学校给你联系好，你自己过去办手续。”

他说：“那咋行，我一个农民，人家学校怎么可能理我，还是你把学校的事办好，我把孩子送到你们家，你们来管，只是今后吃住浆洗的事就要辛苦妹妹了。”

妻一听就急了，说：“哥，你啥意思，你是要把你那两个儿子搁到我们家呀？那怎么行。我们家就这么大一点地方，他们俩来了住哪？我们一天天忙着上下班，欣欣一个就把我们忙得焦头烂额的，再来你家的两个光头和尚，那我们还上不上班了？”

大舅哥倒不见外，说：“不就两个孩子，多两双筷子一瓢水的事，有什么麻烦的。男孩子住也简单，就睡你们家客厅。”

妻直截了当地回应：“不行，孩子上学的学校给你们联系好，吃住你们自己管，你们就在学校附近租间房子，你和嫂子两个人一起伺候也行，一个人过来跟着也行，他们两个自己照顾自己也行，我这儿住不了，肯定不行。”

哥喝到嘴里的一口酒“噗”地一下喷了出来，随口说了句“我们农村人把事情想简单了”，说着站起来抹了抹嘴，提起自己的布袋子走了，他要说的第二件事也没说。

第五章

医生问：『她什么时候不爱您的？』我答：『现在想来，其实她一直就没爱过。』

1

谭书记退休腾出来的位置由地区教育处李处长接了。李处长成了李书记，贾东阳也跟着到了地委办公室。贾东阳见到我就直呼："沈科长，请多关照。"

办公室肖主任笑嘻嘻地跟我和贾东阳说："你们两个老同学占去了我们地委秘书工作的半壁江山，可是要发挥好你们的优势，多做些工作，多担些担子啊。"

这是主任笑着说的玩笑话，但这玩笑话里的分量比正式谈话重多了，足够我和贾东阳认真对待的了。但贾东阳偏偏不是个能认真对待起来的人，他随口就以笑还笑地回应主任："向领导学习。"

主任随手点点贾东阳："这个小贾，贾秘书。"

我问贾东阳为什么是"向领导学习"，不是"请领导放心""听领导吩咐"？贾东阳笑而不答，转而问我："这个主任是不是有点阴？"我说阴倒说不上，只是办公室工作久了，少了点阳刚。

贾东阳说："我们时间长了会不会也变成这样，像个二尾子？"我说："你肯定不会，你雄性激素那么旺盛，到处分泌荷尔蒙和多巴胺，还能成为二尾子？"

贾东阳朝着我挤弄了一下右眼，问："多巴胺是什么东西？"我说："多巴胺就是你脑子里的情欲、欢愉和亢奋。"

贾东阳说："这个东西好，但用在我身上不合适，缺乏理论支撑和事实依据，我一个连自己老婆都看不住的人，还谈什么分泌荷尔蒙和多巴胺？我要真有那么强，我老婆还能跟那大胡子老外跑了？"

贾东阳老婆花儿去年在师范学院外语系进修，被一个大胡子外教带跑了，跑到国外去了。

我说："你老婆那是个案，她好那一口，你就只能甘拜下风，面对那么强大的对手，中国男人有几个能搞过人家老外的？"

贾东阳说："我最想不通的事就是这个，那么好的一个女人居然就便宜了一个老外了。肥水不流外人田，你找个身边的什么人不行，干吗非要找个还没进化周全的人种。"

我说："你也真够操心的，连老婆怎么给你戴绿帽子的事都要亲自管。"

贾东阳感叹："这夫妻间的悲哀莫过于人心隔肚皮，同床异梦，不知道她心里在想谁。既然不爱，何必还装？"

"装也是一种爱护和尊重，如果她不装，你不早阳痿了？"我说，"有几个人像你一样，什么屎盆子都往自己头上扣。"

贾东阳的上嘴唇轻轻一跳，略带几分神秘，却不似原来鼻子底下那一缕毛茸茸的小胡子跳动起来好看。他把小胡子刮了，现在只能看到神经抽动。

贾东阳和肖主任走近了起来。两个性格迥异的人，一个江湖气，一个书卷气，是很难走到一起的，虽然现在最能博人眼球的事恰恰就是不按常规出牌，但打牌人的后手往往都会有一个局。

地区举办经济协作中秋联谊会，贾东阳邀我参加，我说："那是你们经济口的活动，我就不去了。"贾东阳说："李书记叫你去的。"

李书记现在分管经济工作。刚开始，贾东阳战战兢兢地问我经济工作怎么搞，我说搞上了就知道了。没过几日，贾东阳就忙不迭地跑来跟我说，他们已经到企业检查指导好几次工作了。

联谊会上的人多为外地客商和合作企业的代表，我认识的不多。我和贾东阳到得早一些，一进门就迎上来一个打扮入时的女子，一袭白衣，腰间束一红皮带，领口一条红丝巾，说话慢声细语地："欢迎贾秘书。"

贾东阳赶忙把我介绍给女子："秘书科沈科长。"女子一下老朋友似的伸出手来："沈进兵？"

我也赶忙伸出手来，满脸疑惑地看着她。

贾东阳更是满脸疑惑地看着我："南方丝绸厂经理苏天心你不认识？"

"啊？苏经理？"我为自己没能认出大名鼎鼎的江南女子来有点不好意思。

苏天心倒是落落大方，说："我们没见过。"

"见过的，"我说，"只是没曾谋面，每次见到的都是你从我们办公室门口走过的侧影。"

苏天心微微一笑，说："我们南方丝绸厂是你们肖主任家乡的企业，作为家乡人，我们时常会去肖主任那儿请示汇报工作，还有贾秘书那儿我们也添了不少麻烦。"

我知道贾东阳和肖主任走近了的原因了。

苏天心以前每次去肖主任办公室穿得都很正式，看起来个子不是很高，腰好像也有点粗，今天腰间一束红皮带，一下勾勒出小女子的线条美来，既养眼又抢眼，猛地一见，居然就认不出来了。

李书记来了，肖主任来了，两位一落座，苏天心这儿就没有我和贾东阳什么事了。我和贾东阳刚想站起来出去走走，李书记突然指着我就喊："沈科长，你们平时在办公室都很辛苦拘谨，难得出来一次，今天什么工作都没有，你们就好好放松放松，苏经理你多陪陪他们两个。"

苏天心乖巧地坐了过来，靠近了贾东阳。那一瞬间，我突然明白了，李书记这是在给贾东阳和苏天心拉线呢，只是拿我说事而已。

我问贾东阳："你旁边还需要有个电灯泡照着？"贾东阳说："有时候也需要个幌子。"

这幌子当的，吃饭的机会开始多了起来，省了家里的饭菜，却招来了老婆的埋怨，下班晚回去一会儿，老婆黑着脸，指着电话说："有个女人打了好几个电话找你了。"

"谁呀？"

"找你的人，我怎么知道她是谁？电话号码记在那儿了，赶快给人家回电话，别让人家等急了。”

我心里直犯嘀咕，谁的电话？什么事？家里电话安的时间不长，很少有人往家里打电话，也很少有人知道家里有电话。下午在外面开会，没在单位，别这一会儿又冒出什么要急办的事来。

“愣在那干吗？赶快给人家打电话呀？”妻在旁边催促着，好像这个电话一定有问题似的，她今天非要逮个现行不可。

电话拨通了，话筒里传来一声吴侬细语，我的心一下落了下来：“啊？怎么是你？天心？”

“怎么不能是我？”电话那头的声音刚过来，电话这头啪的一声碗就在地上碎了，碗碎的声音里又歇斯底里冒出一句：“这日子还让不让人过了？”

我也啪的一声把电话挂了，歇斯底里吼出一声：“你犯什么神经？”

“我犯什么神经？”妻愤愤地，毫不示弱，“我问你她是什么妖精，还是甜心？”

我一下明白了，都是这句“天心”惹的祸。也是的，我干吗要跟着人家“天心”“东阳”地叫？

地区组织一个工业考察团赴东北学习考察，李书记带队，我和贾东阳随行，肖主任也想跟着去，但李书记说：“你不属于我管，带不了你。”

我出差的箱子放在大立柜顶上，好久没用过了，到了秘书科出差的机会很少。妻把箱子取下来，箱子上落了一层灰，妻先用湿毛巾蘸上洗衣粉擦，擦干净再蘸上牙膏擦，说是这样擦出来箱子亮。

妻收拾了春夏秋冬四季服装装箱，还有一件棉大衣，箱子装不下了，就站在一旁发愁。

我说："你愁什么？带这么多东西干吗？打发出去就不想再让我回来了？"

"呸呸，哪有出远门说这种话的？"她说："你们这趟是先到北京，北京现在还相当于我们这儿夏天的天气，夏天的衣服要带吧？然后去东北，东北已是深秋，春秋季的衣服要带吧？万一你们碰到了降温天气冷了呢，还是要带一件大衣吧？出门在外，有备无患。"

我说："还是像往常出差一样，带一身换洗的衣服就行了，遇到什么特殊情况再说。外出考察，去的地方多，带的东西多，工作人员主要是做服务的，还要帮领导提行李，我们手里的东西多了不方便。"

妻把所有随身携带的东西都装到一个行李箱里，换洗衣服，洗漱用品，感冒药，拉肚子药。我说药不用带了，现在外面买药也方便。她说："爹有娘有不如自己有，带着，我又不在你跟前。"

我是第一次去北京，一路上一直趴在飞机舷窗上往下看，想知道我们飞到哪了，经过了哪里。我问乘务员："我们现在飞到哪个省了？"乘务员说她也不知道，我纳闷，说："你们怎么连这个都不知道呢？"她说："大概到内蒙古了吧。"我说："我们不是往东飞的吗，怎么飞到北面了呢？"乘务员说："飞机的航线不是直线是弧线。"

贾东阳问："你是第一次坐飞机？"

我说不是，但我就想知道飞机为什么不飞直线飞弧线，为什么从西往东比从东往西飞得快，我坐飞机喜欢靠窗，喜欢从窗户上往下看，可飞机窗户到底是叫悬窗、眩窗还是舷窗？

贾东阳说："飞机又不是火车汽车，从窗户上什么也看不见，靠窗看什么？"

"谁说看不见？背负青天朝下看，都是人间城郭。我还在县中学的时候，孙子航第一次坐飞机回来就对我们说，飞机从我们头顶上飞过，他看到我们校园里站着几个人，但没看清是谁。"

贾东阳说："那他没看到炮火连天，弹痕遍地，吓倒蓬间雀？"

我说："那肯定是——怎么得了，哎呀我要飞跃。"

贾东阳说："告诉孙子航，不须放屁，试看天地翻覆。"

考察团里有好几个人都是第一次坐飞机，第一次来北京，一路上的心情就是一个激动。李书记问大家想不想在北京停留两天，看看北京，大家都说太想了。

下了飞机，出了机场，我们在出口处等驻京办的车来接我们，我们出来前省政府办公厅给他们打电话安排好了的，可等了十几分钟，一直没见到来接我们的车。李书记让我们给驻京办打个电话问问。

我和贾东阳好容易找到一部公用电话，接通驻京办接待处，对方惊讶地说："啊？你们已经到了呀，我们把航班号搞错了，车还没派出来呢，干脆你们自己打出租车过来吧，现在派车也来不及了。"

我和贾东阳跟李书记说了驻京办的回复，以为李书记可能要大发脾气骂人呢，驻京办明摆着是在哄我们，压根就没打算接我们，没想到李书记很平静地说了句："那就按照驻京办的意见办，打出租车。"

我第一次坐出租车，出租车上的计价器哒哒哒地跳，我的心也跟着跳，到办事处居然跳到八十多元钱，这还得了，要是再跳一会儿都赶上我们从省城飞到北京的机票钱了。我们两辆出租车一共花了一百六十多元钱。

到了办事处，赶紧开票住宿。服务员接过我们的介绍信看了看，退了回来，说没房间。

"旁边的人不还在开房吗？"我说。

"他们是省直机关的。"开票的人说。

"那他们有房我们为什么没房？"我有些不解。

"地区的干部，办事处不接待。"开票的人说。

我们一下愣在了那里，说："省政府的办事处不给地区办事？这北京还能待吗？"

“能待，为什么不能待？”李书记说着就走进了驻京办接待处。

“你们谁是处长啊？”李书记问。

一个大背头抬起头来：“我是。”

“你们哪部电话可以打长途啊？”李书记再问。

“你要往哪里打？”大背头反问。

“给省长打。”李书记从容不迫地坐了下来。

“您有什么事？”大背头恭敬起来，“你”已经变成了“您”。

“我问问省政府的驻京办为什么不给地区的同志办事，那我们还要这个办事处干什么？”听得出来李书记是克制着胸腔里的怒火在说话。

大背头赶紧询问：“领导遇到什么不合适的事了？”

“先把我们从机场过来的出租车票报了，”李书记说，“沈科长把那两张出租车票交给处长。”

处长接过出租车票，说：“对不起领导，今天机场接机的事我们没有安排好，下次再来，你们直接跟我联系，我一定亲自到机场接领导。”

李书记没接处长的话，说：“再给我们安排几个房间。”

领导出差向来都是和随行的同志一起住，但今天他要一个人住，还要住套间，开票时他又有意识减少一个两人标准间。我们没明白领导的意思，也不便当着外人多问。

进到房间，李书记对我和贾东阳说：“你们两个今天晚上跟我一起当一回大领导，我们三个人住这个套间。”

我们一下子恍然大悟，李书记他是要开一个套间显示身份，别让人家把我们地区的同志看扁了，拉上我们两个人跟他一起住是为了减少费用，节约开支，不超标，花钱多了回去报不了。

唉，当个领导也不容易，有时候为了斗智斗勇，免不了也会落入俗套的。

在北京待了两天，接下来坐火车去吉林。长这么大，我只回老家坐过好几趟火车，这一趟我才第一次知道火车上有卧铺，能睡觉，有硬卧，还有软卧。

坐软卧讲级别，要县团级以上单位的证明，一般人坐不上。在火车上睡了一觉，早上醒来，到长春了，真合算，车票钱跟住一晚上宾馆的费用差不多。

到了长春未做停留，直接去了延边，我们和延边是友好地州，他们接待热情，跟到家了一样，李书记屁股一沉，舍不得走了，他说不是每一个地方都这么热情的，结果在延边一待就是好几天。

延边的人能喝酒，我们的人也能喝酒，只可惜我不会喝。延边的接待处长给我敬酒，要干一杯，我说我干不了，举杯意思一下。处长说意思一下多没意思，就一杯。我说真的喝不了，贾东阳也赶忙站起来帮我打圆场，说，跟别人喝酒是享受，跟沈科长喝酒是受罪，他对酒精过敏。处长不信，这一杯就是药喝了又能怎样？我说一杯药喝了没问题，但一杯酒喝了可能就出事。

酒桌上，知道我的人一般都不让我喝酒，陌生的场合我一般不说不能喝，说了别人也不信，哪有一杯酒不能喝的？饭桌一坐下来就跟人家打酒官司，总让人觉得不是一个痛快人，所以需要打酒官司的地方我总是一声不吭地把人家提议的第一杯酒喝了，不大一会儿工夫，就会有人主动说，沈科长别喝了。但今天这杯酒我不敢喝，跟领导出门在外，害怕喝酒误事。

处长举着杯劝不动我，有点没面子，就说一杯酒都不能喝当什么秘书科长？这话说得有点重了，我不知该如何应答。李书记突然站了起来，说：“沈科长确实不能喝酒，来，我帮他带了。”

这一下处长不好意思了，他说刚才说错话了，他本意是要表达哪有秘书科长不能喝酒的，不知怎么说出来却变成了酒都不能喝当什么秘书科长。他自罚两杯。我们都一起站起来陪着他喝，我是光举杯不喝酒。

回到长春，接着又看了些企业，然后是座谈总结，下一站就该北上哈尔滨了。我给妻和老家的叔叔写了两封信，政府宾馆里有邮局，寄信的时候，邮局的姑娘说她管发电报，寄信的营业员出去了，叫我等一会儿。

我站在那犹豫了好半天，出来已经十几天了，寄信回去还要走十几天，妻接到信就快一个月了，干脆发个电报，报个平安吧。

邮局姑娘看到我电报落款“沈”字，问我：“你姓沈？”我说是的，她说她也姓沈。一个沈字拉近了两个人的距离，沈姑娘说：“你的信我给你寄了吧。”

她看到我给老家叔叔的信，问我，你电报发到西边，信怎么又寄到安徽？

我说我老家是安徽的。

她说她老家也是安徽的，“就是你寄信这个县的。”

我直接问她村庄的名字，是不是“沈家圩”，她说对对，就是沈家圩。

我们通报姓名，我叫沈进兵，她叫沈进兰，我们是一个辈分的兄妹。

这世界真是太小了，考察团的人都惊异地说：“还能有这样的奇遇。”李书记说：“给你放假一天，回家认亲去。”

进兰的爸爸比我父亲大一岁，我叫伯伯。伯伯的警惕性很高，进兰突然冒冒失失地领回来这么个哥哥，也不知道是从哪来的，还是要仔细查问才好，可不要上当受骗了。

伯伯跟我聊了一些“沈家圩”的事，细论起来，我和进兰还是没出五服的兄妹。聊着聊着，伯伯的眼睛就湿润了，他十七岁就从老家出来了，一直没有回去过。我也是十七岁从老家出来的，但我出来得晚，对老家的情况，伯伯还没有我知道的多，因为见到了我，伯伯居然就想起老家来了。

我也想家了，不是想老家，是想西边的家。没出来的时候想出来，出来时间长了又想家。小时候走亲戚的时候常听大人劝饭：“多吃点，吃饱了不想家。”长大了才知道，吃饱了不想家这句话是骗人的，吃饱肚子没事干光想家。

晚上躺在床上，想着想着就开始做梦，梦到我女儿欣欣没有了，不在了，我伤心地号啕大哭，贾东阳把我喊醒，问我是不是做噩梦了，我说想家了。

“想老婆了？”

“不是，想女儿了。”

贾东阳嘿嘿笑笑，说想老婆的人都说想孩子。

中午，我找机会去了趟邮电局，给妻打长途电话。打通了，妻很高兴，显然她没想到我会给她打电话。她说我还好是中午打的，要是晚上打，她就接不上电话了，她和欣欣晚上都住爷爷奶奶那边。

我说晚上邮电局关门，打不了电话。妻叫我不要挂念她们，家里人都挺好的，欣欣学习也很好。

我知道欣欣一定会很好，但就是想亲耳听到欣欣好，心里一下就舒坦了，简单说了几句就匆匆挂了电话，长途话费很贵的。

考察结束的时候，李书记给考察团的一行人等放假三天，有的顺道回老家探亲，有的绕道去别的地方办事，李书记带上我和贾东阳回他的老家看看，然后就打道回府。

这一趟出来的时间真长，前前后后一个多月，走的时候是秋天，回来的时候已是冬天。我们衣服带得都不多，好在下了飞机就上了领导的小车，小车是专门从地区开到省城来接李书记的。

一路风尘回到家，妻不在，欣欣也不在。今天周日，她们不知道我回来，可能去父母家了。到了父母家，欣欣在，爷爷奶奶在，妻不在。我问欣欣，妈妈去哪了，欣欣说妈妈出去了，晚上回来。

我给父母讲了在东北遇见进兰一家人的事，父亲感叹，说真有你的，居然能把这一家人找到。我说哪是找的，纯属碰的。父亲说，进兰父亲是解放那年跟家里人闹意见跑出去的，出去以后就再没回来过，家里人都不知道他去哪了，时间长了也就忘了，以为这个人已经不在了，没想到人家现在在东北日子过得也是红红火火。

我离开长春的时候，进兰给我父母送了几棵人参，父母把人参拿在手里转来转去看了好半天，说这可是个好东西。我说现在这些人参都是人工种植的，不是很贵。母亲说，千里送鹅毛，礼轻情意重，关键是人家心里有咱们。

进兰姑姑给欣欣买了两套衣服，欣欣穿上很合身。欣欣高兴，问她咋这么多姑姑，我说这个姑姑是捡的。

傍晚，妻回来了，知道我已经回来好半天，她有点不好意思，说她平时都不出去，就今天何美丽叫她去游泳，我却回来了。

晚上，我和妻回家，欣欣不回，她要住奶奶家。我说："爸爸都好长时间没见欣欣了，欣欣也不跟爸爸回家？"欣欣说："奶奶家不是爸爸家吗？"

血缘这东西真是没办法，普天下所有的孙子没有不喜欢奶奶的，不管婆媳关系怎样，孙子喜欢奶奶的情感始终不受任何影响，许多人长大后都爱说"我是奶奶带大的"。即使有些离异的家庭，孩子判给母亲，平日里跟着母亲、姥姥、姥爷生活，只是偶尔被接到爷爷、奶奶家小住几日，他照样还是跟奶奶亲热得不得了。

有人说这跟奶奶的溺爱有关，我觉得这还是因为血缘，从遗传学的角度讲，孩子的基因来自父母两个人，理论上是一人一半，但我总觉得父亲的基因要强于母亲的基因，再加上中国人的传统是孩子跟爸爸姓，爸爸这边是自家人，妈妈那边是外姓人，孩子很自然地就会对奶奶亲。

欣欣不回也好，我和妻两个人自在一些。

结婚以来，这次是我和妻分开时间最长的一次。黑暗中，我的肩膀被妻腕上的手表链硌着了，我让她把手表去了，她说不是手表，是手链。

"哪来这么大的手链？"

"捡的。"妻说，她下班路过广场，在一张休闲椅下捡到一根大项链，找不到失主，带回家放了几天，她就拿到首饰店把项链打成了手链，说着她就打开灯，伸出胳膊让我看她腕上金灿灿的大链子，问："漂亮不？"

我瞅了一眼没说话，我想说："你明天再去捡一个？要是我再出去两个月，你是不是就该捡一座金山回来了？"

一个多月没见的万丈豪情瞬间被这个突如其来的手链搞没了，躺了一会儿，我试图让自己重新兴奋起来，但妻像木头似的，我成了一个缺爱的乞丐。那一刻，我无地自容，心灰意懒，默默爬起来，穿了衣服，披了大衣，下楼到院子里透透气。

起风了，风在院子里打转，呼呼地，雪粒子吹到脸上，砸得人生疼。我满脑子都是那款手链，好大的手链，我的脑子已经被手链搅成了糨糊。

院子太冷，不一会儿我就冻透了。上楼回家，妻在客厅的阳台上哭。我没理她，走进卧室，妻的挎包放在床头柜上。我打开来看看，里面有泳装，泳装在一个白色塑料袋里，塑料袋下面掖着一张长长的粉色卫生纸，用过的，窝成了一团，打开，纸上有一大片或是一大坨分泌物印迹，是女人的还是男人的？女人到游泳池游泳，取出垫在内裤里的卫生纸没处丢弃，搁到包里，忘了扔掉，带回家了。那就是说，妻和何美丽去游泳池之前，先和哪个野男人约会鬼混过了，所以回到家对我一点兴趣也没有。对，就是这样的。

血往脑子上一涌，人却异常清醒。

我到女儿房间，铺开纸，拟就协议离婚条款：一、房子。我们现在住的单位分房归我，石油公司集资房归妻，父母即刻搬入我的住处。二、孩子。依照孩子意愿，她愿意随父亲生活，就由父亲抚养，母亲不用承担抚养费；孩子愿意随母亲生活，父亲支付抚养费至大学毕业。三、存款，一人一半均分。

妻已从阳台哭完回到床上，钻进被窝。我脱了衣服上床，仰靠在床头上，我在盘算怎么开口跟她讲离婚的事。妻也没睡，被窝里窸窸窣窣的，她在想什么，也想跟我离婚？

妻突然翻身过来，搂住了我的腿。我说：“别这样了，何必把自己搞得那么累？咱们离婚吧。”妻没吭声，在被窝里颤抖了一下。

我把灯打开，说：“这是我写的离婚协议，你看看。”

妻坐起来靠在床头上，接过离婚协议，看得很认真。看完说了一句话：“为什么不写离婚原因？”我说：“原因还用写吗，不过你倒可以告诉一下我，他会娶你吗？”

红儿来电话，直截了当地说她要见我。“很久没联系了，有事吗？”“没事就不能见你了？”“到哪？”“到家。”“家里不行。”“为什么？”“我怕犯错误。”

红儿又用她独有的语言风格问道：“那去哪？餐厅？”“乱哄哄的。”“压马路？”“招摇过市。”“逛公园？”“又不是情人幽会。”“还是到家里来吧，就我一个人在家，给你煮大骨头汤泡油条吃。”

我心有余悸，说：“你别吃了一半又把我赶走了。”“是我赶你走的吗？”电话里她的声音一下高了八度。这个女人惹不起。

今天挺有意境的，红儿的餐桌上不仅有大骨头汤和油条，还有小菜和红酒。“我不能喝酒，你知道的。”“你不是想学喝酒吗？”“我想学喝酒你怎么知道，你什么意思，醉翁之意不在酒，这是鸿门宴？”

离婚协议交给了妻，她还没签字，但我们的话已经少了起来，不是冷战，是没话。我开始学着喝酒，但总是学不会。

“药不能治假病，酒不能解真愁。说说，心里有什么苦？”红儿一脸认真地对我说。

呵呵，我心想，我知道了，你是受人之托，受曹欣妍之托，我才不傻呢，我能跟你说什么？说曹欣妍外面有男人了，她不愿尽妻子的义务了，说曹欣妍腕上戴着别的男人送的手链，好大好粗，绑狗的一样？绝不能那么浅薄，我倒要看看曹欣妍给你的葫芦里装了什么药，装了多少药。

“听说你现在脾气很大，一天到晚不苟言笑，动不动就发火，搞得老婆孩子一天到晚心惊胆战，见到你都想躲，躲不及都想跑。你要是在家老婆孩子都不敢回来，老婆孩子在家都害怕你回来。”

明白了，怨不得妻现在出差开始多了起来，原来她是在躲我。我以为是有人喜欢带她出差，或者是她喜欢跟着别人出差。出差在外，谁能管得了谁？过去她可是从不出差的，工会有什么差好出？现在即使不出差也不愿在家多待，一转眼带着女儿就去了爷爷奶奶家。

红儿看着我，说：“你大男子主义还挺重的，以前当秘书的时候不干家务，现在不当秘书了也还是衣来伸手饭来张口，人家带着孩子在你父母家，治治你的懒惰没有什么毛病吧？”

“当然有毛病，为什么没毛病？毛病大了，太大了。老婆是干什么的，老婆不洗衣服不做饭还要老婆干什么？家常便饭粗布衣，知冷知暖是夫妻。不看家中妻，但看身上衣。

“本来老婆当得好好的，突然有一天一觉醒来，毫无由头地要翻身做主求解放，这里面肯定有什么不为人知的内幕。现在，她的眼里，好男人的标准就是洗了几件衣服，做了几顿饭，刷了几次锅，洗了几次碗。这里面她一定是先有了参照对象，后来有了追求目标，渐渐开始看不上我，甚至嫌弃我了。

“我有鼻炎，鼻涕擤也擤不尽，经常不自觉地往鼻腔里吸鼻涕。一听到我吸鼻涕，她那边鼻子皱得，嘴撇得，眼斜得，整个五官都变形移位了，千种万种看不起，都在她那皱起的鼻子、撇开的嘴巴和不屑的眼神里。

“我吃东西过敏，吃辣子结肠疼，喝牛奶拉肚子，吃水果爱放屁。她说我事情多，素质差，别人都看不起我，认识我的人都说我的性情古怪，没有朋友。我就纳闷了，我素质差，外面没朋友，别人都看不起我，她是怎么知道的，谁告诉她的，他为什么要跟她说这些？

“她现在只要从外面出差回来，哪怕是只出去了一两天，一到家就要大洗特洗彻底洗，床单被套沙发罩能洗的都洗一遍。一开始我还很感动，认为她能干，爱干净，后来才知道，她是嫌我脏，好像她几天不在家，我就在家里干了很多坏事，把家糟蹋得臭不可闻了。

“现在我们家不能有女人来电话，来电话的女人，不是红颜祸水，就是男盗女娼。这件事绝对蹊跷，最大的可能就是哪个野男人追她的时候，为了尽快把她俘获到手，有意无意地来上几句有关我的坏话。‘你们家沈进兵可潇洒了，外面有很多女人，你还为他守身如玉，值得吗？’没准这个野男人把她追到手，和她睡觉的时候还会问她：‘我好还是沈进兵好？’

“一般来讲，有些人即使在男女方面有什么问题，哪怕满城风雨了，当事人也不会知道的，因为没有信息来源渠道，谁会那么八卦地去告诉你，你男人在外面有女人了，你老婆在外面有男人了？”

红儿就是红儿，我刚讲了一点点心理感受，她马上就能利用我的感受讲女人的感受：“女人的苦男人是不懂的，女人再苦，她都会埋在自己心里，轻易不会跟别人讲，一旦开口讲了，不是苦得受不了就是憋得受不了，感觉再不讲就会死去的。”

“这就是埋在我内心深处的痛，这么些年了，就在我到处夸老婆好的时候，她却像祥林嫂一样，不停地跟别人诉说自己的苦。

“那些年，有人看着我市里县里两头跑，关心地问：沈秘书的爱人还没调过来？我总会说，她在县里照顾我几个上学的妹妹。这里头既有我不想说她是民办老师调不过来的虚荣，更多的也是为了把粉往她脸上擦，把光环往她头上戴，她反过来却说她就是个老妈子。

“她在市里没什么熟人，我为了在家多陪陪她，基本上不出去应酬，非应酬不可的，也尽量把她带上，实在不能带的，也会尽量把饭局安排在父母家附近，我应酬完好去接她一起回家。结果，她嫌我是不放心她，不给她自由，要看着她。

“秘书工作是没有自我的，平常家里的事我是真的腾不出空插不上手，起初，她也确实不让我插手。我周围的人都知道，我们家的一日三餐，洗衣做饭，都是老婆的。我的朋友都说应该叫我老婆给他们的媳妇普及怎么当好老婆的经验，我老婆却说她只会伺候人。

“在我把所有的粉都往她脸上擦的时候，她自己却转过身来，把粉抹到了屁股上。你说，我们还会好吗？”

红儿突然知心大姐姐似的，说：“好好的日子怎么让你们过成这样？你们生分了。”

红儿轻轻一句“你们生分了”，触动了我，也触痛了我，好好的日子怎么就让我们过成这样？

细细想来，生分了，就是亲近的人疏远了，自家人见外了。生分了的夫妻还是夫妻。相好常算账，生分结长远，多少个生分了的夫妻就这样维系着，轰轰烈烈反倒长久不了。相敬如宾的都是生分的，要么干吗相敬如宾？

生活中有一种现象，苦日子好过，好日子难过，有难可以同当，有福不能同享，有些人吃饱了撑的就想找点事，总喜欢把好好的日子揉碎了过。

我老婆现在最擅长的事就是，平静的日子还没过上几天，冷不丁就会冒出来一句伤人的话直接把你撞到南墙上，你被撞怒了，她又装可怜了，生活又回到支离破碎的状态。如此循环往复，反复无常，无数个轮回过去，夫妻间勉强存留的那一点儿情分慢慢耗去，也就该到了不惑之年了。

回想起刚结婚的时候，我说什么做什么都是对的，错的也是对的，现在看来，那肯定也是一种生分的状态。后来，不知道从什么时候开始，我说什么做什么都是错的，对的也是错的，这肯定更是一种生分的状态，她不信任我了。

信任是要有资本的。我和妻的信任资本就是两个人之间的差距，有差距才有爱。当你有资本有实力让她信任你的时候，你就是她的最爱，这爱是不容置疑不可动摇的。随着你和她在同一个生活平台上待得久了，她和你的差距日渐缩小，她可以用新的视野来重新审视你，质疑你，可以重新选择和界定自己的生活方式和人生取向的时候，你还让她怎么去信任你，服从你，甚至是不顾一切地爱你？爱，其实就是一种心理需要。我爱你，就是我需要你。就像邻家的小孩，长得乖巧，大人总喜欢伸手摸摸他的头，觉得真可爱。是因为他乖巧才可爱，不是因为你爱他才乖巧。如果他调皮捣蛋，你就会避之不及。也可能一开始我们就错了，我想找个漂亮的，她想找个吃皇粮的，于是就有了一场周瑜打黄盖的游戏。

我现在最想见到的人就是水老师，真想问问他当年是怎么想起来要为我和曹欣妍成全这段天作之合的，他真的看出了我们各自的心理需要了？可惜斯人去矣。

妻一开始也可能爱过，因为她得到了她想要的，但想要的物件一到手，就像邻家的小孩，刚有了自家的玩具，又喜欢上了别人的玩具。欲望大于现实。

人做任何事情都有目的性，婚姻也一样。

有人为了爱，有人为了情，有人为了性，有人为了传宗接代。

人为什么要吃饭？不吃饭就要饿死。人为什么要睡觉？不睡觉就要困死。人为什么要结婚？不结婚就要死掉？

过去，在我们老家，打一辈子光棍的人有的是，哪个村子里都有那么一两个，多的还有三四个的，不过都是些老光棍，年纪都比较大，多是旧社会过来的人。

现在好像城里也开始出现了不嫁不娶一族，终身不婚，据说这还是一种时尚。还有人即使结了婚也不要孩子，这种情况还有个好听的名字，叫丁克家庭。

我们那个时候不行，到了时候就该结婚，不结婚就是怪物。不仅要结婚，还要生孩子，但孩子也不能多生，多生要受处罚。那时要是允许生两个的话，我们的老二沈言就不会被强行引产了。

现在一想到这件事，我脑子里就会跳出一种声音来，网上说这是脑鸣，我称它为第三种声音。一着急，第三种声音就出来了。

第三种声音说，沈言的事都是当年你老婆为了讨好你、套牢你而使的技巧，等她公家人的身份一解决，她就把肚子里的沈言拿掉了。

第三种声音给我讲这些干吗？对我有什么好处？只是平添了许多烦恼而已。

列宁讲过，年轻人犯了错误，上帝都会原谅的。我年轻时候犯的最大的错误就是把爱看得太重，只要我爱，其他都不重要。

当初，水老师明确告诉我曹欣妍是民办老师的时候，我竟然脱口而出，我才不管她是民办公办呢，只要人好就行。可是你怎么就能知道她一定人好呢？

那时教育局局长问我怎么跑到农村找个民办老师的时候，我还很调皮地说了一句："城里找不上了，只有找个农村的。"局长明确告诫我麻烦的事情还在后头，我依然一副越是艰险越向前的大无畏英雄气概。

当年地委办公室主任第一次见我就问我爱人在哪个单位工作，我说是代课教师，主任先是愣了一下，随即笑笑，说代课教师调动不了，我始终没意识到未来的路有多难走。

可是我真的没想到，她的公家人身份一解决，情况就发生了颠覆性的变化。我们每个人都有过这样的经历，遇到公路堵车的时候，总觉得自己行走的这个车道没有别的道快，老想着变道。坐飞机过安检的时候，总觉得自己站的这一队速度慢，老想着换个通道。这个时候，已不是简单地对自己过往的否定，而是过高地估计了自己的能力。好像只要自己愿意，就能改变现实。

思绪的闸门一旦打开，挡也挡不住。越是想忘记，越是被记起。第三种声音变成了第三种图像，演绎出了第三种情景，一张张，一幅幅，虽已褪了色，但还是很清晰，跟昨天的一样。

那是个周六的下午，我回县里接妻和女儿来市里，周日我要加班。但妻不来，说晚上她和学校同事有事，叫我先把欣欣接走，她明天再来。我问妹妹，她大嫂是否经常晚上有事很晚才回家，妹妹说没有，大嫂每天都早早回来。

我不信。我带着欣欣坐在返回小城的班车上，脑子里就转一件事，妻今天晚上到底有什么事，为什么不跟我来市里？妻跟我说过，他们办公室的那几个人一直够乱的，一个年轻小伙子，曾当着大家的面，站在一个女老师面前，伸手做出托举状，问女老师胸前那两团肉不坠得慌吗？女老师一巴掌打在年轻老师手上，说你那团鼓鼓囊囊的东西吊在那儿不碍事吗？年轻老师就没问过我老婆同样的问题？我老婆胸前那两团肉可是够大的。

妻调到市里来，他们办公室那个年轻老师还时常来市里找她，还曾给我打过电话说找曹老师。

冬日，周一清晨的班车上，我和妻带着欣欣从县里赶回市里上班，都穿得像大狗熊一样。妻抱着欣欣上车，车上一个小伙子伸手把欣欣接上去放在右前方副驾驶的位置，小伙子也让妻坐在欣欣的位置，小伙子坐在她们旁边的发动机盖子上。妻回过头来看看我，我没说话。

这个小伙子是谁？不是卖票的，不是副驾驶，到了县里没下车，跟着车又返回市里，专门来县里接妻的？

小城的大街上，我和妻一起骑着车子，一前一后，她前我后，一辆自行车从我身后冲到前面妻的旁边，一个急刹车，绕了一个潇洒的弧线，靠到了妻的跟前，骑车子的是一个非常英俊的中年男子。两个人并排走着，那景象，熟稔，亲昵，绝不是一般关系。没一会儿，那人右脚使劲一蹬，身子一歪，车把一拧，走了。估计是妻把他打发走的，爱人在后头呢。这人是谁？

下午下班很久了，妻一直没回来，欣欣问妈妈怎么还不回来做饭。我说我来做。做着饭我心里在想，下班这么久了，妻到哪去了，想着想着气就堵在那了，妻回来我也没理她。

第二天欣欣对我说，她妈昨天被别人锁到楼里头出不来了，所以回家晚了。我问她怎么知道的，她说她妈说的，下班了，勤杂工以为办公室没人了，就把过道的门锁了，妈妈没钥匙，出不来。

哄鬼去吧，她不说这个我还不多想，这个谎一编，我认定这里头有事。哪有这边一下班，那边勤杂工就把过道门锁了的，也不管办公室里还有没有人。办公室的过道门上锁干吗？门锁钥匙还掌控在勤杂工的手里头，平时单位人到得有早有晚，加个班，打个电话，取个东西，都得叫勤杂工过来？

正中午的时候，我在办公室休息，电话铃声响起，听到对方说："沈科长吗？你爱人病了，在办公室头晕呕吐，你赶快过来送她去医院。"我赶到石油公司，一个大个子老男人正在办公室抱着妻的头，摸着妻的脉搏，说是妻的心跳得特别快。

我背起妻下楼，楼下已准备好车辆，我把妻放到车上让她躺着，大个子老男人还是把妻的头放在他的腿上，我咋觉得那两条腿应该是我的？这大中午的，妻在办公室发病，这老男人是怎么知道的？

妻说这个老男人不是他们石油公司的，是从县里借调过来的，家不在市里。经常喜欢喝个小酒，喝了酒喜欢找她们女同志说话聊天。也就是个没出息的男人。

晚上，家里来电话，我接起一听就是石油公司那个老男人，一听就知道他喝了酒了。他说找曹欣妍，不跟我说话。妻接了电话有些慌，不知道说什么好。她想快快挂电话，但那边只管说，我这边又只管坐在电话旁边不动弹，妻越发慌乱，不知道说什么好。

第二天妻告诉我，那老男人昨天晚上给她们公司好几个女同志都打电话了。我没吭气。

第六章

医生问：『您和您爱人的矛盾是怎么引起的？』我答：『我们的矛盾是从夫妻分床开始的。』

1

女儿是从妈妈身上掉下来的一块肉。女儿上大学走了，妈妈的心一下子空了。看着远去的长途客车，妻抹起了眼泪。这一刻，我们成了空巢老人。

四十多岁就成了空巢老人，确实早了点。要是这时候身边再有个老二该多好，可惜我们没有，这都是命。要是我们的儿子沈言没被强行引产，现在都该十五岁了，正是在家陪我们的好年龄。真是造孽。

家就是女儿的巢，女儿在，家里总有叽叽喳喳的声音，女儿一走，家里一下子安静了。我回到家，只听到阳台上抽油烟机呼呼地响，妻在做饭。

傍晚时分，西边的阳台，正是阳光充足的时候，妻的脸上都是汗，我拿了毛巾给她擦汗，她的脸一下扭到一边，差点把炒锅里的菜撒到锅台上。

“你的毛巾？”妻瞪大了眼睛问我。

“是啊，”我也瞪大了眼睛回答，“怎么了？”

“一股男人味，”妻皱起了鼻子，“太难闻了。”

溜沟子溜到痔疮上，好没趣。我转身进到客厅，脱下衣服，冲个澡，打开电视，光着膀子，四仰八叉地躺在沙发上等吃饭。

妻把炒好的菜端过来放到饭桌上，瞥了我一眼，说：“你看你那像什么样子？”我也瞥了她一眼，说：“勾引你的样子。”

“几十岁的人了，还没个正形。”妻说。

“我都正形几十年了，干吗还要正形。”我说。

女儿上学临走前问过我一个问题：“我上学走了爸爸会不会想我？”“肯定想啊，女儿是爸爸的小棉袄，怎能不想？”女儿说：“小棉袄穿得时间长了也会热的，没准脱掉一会儿换换季，也挺好。”

我说：“你什么意思？”她说：“我上学走了就你和我妈在家，你们可以更自在更恩爱一些。”

这丫头，小脑袋瓜子里都想啥呢？是嫌我和她妈以前不够恩爱，还是害怕她不在家以后我们会不恩爱？知道牵挂父母了？

考大学前，女儿说：“我要是考不上咋办？”我说：“为啥考不上？”她说她脑子笨，我说尽胡说。

她突然神秘兮兮地问我：“她是不是不足月的时候生下来的？”我说：“什么意思？”

她说：“你看啊，你和我妈是头年七月结的婚，我是来年二月出生的，前后才七个月耶。”

现在这些孩子，真拿他们没办法，绕了半天就是为了要问这么个问题。我猜想，这个问题在她的脑子里一定萦绕了很久了，她可能就是想核实一下她妈到底是不是在结婚之前怀的她。

我赶紧找个能应付的话对付过去：“我和你妈是五月份领的证。”

妻说：“她为什么问你不问我？”我说：“她一定以为未婚先孕的责任在爸爸不在妈妈。”妻说：“女儿不会谈恋爱了吧？”我说：“不会的。”可是我的话一说出口就觉得不对，我怎么就一定认为女儿不会恋爱？

大姑娘了，谈个男朋友有什么稀奇的？初中生谈恋爱是早恋，高中生谈恋爱可能性太大了。人在哪个阶段就会做哪个阶段的事，该有感情经历的时候如果不经历感情，反倒容易出现心理问题，要是等到了谈婚论嫁的年龄才来急急忙忙谈恋爱，反而很容易受到感情伤害。

妻在阳台上喊我：“不要感慨了，赶快穿好衣服吃饭。”

吃饭就吃饭，干吗非要穿好衣服？在家里，我喜欢光膀子，不喜欢穿得跟上班似的。睡觉喜欢裸睡，光屁股，不喜欢穿睡衣。可是这些年，女儿大了，一套两室一厅的房子，女儿一间，我们两个大人一间，住是住开了，毕竟局促一些，我天天都得整整齐齐的。

现在好了，三口之家，一下子变成了二人世界，整个家都是我们两个人的，干吗还要捂得那么严？就是洗完澡也不必非要穿好衣服再出来，可以光着膀子甚至是光着屁股进出卧室，连夫妻生活都可以随便变换地方，不用关门，不用反锁，反正两室一厅的地儿，都是我们夫妻两个的。

我们已经很多年没有好好过夫妻生活了，都快忘了是怎么回事了。怨不得现在的年轻人都不喜欢跟老人住在一起，愿意过二人世界的生活呢！

妻用异样的眼光打量着我半裸的身子，她多少年没这样盯着我看了，或者是她多少年没在光天化日之下见过我这样了？一缕红晕抹上了她的脸颊，我的心跳得厉害，两个人突然不好意思起来。

家里的电话铃响了，妻随手接起，应诺一句就把电话递给我，是我的同事。

“谁请客？几个人？在哪吃？我们家的饭菜都端到桌子上了，好吧，我马上过去。”

放下电话，妻说：“请客吃饭的事以后别问人家那么多，问多了人家再不请你了。”我说：“我主要是想问他们带不带老婆。”

妻说：“这样不好，一来我不愿跟你们男人出去，二来我也不想让人家觉得我们两个谁绑在谁的裤腰带上了。你出去了我一个人在家才好，清静。”

妻说的不想跟我出去可能是真的，但一个人在家才好肯定不是心里话。女人是需要陪伴的物种，高兴了要陪，不高兴了也要陪，干活要陪，不干活也要陪，反正你把她一个人扔在家里是不明智的。她做饭你洗碗，她擦桌子你扫地，周末她在家洗衣服，你可以等在旁边帮她晾衣服，如果你不想干，可以守在旁边看着她洗衣服，或者躺在旁边看书，反正你不能拍屁股走人。否则她一定会想着法子给你脸子看。

自打女儿上大学走了，我就掌握一个原则，多陪老婆少应酬，要不然妻一个人待在家里，她又没地方可去，怪孤单的。

我们俩都是农村出来的，父母都是地地道道的农民，城里没什么亲朋故旧。我们家的情况还好一些，我的六个妹妹都相继考学出来了，父母也跟着我们进了城，我们现在也能像其他城里人一样，回父母家过周末了。可妻在城里的亲人就是我们家的人，岳父已经去世十几年了，岳母守着农村的老宅不愿到城里来，她兄妹三人，哥哥是农民，弟弟在县里，我要是整天只顾应酬不回家，妻在家连个说话的人都没有。

我现在每周的生活周期表是这样排定的：早上中午在家，周末双休日在父母家，出差前、出差后的两顿饭不在外面吃，剩下每周的那几顿饭能不出去就不出去，实在推脱不掉，非出去不可的，如果关系很近，我就主动问请客的人："带不带老婆？"人家一听当然明白我的意思，说可以带老婆。不带老婆的我就问到哪吃，人家当然也明白我的意思，问："你想到哪吃？"我点的地方都是离我父母比较近的酒店，吃完饭我可以和妻一起回家。

时间久了，连续几次请不动，叫不出去，人家慢慢也就不叫我了。一些同学和好朋友逮到机会就要取笑我：家有娇妻的男人累啊，漂亮老婆不好养。

夫妻的日子不总是蜜月期。突然有一天，妻不知道从哪儿带回来一个奇谈怪论，高兴得屁颠屁颠地说是有人发明了一个夫妻恩爱新理论，叫作"夫妻分床，地久天长"。

我不接受这个奇谈怪论。这是什么新理论？夫妻本就是一个屋里住，一个锅里吃，一张床上睡的两口子，你中有我我中有你，你离不开我我离不开你，现在睡觉都分开了，还叫什么夫妻？充其量就是一个屋檐下过日子的家人，一个宿舍里住宿的室友。

现代人的生活节奏本来就快，白天忙于工作，是单位的人；晚上忙于应酬，是朋友的人；只有睡觉的时候才回到家，是家里的人。留给夫妻的时间只有睡觉的时间，可现在睡觉也要分床了，这夫妻还怎么做？

夫妻分床，最现实的问题就是夫妻生活怎么过？奇谈怪论讲，研究表明，夫妻生活十六天过一次最好，最科学。那就是说，到第十六天晚上，吃完饭，两个人不分先后地，或是不约而同地上床吧，同房吧。上完床，同完房，再各自分开，回到各自的房间，睡到各自的床上。下一次上床，下一次同房，再等到下一个十六天以后，名副其实的“十六天夫妻”。

这真是个彻头彻尾的奇谈怪论。夫妻生活是感情的，心灵的，精神的，肉体的，直接体现则是床上的。床上生活是由着性子来的，随心所欲，身心交融，随性的东西还能像范本公式定理定律一样？

这一定是哪个在外面有了外遇的臭男人编的，他晚上在外面跟哪个不三不四的女人勾搭鬼混过了，回到家里怕被老婆发现。屋漏偏逢连阴雨，哪壶不开提哪壶。这边刚往床上一躺，那边老婆就要和他温存，坏了，他没有那个能力了。这次说不想，搪塞过去，下次说累，打发了，再一次呢？再一再二还能再三？他还能找出什么理由来？

于是就有了哄骗老婆的瞒天过海之计，就有了“夫妻分床，地久天长”的奇谈怪论，就有了“十六天夫妻”的胡编乱造，就有了我老婆的信以为真。

不管怎么样，我们分床了。

女儿放假回来问我：“你们分居了？”我说：“没分居，分床。”“为什么分床？”“问你妈去。”

她才不会去问她妈呢，在女儿的世界里，分居的事，分床的事，父母之间一切不和谐的事，肯定都是爸爸的事。在女儿的眼里，妈妈一定是弱者。女儿很小的时候就感叹过，她长大了一定要对妈妈好，那就是说她爸爸对她妈妈不好，至少是没做到她所希望的那么好。

母亲是全世界最善良的人，打开所有人的记忆，不管他曾经经历过多么光辉灿烂或是不堪回首的人生，他最忘不掉的都是母亲的辛劳和教诲。伟大的人，平凡的人，甚至是流氓、小偷、死刑犯，他在人生最感念的时候想到的都是母亲。

可是母亲自身的记忆有时候却是南辕北辙、乱象横生，老大的事记到老二的身上，去年的事记到今年的账上。就说我和老婆分床这件事吧，现在追溯起来，我老婆都能一推六二五，全说成是我的事。妻说她那时候睡觉不好，有人送给她一个薰衣草枕头，能帮助睡眠，我嫌薰衣草气味大，熏鼻子，不愿意睡在她旁边，抱着枕头出去了，同床共枕的人从此分居。说得像真的一样。

现在想来，我老婆“夫妻分床”的偏好没准也是遗传，我记得我和她刚认识那会儿，她父亲和母亲就是分床的。不仅分床，而且分居。岳母睡在家里的炕上，岳父睡在外面一个渠沟边上自建的水磨坊里。说是看磨坊，其实这水磨从未转动过，只是岳父一个没有试验成功的项目。

妻可能早就想分床了，只是以前女儿在，家里房子小，没那个条件。她时常抱怨我睡觉打呼噜，甚至还在半夜里抱着枕头挤到过女儿的床上。女儿问她：“你和爸爸生气了？”她说：“哪有，你爸爸打呼噜。”女儿说：“你们肯定出状况了，奶奶讲过，老辈人说夫妻同心，两口子打呼噜是听不到的，就是有狐臭都闻不到，如果能听到吵，闻到臭，说明这两个人已经不是一条心了。”妻不知是被女儿的话吓着了还是怎么了，赶快抱着枕头又跑回到我的床上。

女儿是什么时候听到奶奶讲过这样的话我不知道，奶奶为什么要跟孙女讲这话我也不知道，但我一直不相信我会打呼噜。我又不胖，也不是七老八十的年纪，怎么可能打呼噜？妻说她被我的呼噜声吵得睡不着的时候，曾试图用我的臭袜子捂过我的鼻子，但我一翻身，袜子从鼻子上滑了下来，哪天她要把我打呼噜的声音录下来，等我醒了放给我听。

我还真想听。我想象不出我的呼噜声是什么样的。但我终没听到自己的呼噜声，因为我们分床了，不用录音了，谁也吵不到谁了。

刚分床的时候，我不习惯，也不适应，床上少了个人，空落落的，睡不着。我睡觉一般都很老实，再宽的床我都当单人床睡，只睡床边那一部分，床上其余部分睡下的时候什么样，早上起来还是什么样。刚结婚那会儿，妻曾就此暗示过我，说她同学何美丽抱怨他们家孙子航，每天晚上不让她好好睡觉，在床上，在被窝里，一会儿把她翻到这边，一会儿把她翻到那边，他也不嫌累。我说他们两口子在床上搬麻袋呢?

孙子航、何美丽两口子都比较胖，我真想象不出他们两个人在床上翻过来抱过去是个什么样子。

孙子航高大，高大得有些臃肿，我觉得他没有那个能力把何美丽一会儿翻到这边，一会儿翻到那边。

何美丽的美丽是打扮出来的，会打扮，敢打扮，喜欢跳舞，但身材矮小了点，只能跳独舞，不适合跳群舞。搞舞蹈的人结了婚，怀了孕，生了孩子，不练功，很快就胖了起来，而且胖起来就很难瘦下去。

所以我觉得何美丽的话只是显摆，炫耀他们夫妻生活幸福而已。妻也未必真信何美丽的话，她也只是借机给我暗示，夫妻生活是可以浪漫一些的。

我也能听得出来妻对孙子航、何美丽两口子夫妻生活的羡慕，她可能觉得那就是男人对女人的好。但我确实做不出来。我可以和妻在一个被窝里睡觉，行夫妻之事，却不好意思在被窝里拉手，更不要说人前示爱了。所以妻一直埋怨我是老封建，不懂风情。

妻也可能是觉得我太规矩，睡到一起没什么意思，还不如分开自在。但我现在一个人直挺挺地躺在床边，里面空出了那么大半边来，总觉得像是少了点什么，我就又在那大半边空床上放一个枕头，置一床被子，像是又睡了个人似的，心里也便踏实了。

妻看我床上摆放了两个枕头两床被子，搞得跟婚床似的，问我什么意思，我说别让别人觉得我是个没老婆的人。

妻看看我，没说话，拿起那床被子那个枕头放到鼻子跟前闻闻。我问她什么意思，她说闻闻谁的味道。

真是妖怪，你管谁的味道？反正不是你的味道。

女人的世界需要有一个独立的空间，她总有些许私密的东西不想让别人知道。过去有闺房，现在有闺密。生气的时候，想心事的时候，不想被别人打搅的时候，最是一种“慎独”的状态。这样的时候你最好离她远点，别往跟前凑，不要自找没趣。

我们的生活已经有了某种默契，我绝不轻易去那间现在属于她的房间。即使在每一个第十六天的周期，我也是等着她过来，绝不去她那边，因为那是女儿的房间。

生活就是习惯。习惯便成自然。分开久了，合在一起反倒不习惯不自然起来。第一个十六天晚上，我们谁也没跟谁说，谁也没提醒谁，但两个人好像心里都有，说明我们都在心里数着日子的。

吃晚饭的时候，两个人都没怎么说话，随意看上一眼，随即又低下头去，目光落在餐桌上。莫非这胡编乱造的“十六天夫妻”理论还真有一点科学道理?

我静静地躺在被窝里，关了灯，留着门，等待着这十六天一次的科学奇迹。妻做完该做的功课，移步我的房间。门缝里挤进来些许的光，她房间的灯没有关。好暧昧，偷人似的。

妻坐到床沿上，慢慢侧俯下身子，轻轻拿起被角。我屏住呼吸。

她把被角放到鼻前，随即搁下，头扭到了一边，站起来走了。

那一刻，我想一把把她拽过来，摁到床上，我又想一脚踹过去，滚！但我什么都没做，只是心里一紧，她嫌弃我了，好像我盖过的被子有什么肮脏之气熏着她了似的。

她出去了，又回来了，抱着自己的被子。女人的被子确实有一种好闻的味道，但我这会儿突然觉得好恶心，霎时肚子里就有了一股子恶劣的反应，居然真的就爬起来跑了趟卫生间，吐了。

我们的第一个“十六天夫妻”生活最终归于失败。

我已经记不起我们曾有哪个“十六天夫妻”生活成功过了，我只知道不和谐的氛围蔓延着，夫妻之间渐渐就开始生分了，最后发展到两个人换衣服都要回避对方，躲进各自的房间里，偶尔还会听到“啪嗒”一声锁门声，生怕对方突然闯了进来。

无数个十六天的时间慢慢流过，无数个无奈和叹息留在心间。同在一个屋檐下的分床和远隔千山万水的分居没有多少实质性差别，只是一个平时能见上面，一个很长时间见不着。像我们现在这样的情况，见面还不如不见面的好。不见面，眼不见心不烦，没准还会一日不见如隔三秋，平添一份思念。

灰色的日子里，我想到了逃离，暂别一段时间没准会是不错的选择。有人说，夫妻之间，在一起久了会头疼，烦，分开一段时间会心疼，想。平淡的日子过久了，总会乏味的，换一种过法未必不是一种积极的尝试。

春花烂漫的季节，女儿来信，一种突如其来的急性呼吸道疾病在她上学的那个城市蔓延，他们学校已经封闭了，何时才能解封，还是未知的事情。女儿要我托人买个飞盘和篮球送进学校，要不然，封闭的日子难打发。

在那个至今还记忆深刻的春天里，每一个中国人都没想到那一场突如其来的恐慌会那么快地扩散开来，女儿所要的飞盘和篮球刚刚送进学校，我所生活的边陲小城就已打响了抗击呼吸道疾病的战役。我积极报名参与了这场战役。

妻听说我要出差，其实是要集中，忙不迭地就给我收拾东西。好多年了，只要我出差，妻都会早早帮我把出差要带的东西收拾好，行李箱，换洗衣服，洗漱用品，感冒冲剂，治拉肚子的药，我说："你就盼着我在外面生病呢？"她说："有备无患，我又不在你跟前。"

以前，我每次出差都喜欢听她一句"我又不在你跟前"，能说得你鼻子泛酸，直想流眼泪。有时候就为了听这句"我又不在你跟前"，专门找机会出差。

但这一次，我的心情和以往任何时候都不一样，一来这一次去从事的工作不一样，有一种视死如归的感觉。二来妻一听说我要出差特别高兴，好像就盼着我出差一样。

我说这次要多带几件衣服，妻显得更高兴，好像我出差时间越长越好。一种悲凉的情绪涌上心头。我们的夫妻情分是不是已经走到了尽头，该撒手了？

到了工作点上没几天，妻突然打来电话，一接上电话她就哭了，说我咋这么狠心，居然舍得把她一个人扔下，去干这么一件冒险的事情。我说任何事情总得有人去干，我不去别人就得去。她说那你也不能什么都不说就走了，她要不是听外面的人说她老公真勇敢，她还不知道我到哪去了。我说："没告诉你主要是怕你担心。"

小城的春天来得比较晚，别的地方已经入夏了，我们还在没有生机的环境里。没有鲜花，没有绿树，只有几株不起眼的小草。

终于，夏天到了，一段人人恐慌的日子过去了，小城平安无事，工作点撤出。当了一回英雄，什么危险也没碰到，真的没过瘾。回到家，妻一改往日的矜持，像是一场生离死别之后，又见到了劫后余生的亲人，手舞足蹈，语无伦次。我这边还在房间里换衣服，她那边就忙着喊热水已经放好了，让我赶快洗澡。我这边刚开始擦拭身子，她那边又喊拉条子已经做好，可以吃饭了。

送行的饺子接风的面，这是北方女人疼男人的一种朴素表达。我曾和妻探讨过吃这两种面食的含义，她说，他们老家山东靠海，饺子像船，男人出海打鱼的时候吃饺子，寓意平安，打鱼归来吃面，意思是要把男人拴在家里，不让他再出去了。

我们老家主要吃米，很少吃面，没有送行饺子接风面一说。我听过一个北方人调侃：男人出门的时候为什么老婆要给他包饺子吃？一说饺子像嘴巴，意思是让你嘴巴闭紧，少说话。二说饺子馅藏在肚子里，出门在外，无论做什么事都要胸中有数。三说饺子半圆像皮带，要你把裤带系紧。妻说："你们男人尽会瞎编。"

不管怎么说，送行饺子接风面，总是寄托着爱你的人的美好心愿。我突然觉得妻还是爱我的，只是她也跟饺子一样，心里有数，但不说。

今天肯定不是"十六天夫妻"的日子，虽然我已经记不得我们多久没过过"十六天夫妻"生活了，但我刚才洗澡的时候，妻却早早就把我床上铺的盖的全换了，晚上我一上床，她跟着就过来了。

夫妻讲的是情分，夫妻生活讲的是意境。这一刻，两个人都很向往，又都很羞涩。夫妻之间一旦多了一点羞涩来，马上就有了一种欲罢不能的奇妙心境。我终于找回了做男人的感觉。可是，就在我忘乎所以恣意纵情的时候，竟然看到了身下一张扭曲着的脸，隐藏着太多的不情愿，甚至是痛苦不堪的丑陋，霎时我就疲软了。原来人家心里不想，生理不缺，只是偶尔良心发现，给你尽了一回妻子的义务，结果你却像杀猪的一样，只是人家没有号叫而已。

在这个"杀猪之夜"里，我独自躺在床边，暗自想来，我和曹欣妍的情分可能真的就要走到尽头了。天要下雨娘要嫁人，爱咋咋地吧。

省城举办一期秘书培训班，号称半年，其实是一个学期，四个半月。我积极报名参加，领导居然就同意了。以前可不是这样，每次学习机会都因为工作离不开不让我去，同事们反而讥讽我，说我是领导的红人，离不开。这一次倒好，领导同意放我出去学习了，又有人据此推测说我该被提拔了。我在秘书科长的位置上已经干了七八年，在前一阵抗击呼吸道疾病中又表现突出。

工作二十多年一直没有脱产学习过，我的同学贾东阳都已经进修学习过好几次了，他还通过脱产进修拿到了更高学府的毕业文凭。当然，他一直在教育口上，进修学习的机会多一些。但他得了便宜还卖乖，说我已经当了这么多年的地委干部，他居然还一直守着教育老本行，动也动不了。我说："世上的好事哪有都给你一个人的，你大学一毕业就分到市里，我们分到县里，你现在又是地区教育处的大秘书，还有什么不知足的？"

这几年我老爱做两个梦：一个是当老师，站在讲台上没备课，不知道该讲什么；另一个是当学生，毕业考试了，我却一直没学习，书本上的东西一窍不通。现在真的当起了学生，可不能让梦里的东西成真。

开班仪式上，学校要求我们尽快实现三个转变：一个是由单位向学校转变，一个是由工作向学习转变，一个是由家庭生活向学生生活转变。这三个要求太合我的心意了，我就是奔着这个目标来的，如果我能在这四个半月的时间里，真正做到把工作放下，把家庭放下，把心放下，那才真叫超凡脱俗了呢。

学校的事情一安顿好，我还是不由自主地给妻打了电话，毕竟夫妻一场，哪能说放就放？二十年的夫妻了，很多习惯性的东西，一时是改不了的，包括身上的毛病。

妻应该意识到我是在有意识回避她，甚至是找着机会回避她，她好像并没在意，接了我的电话还是很高兴，问这问那，比我在家时要亲热很多。

人的许多麻烦都是自找的，给妻的这个电话一打，让她知道我宿舍电话号码了，搞得她几乎每天晚上都要打个电话过来，我不在总是不好。学校住宿安排得很人性化，每个宿舍两个人，基本上都按照一个外地的一个省城的搭配，省城的晚上都回家，我们外地的差不多就算是一人一个房间了。现在搞得我晚上出去一下都要早早回来，被妻的电话盯上了。

孙子航来省城出差，妻让他给我带来了些吃的，熏马肠，煮羊肉，煎饼，干果，装了满满一纸箱子。我一边收拾，一边装冰箱，一边嘟囔："喂猪呢？"

孙子航站在一旁打趣我："卖乖呢？"

孙子航说他从进我宿舍到现在，我就一直在收拾妻带来的东西，座都没给他让，问我是不是还想从箱底里翻出一点私房钱来？

我嘿嘿一笑。

他随手从口袋里掏出个信封递给我："钱在这呢。"

"啊？还真有？"

孙子航说："你老婆待你真好，什么都替你想到了，有这样的女人当老婆，真是男人的福气。"

我说："你们两口子那才真叫恩爱呢，看着你们就觉得羡慕，学都学不来。"

孙子航突然神秘兮兮地问我："你和你老婆现在多长时间做一次爱？"

我侧面看看他："十六天。"

"啊？还有这么确切的？"孙子航意想不到地一脸惊愕："你们一天一天数着过呢？"

我没理他，他也不一探究竟。男人的话题是跳跃的，不一定非要把每句话说满，把每件事情说透，留有余地，留足空间，是男人聊天的最佳境界。

孙子航转而摇摇头，叹口气，说他现在看着他老婆身上那一堆肉就没了性趣，平时在一起连话都懒得说，他们已经很长时间不做爱了。

我诧异地看着他，问："何美丽能放过你？"他说："放不过又能怎样？我现在已经无能为力了。"

我说："你们不一直都是每天晚上在床上翻过来抱过去的吗，怎么突然就不行了呢？"他说："那都是什么时候的事了，二十多年了，两个人天天晚上重复着就做一件事，烦都烦死了。"

这家伙的话还真有点意思，我说："夫妻几十年，哪家不都是重复着就做一件事，你还能创新做出别的什么事来？现在的人都说，一项工作干久了就是内行了，一件事情做久了就是专家了。"

他说："胡说，这件事做久了肯定败家，伤身，伤心，伤人。"我说："年纪大了，不做就不做了，谁一天还老想那事？"

本来我这话是顺着他的话说的，没想到他却表达了严重的不同意见，说自己才四十多岁的人，怎么就年纪大了？现在正流行家里红旗不倒，外面彩旗飘飘，要是条件允许，他一定撑起外面的彩旗来。

我说：“你不是不行了吗？怎么还能在外面撑得起彩旗来呢？”

他说他是和他老婆不行，又没说和别人不行，换一个肯定行。我说：“你这个家伙，小心何美丽哪天把你骗了。”

他说：“你还别说，这女人真是个怪物，年纪越大性欲越强，三十如狼四十如虎，一点没错。我不行了，反倒把她急得满头大汗，问我是不是外面有人了。你说我什么时候离开过她的视线？”

我说：“那你外面是不是有人了？”他没有正面回答我的问题，而是另辟蹊径给我讲了一番道理。他说这男女之事是两情相悦的事，不是谁想找不想找的事。你想找了，她不想找，你能找得上？男人偷情女人也偷情，女人不偷男人偷谁去？男人找情人女人也找情人，女人不找男人找谁去？至少是男女各一半的事，一个巴掌肯定拍不响。

“就说你老婆吧，”孙子航突然把话题引到曹欣妍身上，“曹欣妍她够本分的吧？你们两个够相爱的吧？你们两个在家的时候基本上都不怎么出来应酬，可你出来学习这一个多月，我们几次聚会都把她叫上，她可高兴了，和我们一起唱歌跳舞，一起熬到很晚才回家。”

我的心里“咯噔”一下，我老婆和你们一起出去聚会，唱歌跳舞，她为什么不跟我说？

“想什么呢？”孙子航站起身，“走，吃饭去，今天晚上就给你换一个。”

孙子航请客吃饭的范围向来不大，他说不是舍不得花钱，是因为吃饭的人太多白花钱，吃完饭，嘴一抹，人走了，谁也没记住今晚谁花的钱。人少吃饭温馨，不在吃饭，在情调，吃饭的人都能记住这氛围是谁提供的。

今天晚上吃饭的就四个人，我和孙子航，孙子航的小师妹，一只飞来飞去的花蝴蝶，她在省城进修两年。花蝴蝶的大学同学，我的学生，曾玫。我和曾玫已经十几年没见了，没想到今天会见到她，她也没想到会见到我，孙子航、花蝴蝶这两个家伙事先一点信息也没给我们透露。这一顿饭的工夫，就听曾玫和我在说上高中时的一些逸闻趣事，那两个人可能待得没过瘾，吃完饭，花蝴蝶直嚷着要去唱歌。

孙子航和我对省城都不熟悉，花蝴蝶和曾玫带我们去练歌房。花蝴蝶喜欢唱歌，孙子航陪着她点歌，两个人抱着话筒不放。曾玫好像有好多话要跟我说，说也说不完。两个唱歌的，两个说话的，正好各得其所。

曾玫问我："老师你结婚前叫我带几个女生去给你打扫新房的事还记不记得？"我说："记得。"曹玫又问："我叫了几个女生过去但我自己没去，你还记不记得？"我说："记得。"她问："你知不知道我为什么没去？"我说："不知道，为什么？"

曾玫笑嘻嘻地说："我当时就纳闷，老师那么喜欢我，为什么要跟别人结婚呢？"

我的脑子"嗡"地一下像是被炸弹炸了一般。

花蝴蝶嚷着叫曾玫请我跳舞："坐在包厢里光说话，不吃不喝不唱不跳，交了包厢费，不好好消费，最后全是浪费，吃亏了，划不来。"

曾玫跑过来挤到电脑跟前，她叫花蝴蝶和师兄跳舞去，她要和老师唱歌。

曾玫点了一首《心雨》，我们俩唱得都很投入，曾玫唱得眼泪汪汪的。我回头看一眼孙子航和花蝴蝶，两个人搂抱着，跟着音乐，踏着节奏，站在那儿晃，胸贴得紧紧的。不是说跳交际舞两个人的胸前要保持一个拳头的距离吗？怎么能挤成这样？

我被两个人挤得难受，晃得心慌。我老婆在家和他们跳舞也是这样和他们挤得紧紧的，一起晃？

我急着想快快学完回家。

学习快结束的时候，女儿来信叫我在省城等她。等女儿的时间，曾玫来电话，问我什么时候回市里，我说等女儿回来一起回，她说那就不让花蝴蝶跟着我们凑热闹了。我说："没事，她要等得及就跟我们一起回呗。"曾玫说："算了算了，你还是赶快回去把师母照顾好吧，别让别人拐跑了。"我问她什么意思，她说就是关心老师的意思。我问她能说得明确点吗，她说她也说不明确，花蝴蝶见过师母和一个大个子男人逛商场，要是老师真的想搞明确，哪天直接问问花蝴蝶。

我现在就想问花蝴蝶。

女儿回家的日子是阳光灿烂的。在我们这个边陲小城，孩子高中毕业一考上大学，就远走高飞了，大学毕业几乎再没有回来的，年纪轻轻的父母，四十几岁就成了空巢老人，这不能不说是一个严重的社会问题。

假期里，一个个上学回来的学生，一张张幸福洋溢的笑脸，一家家甜蜜温馨的三人世界，徜徉在小城的电影院里、餐厅里、商场里，整个小城都火爆热闹起来。熟人之间相互见面打招呼都是："孩子回来啦？"

寒假一结束，小城又恢复了往日的平静。送走上学的孩子，孙子航回过头来叫我和花蝴蝶吃饭，既是为我们上学期放假回来接风，也是为花蝴蝶这个学期上学送行。叫我是假，叫花蝴蝶是真，但有我在他这顿饭才吃得踏实。

吃饭的时候，何美丽来电话，孙子航一看是他老婆的电话，直接就把电话递给我接。何美丽叫我和他们家孙子航好好吃好好玩，她和我老婆出去唱歌了。

接完何美丽的电话，我在心里发笑，现在的人咋都变成这样了，每个人的存在都需要另一个人证明，那个人比这个人可信？孙子航吃饭需要我证明，何美丽唱歌需要我老婆证明，我和我老婆又何尝不需要孙子航和何美丽证明？我为今晚这顿饭已经等了一个假期了，我比孙子航还想见到花蝴蝶。我老婆没准也比何美丽还想去唱歌，谁知道呢？

何美丽的一个电话放松了好几个人的心情。吃完饭，孙子航毫无顾忌地领着花蝴蝶去唱歌，按道理这个时候我就该走了，但孙子航和花蝴蝶都不让，我在他们两个踏实。再说我也真的不想走，我要问花蝴蝶的事还没问呢。

到了歌厅，孙子航问要不要给我找个舞伴，叫个小妹来陪我跳舞，我说："你什么意思，不想让我和花蝴蝶跳舞？"孙子航说"让让让"，他唱歌，我和花蝴蝶跳舞。

花蝴蝶的胸跟我贴到一起，挤得紧紧的。我害怕孙子航回头看到，努力把花蝴蝶的后背对着孙子航，花蝴蝶明白我的意思，也尽量不转过身去。

我问花蝴蝶："你认识我老婆？"

花蝴蝶："小城就这么大，石油公司的一枝花谁不知道？"

"你见过我老婆和一个大个子男人在一起？"

花蝴蝶头一扭，左脸贴到了我的右脸，她不是故意的，但也不急着挪开，只是轻轻嘟囔了一句："这个曾玫，她为什么要跟你说这个？"

"我是她老师呀。"

花蝴蝶说她在西大桥商场看到过我老婆和一个大个子男人逛商场，买鞋，我老婆选鞋，大个子男人付钱。她当时以为他们是两口子，上次我们在省城一起吃饭，她才把我和我老婆对上号，她就把她心头的疑惑讲给了曾玫，没想到这曾玫又讲给我了。

晚上回到家，我急着要做的第一件事就是在门口的鞋柜里翻找妻的鞋，看看哪一双像是前年买的，能不能翻找出什么蛛丝马迹来。

翻找完鞋柜，我又在大脑里翻找，这个大个子男人会是谁？从花蝴蝶提供的时间段来看，这个大个子男人出现的时间正是我老婆带回“十六天夫妻”理论前后的事，这其中有没有什么必然联系？

事情已经明摆到这儿了，怎么办？是先不动声色，再等等看看，静观其变，还是当面鼓，对面锣，直接找老婆谈清楚？这个大个子男人是谁，买鞋是怎么回事？

但她要是不承认呢？估计她是不会承认的，这样的事，只要你没从她身上拉下人来，她肯定不会承认。就是承认有这回事，她也一定能说出另一回事的理由，那个时候，你怎么办？

如果她反过来问你，你是从哪听说的？谁告诉你的？这么长时间了，为什么到现在才来问她？是谁在她的背后捣鬼做手脚？为了证明她的清白，她一定要找他或是她当面对证。如果这样，我反而被动。

像男女之间这样的丑事，如果你不能面对面捉奸在床，不能明明白白弄出个子丑寅卯来，单是道听途说，空口无凭，断不可贸然行事，弄不好，不仅打草惊蛇，甚至还会自找没趣，自受其辱。

大千世界里的许多事，往往都是心知肚明，未必非要刨根问底，就像两个好朋友，你明知道他做了对不起你的事，说了对不起你的话，你还要去找他理论，无外乎两种可能：一种是他承认了，另一种是他不承认。两个结果：一个是朋友不做了，另一个还是朋友。问题来了：如果你们还是朋友，那又理论什么？如果你们朋友都不做了，那还理论什么？

心里装着事的日子是沉重的，我突然埋怨起曾玫和花蝴蝶来了，要不是你们两个，我哪知道什么大个子男人，哪知道什么买鞋的事？眼不见为净，心不想不烦，你看我老婆现在的情况多好，我这里整天受着煎熬，她那里一天到晚没事人一样，好像只要不和我同床，她就乐得自由自在的生活，我心里越发不是滋味。

人说情场失意，官场得意。果不其然，就在我被那大个子男人搞得人不人鬼不鬼，一天到晚打不起精神来的时候，突然天空飘来三个字，“提拔了”，我的秘书科科长后面加了个括号，括号里的内容是副处级调研员，进入了县处级行列。

我老婆坚定地认为，我的好运都是她带来的，自从我娶了她就好事不断，先是由学校调到教育局，后又由县里调到地区，现在又当上了县处级领导，我要是不念她的好都对不起她。

不管怎么说，当了县处级就是好，人前显得风光，人后有人羡慕，管他是正处还是副处，主任还是处调，都跟县委书记、县长一个级别的，住房立马就换了大的。孙子航、何美丽两口子来我家烘新房的时候，眼睛都直了，直呼：“这么大的房子呀，三室两卫，还有一个大客厅，两个人怎能住得完？”

何美丽对孙子航说：“你看人家沈主任……”下面的话还没说出来，孙子航就接了过去：“我们家美丽就是会说话，要叫主任，至少也要叫处长，不能叫处调，”说着他又转过头来对我说，“尤其是不能让单位的人叫你沈调，沈调不好听。”我也不知道他是成心损我，还是为了给自己不进步打圆场。

我老婆可能听出孙子航的不恭不敬来，她也接过他的话，还他一个不恭不敬：“孙老师也要赶快进步呀，让我们的美丽姐姐也能住上一套大房子。”

房子可能是我老婆最关心的事，她的分床目标可以彻底实现了，就是女儿回来也可以保证一人一间，平时上厕所也不用你先我后的了。

大舅哥又来了，还是和十几年前我当副科长时一样，一大早就来了，吃早饭时就要酒喝，还是说有两件事。“第一件，这些年我没来找过妹夫，妹夫现在当处长了，是大领导，跟原来当科长不一样，该把弟弟的事情办一办了。”

他说的弟弟指的是小舅子。我问是小舅子的什么事情。

他说：“弟弟在县招待所当了十几年所长，也该提一提动一动了，你把他弄到哪个乡镇当个书记什么的，要是能搞个副县长什么的干一干那当然就更好了。”

我说："哥你脑子里一天都想啥呢？"哥说："我能想啥，还不是想你们的事。"

我说："我们的事你就不用想了，你还是把自己家的事情搞好。"大舅哥非常执着，坚持要我把小舅子的事情办了，花多少钱，他来出。我突然想起岳父病重时要让他买五包烟十瓶罐头的事来。

我说："你以为人家当官都是花钱买来的？"哥说："别看我们是农民，现在的事，啥不知道？"

我说："那我这个副处也是花钱买来的喽？"

哥又是和十几年前一样，"噗"地一下把喝到嘴里的酒喷了出去，随口说了句"我们农村人把事情想简单了"，说着站起来抹了抹嘴，提起自己的布袋子走了，他要说的第二件事又没说。

女儿大学毕业，留在省城工作，找了对象，结了婚。女儿、女婿是小城的中学同学，这是两个人异地结缘的基础。女儿说，从小城走出去的年轻人，想融入当地，走进别的人群，其实是一件很难的事，在外上学这几年，她渐渐明白了什么叫"他乡遇故知"。女儿很多同学找的对象都是小城走出去的，尽管他们很多人当年在小城的时候并不认识。女儿有一个同学找了个当地的男朋友，但男朋友的父母当年都在小城工作过，是从小城调出去的，而且女儿同学和那男孩居然还曾在小城上过同一个幼儿园。

感情这东西尽管复杂，但有一个浅显的道理，就是要有心理认同感。我很佩服那些出了国的女孩子，到了国外竟敢找个人高马大的老外，搞个那样的人睡到身边，晚上不害怕吗？

二十世纪九十年代末，我曾见过美国艾伦堡棉花公司的两个华人棉商，一个东北人，一个台湾人。东北人说他最后悔把他女儿在很小的时候就带到美国去了，他女儿现在满脑子都是美国那一套东西，他真担心哪一天女儿给他带一个黑人女婿回来。那台湾人说："你还好啦，我最担心儿子哪一天给我领一个男儿媳妇回来。"

我很庆幸，我没有这种担心。婚礼上，我女婿大喊一嗓子："爸爸，你又多了一个儿子。"这句话当场感动了多少人，我差点流出眼泪来。

我笑慰小城里的亲家："你没有吃亏，你也同样多了一个女儿。"

放在过去，特别在我们老家，儿女亲家是不亲的，也不走动，女方亲家会到男方家去，那是看女儿，如果男方儿子媳妇已经分家单过，女方即使去了女儿家，也可以不见男方亲家的。男方亲家一般不会到女方亲家家里来，冷不丁来了，可能也只是路过，顺道看朋友一样，表现得也会非常谦逊和见外。

现在的情况不一样了，家家都是一个孩子。因为孩子的关系，亲家成了亲戚，亲人。不是你家娶儿媳妇，也不是我家嫁女儿，而是他们两个年轻人组建了一个新的家庭。新的家庭如何处理好和两个老家庭的关系，对两个年轻人也是巨大的考验，如果真能做到我家多了个儿子，你家多了个女儿，那倒真是我们修来的福分，赚了。

可日子哪有那么现成的，你想怎么过就怎么过？那不叫日子，叫月子，月子里的人才是坐着吃躺着睡，任由别人伺候的。过日子你想让人家伺候，人家伺候你吗？你想伺候人家，人家听你的吗？我们想抱孙子了，人家还想再玩两年，可两年之后还没玩够怎么办，继续再玩？这不是存心要和老人作对吗？

现在的儿女，个个都是一样的，你问他找对象没，他说你催婚，你问他该要孩子了吧，他说你催生。其实老人也就是那么一说，未必就是催。儿女们也就是那么一说，并不是他不想找，只是没找到，并不是他不想生，只是没怀上。一个偶然的机会，我在网上看到新闻说现在年轻人怀不上孩子的大有人在，究其原因，有身体的、生理的、心理的，最吸人眼球的还有说是转基因食品、垃圾食品、婚前避孕药吃多了造成的，不管这些说法能有多少道理，但至少提醒我们一点，没准孩子们自己也着急，只是没给我们讲明原因而已。

突然有一天，女儿撒起娇来："老爸，让老妈提前退休，来省城陪我吧。"女儿怀孕了。这事太突然，太令人兴奋，但我又不好太快做出决定，于是说："还是跟你妈说吧。"

当妈的知道，女儿可能出现孕期恐慌心理了，想要母亲陪伴，但她还有将近三年才到退休年龄，现在怎么走得了？

"你不会让老爸找你们公司领导说一声，让他们帮个忙，照顾一下，给你办个企业内退？"看来女儿是真的急了。

妻内退面临两大难题，一来是她供职的单位是央企，现在原则上不办理内退了，我虽在地委机关工作，但也只是个副处调，我的话管用吗？二来最主要的是妻内退损失太大了，她现在年收入二十多万元，一年相当于我十年的工资，这在我们这个边陲小城算得上是天文数字了。由此我经常在外面开玩笑说，经济基础决定上层建筑，没有钱就没有权，没有经济地位就没有政治地位，我们家的领导权是掌握在老婆手里的。如果妻内退，一年要少收入二十万元，因为她二十多万元的年收入当中，二十万元是奖金，工资只有几万块钱，退下来奖金就没有了。

女儿把准了我们的脉搏，生气地说："你们不就舍不得那一年二十万元的奖金吗？提前两年半退休，少拿五十万元，等我有钱了还你们。"听着口气很大，可惜囊中羞涩，口袋瘪瘪，你什么时候才能有钱呢？不是我们要你还钱，问题是你什么时候才能不要我们的钱。

女儿话说到这个份儿上，我们已经没有什么好再犹豫的了。女儿的需要就是最大的需要。反正就这么一个孩子，我们现在所有的一切将来都是她的，她要不要你都得给，两腿一蹬，两眼一闭，你的东西还能带走？晚给不如早给，不如在孩子最需要的时候给。现在她需要你，你不去，将来老了她不需要你了，你还得去，问题是那时候你还得厚着脸皮蹭着去。

网上有人传授养老的经验，主张老年人留钱防老，别把那点积蓄都给了子女，子女将来靠不住咋办？这种情况会有，但只是个案。当然，老年人留一手也是必要的。

妻给单位上了一份报告，告个长假，单位领导也很给我们面子，说陪女儿，带孩子是大事，赶快去吧，内退的事待以后慢慢再办。

妻一走家就走了，男人的心也走了。尽管妻在家只是个摆设，没有什么实质性的意义，自从有了那年抗击疾病后的“杀猪之夜”，我们的“十六天夫妻”生活就已经彻底废了，但毕竟老婆在家就在，吃饭穿衣的日子就在，在外人眼里，我们毕竟拥有一个健全的家庭。

我生活的重心转到了省城。地委领导到省城出差办事都爱带上我，说：“走，回家去。”我成了省城出差专业户。

省城出差本就是领导给予的关照，到了省城自当回家，总不能再跟着领导住进宾馆。到女儿家里自当和妻同住，总不能再分床睡觉，女儿家里也没分床的条件。

两地分居的现状，结束了夫妻分床的历史，这是我和妻都不曾想到的结果。虽然被动、拘谨、不适应，甚至还有些不好意思，但这毕竟是在女儿家，忍耐还是要有的，面子也是要要的，装也要装出个样子来。

不知是女儿看出了我们的不自在，还是我们给女儿女婿带来了不自在，或者是想让我们各自的生活都更自在，女儿突然发话说：“老爸，你把小城的房子卖了吧？”

“卖房子？卖房子干吗？”

女儿说，现在省城的房价涨得太快，前几年他们买房的时候要是同时给我们也买一套就好了，现在想买也买不起了，将来我们过来养老都是问题。

前几天她和同事一起聊房子的事，同事的朋友说城外的南山有个小区，是独栋别墅，很便宜，不到城里房价的一半，空气好又安静，到城里半个多小时的车程，老人住那里特合适。把小城房子卖了，老爸老妈也买一套别墅住住，他们将来也可以沾沾光，平日里住城里高层，休闲时住城外别墅，享受享受有钱人的生活。

女儿描绘的生活很诱人，但小城的房子卖了我住哪？

“你可以住爷爷奶奶那儿呀，”女儿说，“你要是想一个人清静，也可以租房子住呀。”

女儿长大了。过去，她是我的女儿，女儿的事由爸爸妈妈做主。现在，我是她的爸爸，爸爸妈妈的事由女儿操心。女儿的主意已定，那就随她的意吧。

于是，我在地区每年一次的个人重大事项申报中增加了两项内容：无房户，空巢老人。

孙子航、何美丽两口子现在成了我在小城租住的单身公寓里的常客，但两个人从不一起来。这两个人的婚姻也亮起了红灯？跟我和曹欣妍一样？家家都有一本难念的经。鞋子合不合适只有脚知道。外人看到的只是表象，内瓤子里的事外人永远搞不清。

孙子航喜欢来找我聊天，他都羡慕死我了，五十岁的男人成了单身汉。“有没有哪家大姑娘小媳妇经常来看看你？”我真想告诉他：“你老婆经常来看我。”但这样说有点太欺负人。

何美丽确实经常过来，说是我老婆交代的，要她过来给我做做饭洗洗衣服。我说一个人的生活简单，吃饭很少在家，基本是在外面或父母家吃，洗衣服有洗衣机，不用自己动手。何美丽说："你老婆不是说你不会用洗衣机吗？"

我以前确实不会用洗衣机，而且我把洗衣服的事看得特别重，谁要是帮我把衣服洗了我都要千恩万谢的，对我老婆，对我妹妹，都是一样的。老婆走了以后，我的衣服都是拿到妹妹家洗，我发现妹妹并没亲手给我洗过衣服，而是把衣服往洗衣机里一扔就不管了，原来洗衣服的事这么简单，别人能把洗衣机造出来，我学着用还能学不会？

何美丽突然大惊小怪地冲着我喊："沈老师你是不是病了？"何美丽平时大大咧咧地，但对老师她还是尊重的，她和曹欣妍那么好，但在我面前还一直是老师长老师短地叫。这一会儿她不知怎么就发现了我的异样来，一边问我是不是病了，一边就把手伸到我的额头上试试我是不是发烧了。

我说："我哪有病，我好好的。"何美丽说："不对，你的脸特别红，不是发烧就是高血压。"我说："我不发烧也不是高血压。"她说："把血压计拿来我给你量量。"我说："没有血压计。"她说："你连血压计都没有怎么知道血压不高？"说着不由分说就把我拽到医院去。到了医院，一量血压，低压110高压160，我说："不对呀，我一直是低压70和高压110，怎么一下就高了呢？"

医生才不管你原来血压多少的事呢，如果要管也只能说你原来的基础血压低，现在血压一下升这么高，更要高度重视，赶快住院，查查原因，看看是继发的、原发的还是偶发的。几天检查下来，结论：血压高，但不是高血压，处在临界状态，距离高血压也就一步之遥，需要密切关注。医生给我讲了高血压与心梗、脑梗、中风猝死的关系，嘱咐我平时自己坚持量血压，如出现头疼头晕血压高，立即前来医院就诊。

我这几天让医院折腾得心情有些不好，过去我一直是血压低，血糖低，心跳慢，一直坚信自己不会得高血压、心脏病、糖尿病，怎么不知不觉中说变就变了呢？五十岁前人找病，五十岁后病找人，挡也挡不住。

没过多久，医生担心的那一步之遥果然就迈过去了，我成了高血压病患者，要开始吃降压药。一开始，我特别排斥高血压，排斥降压药，总觉得终身吃药的事太可怕，不可接受。但吃了几天降压药，我的状态开始好起来，过去经常出现的那种昏昏沉沉、头疼头晕的现象说没有就没有了，以前老觉得是爬格子时间长了造成的颈椎病、偏头痛、神经衰弱，现在才知道这对症下药的作用有多明显。

但是药三分毒，一段时间下来，我开始出现乏力、身上疼和下肢水肿的情况，上网一查，这是降压药的副作用。再往下看，这副作用还有更厉害的呢，性功能减退。哈哈这药太好了，四十岁以前就该吃，早吃了早就没有这方面的念想了，可以减少男人的多少痛苦和难言之隐啊。要是在古代封建社会就有降压药就好了，让那些太监们都吃降压药，就可以不遭受那羞辱要命的宫刑了，要是害怕一粒药的作用不够大，就让他们吃两粒三粒，直到把他们彻底吃成太监为止。

妻知道我高血压了，几乎每天一个电话，有时甚至一天好几个电话，问我干吗呢，怎么样，吃药了没，去父母家了没，何美丽来给做饭了没，洗衣服了没。我真不知道她是关心我呢，还是查岗呢，或者何美丽就是她安排来的暗哨密探，惹火了我哪天真把这个暗哨密探给办了，让她变成我的人，只可惜我已经没有这个能力，成了没受宫刑的太监了。

妻的通话内容突然由关心我变成了向我倒苦水，说她在女儿那儿不开心。嫁出去的姑娘泼出去的水，不像小时候那么贴心了。女儿坐月子，亲家母也去了，母子之间、婆媳之间相处都很融洽，就她像个多余的人。她做的饭女婿也不喜欢吃，有时候女婿就自己在外面吃。她想跟女儿说说话，女儿也没心思理她，有时候还言高语低地怼她，给她气受。小外孙由月嫂带，不让她插手，也不知道当年女儿是谁带大的。妻后悔内退了，想回来上班。

我赶紧好言相劝："一来你是妈妈，女儿在你面前肯定是想怎么样就怎么样，她心里如果有气有火有不痛快，不跟你发跟谁发？二来婆婆那边，女儿肯定要收敛不能任性的，就是心里有气有火有不痛快，她也不会跟婆婆发的，装也要装出个样子来。三来现在年轻人都喜欢在外面吃饭，女婿在外面吃正好省了你做饭了。四来现在带孩子跟我们那时候不一样了，人家是科学育儿，不是看不上你，嫌弃你。还有更重要的第五个方面，每个人对孩子的爱都要胜过对父母的孝，我们自己也一样，要正确面对。女儿现在初为人母，她的全部注意力肯定都在她的宝贝儿子那儿。既来之则安之，别再像老母鸡一样，非要把女儿护到自己翅膀底下才放心。”

小外孙过百天，妻来电话问我，宝宝百天姥姥姥爷应该送什么，我说就送长命锁和金手镯吧。妻问送不送平安扣，我迟疑了一下，说不送了。电话那头也迟疑了一下，再没说什么。

突然有一天，妻又来电话，说她要回来，我问女儿那边能离开吗，妻在电话里哇哇大哭，说是女儿不要她了，要把她赶回来，叫我千万别也不要她了。我问她为什么这么说，她说女儿遗传了我，跟我可像了，对她特凶。她年轻的时候怕我，现在老了怕女儿。

刚结婚的时候我确实对她凶过一次，那次是单位同事请客，要带夫人，她不去，我好言相劝，她就是不去。我火了，一气之下嚷了一句“不识抬举”，再喝一声：“不去算球！”差点骂出给脸不要脸来，随即拂袖而去。我到同事家没一会儿工夫，她也在后面怯怯地跟着水兰桥老师一起来了。回家的时候我心里有些过意不去，安慰的话还没说出口，她又怯怯地跟我说了句“我有点怕你”。从此，我再不冲妻发火，实在气不过，也只是闷在心里，生闷气。

妻说现在女儿就像我年轻的时候一样，可凶了。女儿已经嫌弃她了，要是我再嫌弃她，她就只有死路一条了，尽管她很舍不得我和女儿。

我突然可怜起妻来，问她出了什么问题。她说她早上说了女儿几句，起床不叠被子，进门不放鞋子，晚上脱的衣服往地上乱扔，女儿不愿意了，说她话多事多，叫她走，她现在已经拉着行李箱站在小区外头，但怕我不让她回来，先给我打个电话。

我对女儿的一股无名火"腾"地一下升了起来，叫妻在小区门口等着，我马上叫一个朋友开车接她去机场，坐飞机回来。妻可能让我的激烈反应和强烈态度搞得有些不知所措，突然又怯怯地问我："这样走了行吗？"我说："行，有什么不行的，是她叫你走的，立即回来。"

妻回来三天后，女儿给我打电话，说她错了，我问她什么错了，她说不该让她妈走，我说走就走了呗。女儿一下哭了，说："爸你别再这样说了，赶快叫妈回来。"我说："那你自己跟你妈说呀！"她说她已经跟她妈说了，怕我不同意，不让她妈回。这母女俩，又把我卖了。

小孩满地跑，老人累断腰。带小外孙的事主要是保姆的，但现在的保姆已经被妖魔化到防不胜防的可怕程度，虐待小孩的，给小孩吃安眠药的，把孩子扔在一边自己玩手机的，什么情况都有。有条件的家庭基本上都是保姆看孩子，老人看保姆。看保姆的老人实行奶奶、姥姥轮换制，每人两个月，机会均等，劳逸结合。

姥姥轮休的时候，我说回来吧，她说不回了，她去南山别墅，那儿现在是我们的家。

南山别墅，两层半小楼，独家独院，院外有山有水有树，院内有花有草有菜地。采菊东篱下，悠然见南山，绝对是喜欢休闲独居之人的天堂。

但一个人住在那儿不害怕吗？妻说："不怕，自己的家有什么可怕的？再说，你现在又来不了。"她已经在网上购买了几件防身器具。

我真的想去陪她，而且机会还真的就来了。临近十一长假，省城有一个党务信息化工作会议，接着在临近地区还有一个现场会，领导说："两个会都让沈主任去吧，顺便回家看看老婆孩子。"

到了南山别墅，我对妻说，这一次连会议带假期，我可以在省城待上半个月左右。妻说她想回小城看看。我说："我都来了，你还回小城干吗？"她说："你去外地开现场会的时候，我又是一个人住在南山。"我说："你不是说南山现在是我们的家吗？"她说："我一个人待在那有些着急。"我说："两个办法，一个是你跟我一起去开现场会，反正会上我是一个人住，你去了也不需要增加费用。另一个是如果你不跟我去，我头天去，第二天就回来，只在那待一晚上。”妻没说话。

开完信息化会议，我问妻明天跟不跟我去参加现场会，妻站在沙发后面，没说话，手里拿着手机，魂不守舍的样子，她在等手机信息？

我突然明白了，她在等人，等信息，她有约会。我在小城，她要去南山别墅，说南山别墅是我们的家。我来省城，她要回小城，她说她一个人在南山着急。我要是再这么不声不响地忍下去，那我真的就是一个彻头彻尾的绿头乌龟了。

“曹欣妍，你今天把话给我讲清楚，你到底在等谁？”

曹欣妍肯定没想到我会突然怒吼，突然爆发，突然把话说得这么明明白白，她震颤了一下，接着“哇”的一声蹲到沙发后面哭了起来。这一刻，我知道我们的夫妻情分真的是走到尽头了。

第七章

医生问：『您是什么时候知道她对您不好的？』我答：『退休以后。』

1

春节后我就年满六十岁，到退休年龄了。工作一辈子，我从没休过假，今年春节我想休个假，到海口陪父母过年，再不休假就没有机会了。

二十世纪九十年代初，海南开发大潮，我在东北捡的那个妹妹进兰一家人涌进了海南。数年之后，他们在海南站稳了脚跟，且事业有了大的发展，进兰一直不停地鼓动我到海南买一套房子，说在岗时可以冬天里去休假，退下来可以到南边过冬或养老。进兰说海南的气候好，他们东北有的老人抬着担架下飞机，在海南岛几个月以后就能站起来了。现在，人家都说海南已经成了东北人的海南。

经不住进兰的蛊惑，我们兄妹七个协商一致，每人出资五万元，在海南买一套便宜一点的房子，兄妹七人共同所有，大家享用，谁闲了谁去住。对北方人来说，海南的房子只能冬天住，夏天太热，有人就说在海南买房划不来，还不如冬天过去的时候租房子住。我们家人多，年年都有人去，还是买房子划得来。不管在哪，有房子就有家，有家心里踏实。

房子买在海口，不去三亚。有人说三亚不养人，海风刮到人身上有一股阴气，不舒服。北方人在三亚待上三五天，脖子上、胳膊上、裸露在外的地方就会脱皮，也不知道是晒的还是吹的。我一个朋友说，三亚过去就是一个小渔村，现在去的人多了，基础条件跟不上。朋友的岳父在三亚海边游泳，被海浪打到石头上，腰被撞了，人起不来了，找不到医院治，他们费了很多周折，托人找到部队医院，一看是腰椎脱节了，使劲一推，合上了就好了。进兰也说，三亚太热太贵太乱，还是海口好一些，海口的物价、气候、城市功能、医疗条件都更适合我们，更主要的是海口房价便宜，进兰他们一家人也在海口，互相可以有个照应。

进兰选房有经验，位置靠海，平时可以到海边走走转转，但小区离海要稍远一点，太近了潮，直线距离五百米左右。海南人对岛外人紧靠海边买房最觉得不可思议，海边上要是那么好，他们老祖宗不早就占了，还能留到今天，留给你们岛外人?

买房子的事我们兄妹几个都没操心，装修和添置家具我们都没管，全由进兰一手操办。房子收拾好了，我们全家二十多口人同时上岛过年，一见到房子，大家一阵惊呼，简直不敢相信自己的眼睛，我们一共花了三十八万元钱，买的是七十平方米的房子，现在居然装出上下两层，成了一百四十平方米，尤其是搞出了六间大小不一的卧室，太实用了，这房子哪是买的，简直就是捡的，性价比太高了。

我在心里感叹，我在东北捡了个妹妹，妹妹又在海南给我们捡了一套房子，我真的是有福之人。现在，每年冬天，父母都在海口过冬。

春节前，确定好休假，我主动去了一趟地委组织部，报告分管领导，过了这个春节我就年满六十，到退休年龄了。分管领导说他们知道，现在每个人的年龄都在电脑里，到时候就自己跳出来了。我说我也就是表明一个态度，到龄那一天就免职，我已经做好了思想准备，到龄第二天还让我再干一天，我也会服从组织决定。组织部的同志嘱咐我安心过年。

确定休假之后，我跟省城的小外孙视频，告诉他姥爷要去海口过年，问他跟不跟姥爷坐飞机去海口，小外孙高兴得不得了，手舞足蹈地嚷嚷："宝宝要跟姥爷坐飞机。"小外孙自称宝宝，小孩两三岁的时候一般都分不清你我，你对他说你，他也说你，你对他说我，他也说我，倒换不过来你和我的指代关系，他脑子里的人称指代就是直呼爸爸妈妈爷爷奶奶姥姥姥爷，对自己的称谓就是宝宝。宝宝要跟姥爷去海口看大海，看太姥爷太姥姥，不让奶奶去，不让姥姥去，不让爸爸去，不让妈妈去，不让阿姨去，就宝宝和姥爷去。

宝宝快三岁了，每天都要跟姥爷视频，要在视频里看姥爷在哪，看姥爷吃的什么饭。他认识我的微信头像，时不时拿上姥姥的手机就给我拨视频，有时候我正在上班，突然他的视频电话就来了。过去人家说隔代亲我不理解，有那么夸张吗？现在轮到我自己，才真真切切感受到什么叫天伦之乐。隔代亲不光是老人对小孩的，小孩对老人也一样有隔代亲。

我敢断言，人世间绝对有一种美好的密码至今尚未被发现，这个密码在神学那里叫缘分，在哲学那里叫悟性，在心理学那里则叫感应，不管哪种叫法，都在无意间揭示了一个命题，两个密码相同的人他们心是相通的，而且不受时间、空间、性别、年龄的限制，你感冒了他会咳嗽，你想他了他会打喷嚏，没见面，没说话，但心里有对方。

我和小外孙肯定有相通的密码，我们俩农历生日是同一天，他出生的时候我刚好出差在省城，好像是专门去迎接他的，而且他从产房里推出来第一个见到的家人就是我，其他人都还在侯产室等着呢，我已经在产房外的过道里把他接往病房了。

家里的人，宝宝和我在一起的时间最少，但他对我最亲，只要我到省城，他就黏着姥爷不放，玩要姥爷陪着玩，吃饭要挨着姥爷坐，有时候还要姥爷喂着吃。他妈妈问他是谁的孩子，他说是姥爷的孩子，问他是谁生的，他说是姥爷生的。他吃剩下的东西，不管是剩饭，还是啃了半拉子的水果，都要给姥爷吃。女儿看着我把沾满宝宝牙印子和口水的水果往嘴里一塞就吃了的时候，龇牙咧嘴地说：“姥爷什么时候吃过这样的东西？”

春节休假去海口过年的事，我只是想提前告诉妻和女儿一声，顺便随口逗逗宝宝问他跟不跟姥爷去，没想到宝宝居然不容商量地就当真了。宝宝当真，全家当真，我也不能戏言。他妈妈担心姥爷一个人带他出去不行，还没等我回答，宝宝就说行，说他到海口跟姥爷睡。

女儿收拾宝宝行装的时候，除了吃的穿的用的，最少不了的就是车。宝宝喜欢车，白天出门手里要拿着车，晚上睡觉怀里要抱着车，不管谁问他想要什么东西，他都说要车，光他六个姑姥姥、姑姥爷就给他买了不下几十个车。警车、轿车、卡车、公交车、消防车、救护车、工程车，各式各样的车他都有。宝马、别克、福特、大众，各式各样的车他都认识。卧室、客厅、窗台，家里到处都是他的车。晚上起夜，一不小心就会踢到他随处丢放的车上，“哗啦”一声就会把睡觉的人吵醒。

冬天去海南的人真多，一飞机的老人和小孩，老人找不到座位的，小孩在机舱里乱跑的，机舱像长途汽车站一样，闹哄哄的。我和宝宝的邻座是一个看起来比我年纪稍长的大爷爷，大爷爷夸我们的宝宝：“这么乖，手里玩的什么车呀？”宝宝举起手里的车对大爷爷说：“跑车，法拉利。”

宝宝一下把邻座的大爷爷逗笑了，问宝宝叫什么名字，宝宝说他叫小孙子，他是姥爷的小孙子。

大爷爷又冲我哈哈一笑，说：“你这个姥爷当得好，就应该这么教育孩子，为什么闺女的孩子就一定要叫外孙？就是孙子。我们辛辛苦苦把闺女养了这么大，忙活了一辈子，到头来什么都是别人的，我们倒成了外人。当老丈人是外父，当爷爷是外爷爷，什么外公、外爷、姥爷，就是爷爷。我就跟我们亲家说，我的年龄比你大，我就是大爷爷，你就是小爷爷，你姓李我姓白，大孙子跟你姓，叫李白，再生一个跟我姓，叫白李。”我也哈哈一笑，说：“老哥你真行。”

宝宝坐到飞机上可能有些着急，不停地念叨，问：“姥爷飞机怎么还不起飞呀？”我说：“已经起飞了，飞了好长时间了。”宝宝说：“那飞机怎么不动呀？”我说：“动了，你看外面的云彩在动呢。”宝宝站到座椅上趴在舷窗上往外看，突然发现了什么新奇的事情一样，喊：“姥爷，云彩怎么掉到地下去了？”

冬天里来海南的人没几个有正经事的，我和宝宝混迹其中，我们就是来海南过年的。我和宝宝到来之前，我们家在海南的四个人，太姥爷、太姥姥、大姑姥姥、二姑姥姥，每天的生活很有规律，除去吃饭睡觉，就是上午去海边，下午打麻将。宝宝来了，又多了一个去处——沙滩，因为小孩爱玩沙子。太姥爷说，只要上了岛，在哪呼吸的都是海南的空气，喜欢玩沙子就去玩沙子。

冬天里有蚊子，这是我们北方人不可想象的。我和宝宝到海口的第一天晚上就被蚊子咬了，宝宝皮肤嫩，头上手上被咬了好几个红肿的大包，像要流水了的样子。太姥姥赶紧给我和宝宝抹了药，说海南的蚊子可坏了，光咬外地人，不咬当地人。晚上的时候，你看小区里那些关门闭户，窗帘拉得严严的，住的准是外地人。谁家亮着灯光，开着窗户，人在家里光着膀子，连窗帘都不拉，也不怕蚊子咬的，准是海南当地人。这两年才知道，蚊子咬多了，咬惯了，人产生抗体了，就没事了，不怕咬了。

太姥爷、太姥姥他们现在也不怕蚊子了，前两年刚来的时候，晚上都不敢出门，外面蚊子多，待在家里也被蚊子欺负，装了窗纱，点了蚊香，蚊子还往家里钻，天天晚上都要爬起来打蚊子。打蚊子也有技巧，蚊子吃饱了，喝足了，一肚子的血，胀得鼓鼓的，飞不动，它就趴在床头、枕头边上，或者落在墙上，你仔细寻找，把电蚊拍往它身上一靠，“啪”的一声，飘出一缕轻烟，它灰飞烟灭了。

两个姑姥姥心疼宝宝，跑到商场买了个蚊帐，支到我和宝宝的床上，宝宝高兴地钻到蚊帐里就不想出来，说蚊帐就是他和姥爷的窝。小孩喜欢隐蔽的地方，喜欢像小鸟一样有个不被别人打扰的窝。小孩的心理简单，有奶就是娘，谁对他好他心里可明白了，只要你对他好，他立马就对你好。一副蚊帐，一下拉近了两个姑姥姥和宝宝的关系，两个姑姥姥带他去海边玩，回来就说，宝宝太聪明了，好有文采。他指着天空几朵淡淡的白云对姑姥姥说，云彩被撕烂了，两个姑姥姥一阵惊讶，这小子太有想象力了。海边风大，宝宝说：“我们回家吧。”姑姥姥问他是不是想姥爷了，他说：“风来了。”姑姥姥问风在哪，他手指树梢说：“风在树上。”

大姑姥姥不无赞许地说，姥爷将来可以把宝宝培养成文学家。我心里受用，嘴上却说：“你们只看到他乖巧的一面，没看到他赖皮的一面，要开赖了就是个小赖皮。”

宝宝突然接话，说：“我不是赖皮，我是二百五。”

全家人哈哈大笑，问："你为什么是二百五？"

宝宝说："是我妈妈说的。"

太姥爷比较认可宝宝的"二百五"，缘由起于看电视。太姥爷喜欢看《海峡两岸》，太姥姥喜欢看《等着我》，宝宝不管三七二十一，上去伸手一摁，就把频道换了，把太姥爷气得直跺脚。解决这个问题的唯一办法就是我带宝宝上二楼，早早钻进蚊帐。

宝宝喜欢在蚊帐里跟我玩，听我讲故事，给我讲故事，他问我："姥爷叫什么名字？"我说："姥爷叫沈进兵。"他说："有个坏小孩说姥爷不叫沈进兵，叫曹欣妍，我说宝宝的姥爷不叫曹欣妍，叫沈进兵，我把坏小孩赶跑了。"

我一阵大笑之后，忍不住就跟他妈妈视频，讲她儿子的故事，可宝宝就不愿接他妈妈的电话，还要申明他不想妈妈。其实我知道，宝宝可想他妈妈了。他妈妈说："这是小孩离开妈妈产生的分离焦虑心理，他担心妈妈不爱他了，你们好好玩吧，回来就好了。"

其实，这种分离焦虑心理不仅孩子有，大人也有。像我们这样一辈子供职于行政机关的人，一旦离开了所供职的母体，心里也会产生一种分离焦虑，和对母亲的爱是一样的情怀。

休假的日期还没满，已开始不自觉地关心起上班的事来了。我突然在单位的工作群里看到了我的副科长提任秘书科科长的任职决定，那我呢？

我被免了？怎么这么快，这么突然，不等我回去，也没人跟我说一声。情急之下，我给地委办主任拨去电话，主任很客气地问："沈科长回来了？"

这些年没几个叫我沈科长的，也没有叫我沈处调的，大家都叫我沈主任，连地委领导都这么叫，只有办公室主任叫我沈科长。

我告诉主任我还在海南，主任嘱咐我别急着回去，海南气候好，多待一段时间，等我回去了单位再给我开一个送别座谈会。

我的脑子里开始“放电影”，电影里有许多精彩的画面和经典的台词，但我一个镜头一句台词也没记住。半夜里，我给宝宝盖被子，抓着他的小手，看着他睡觉的样子，心里甜甜的。大姑姥姥说得没错，宝宝是我忠实的粉丝，这个世界上可能就这么一个真心对我好的人。

在地委办公室为我举行的送别座谈会上，我讲了我的告别感言，也是我挥手昨天的真情告白。到龄退休是政策规定，也是自然规律。本是老百姓，再归老百姓，此乃人生快事。这一刻，我如释重负，一身轻松。有同志说，怎么这么快就退了呢？我也感叹，怎么这么快就退了？我理解，这是一种情结，一种不舍，感叹之余还有感动。我会铭记这份情怀，这份美好。

我是一九八六年二月到地委办公室工作的，这一干就是三十年。三十年间，我不曾为官，只是做吏，虽然也曾有过几次离开办公室的机会，但在领导和相关同志的挽留下，我还是选择留在了办公室。我无怨无悔。

三十年的时光，虽无建树，但责任在肩，不曾虚度，总是不停地忙着办文办会办事，在领导和同志们的关心、爱护、支持、帮助下，也做了不少事，其间不乏漂亮的事。但办公室的工作，就像是家庭主妇的家务事一样，一年忙到头，一天忙到晚，回过头来，却没留下任何印记。

这一辈子，我最忘不了的人、忘不了的事，肯定都在地委机关、地委办公室。曾经和同事们一起经历过的那些人和事，都已经刻在我的生命里，今后，无论走到哪里，我都会铭记在心。

临近告别之际，我也为我曾因修养不够，性情急躁，自以为是伤害过的一些同事，深深地说一声对不起。如果时间可以倒流，我一定会更加努力，回报大家，做得更好。

心若在，梦就在，只不过是从头再来。

当我老了，走不动了，回忆青春，有你，有我，有他。心还在一起，梦还在一个地方，我们还会为明天的事业喝彩。这就是我送给你的，送给他的，送给我的，送给大家的心里的歌。

女儿对我退休来省城还是很期待的，她觉得这几年我一个人在小城，挺孤单的，虽然有爷爷奶奶和几个姑姑在，但平日里毕竟就我一个人，人到老了，还要独处。她妈在省城，也一直“漂”着，女儿女婿小外孙总是走不进姥姥的心里。现在好了，一家人终于聚到一起，儿孙绕膝，颐养天年，该是老爸老妈的天伦之乐。女儿说这话的心思我懂，似有未尽之言没有说出，她怕我和她妈过不到一块儿，我告诉她，我们会好的。

夫妻之间忙忙碌碌一辈子，恋爱的时候温馨过，刚结婚的时候恩爱过，一有了孩子，情况大变，日子开始手忙脚乱起来。一天到晚，忙了上班忙下班，忙了工作忙家务，忙了大人忙小孩。一晃，几十年过去了，夫妻一场，到头来，谁也没顾上谁。

现在流行说，时间都去哪了？属于我们的时间就是两大块儿，一块儿是白天，一块儿是黑夜。白天工作，晚上睡觉，手指头缝里流出来的那么一点时间，就算过了日子了。

婚姻里的几十年，每一家夫妻都像两地分居似的，白天分开，晚上聚合，两个人真正在一起的时间并不多。两个人的有效生命都给了公家，给了单位，上班时间两个人见不着面，下班回到家都是些琐碎的事务，做饭、洗碗、收拾房子，还要检查小孩作业。忙完了，也累了，倒头便睡，谁还顾得上谁呀？自己一天做了什么都不记得，哪还有时间和精力关注对方都做了什么？

为什么长期分居的夫妻很恩爱？聚少离多的生活，让两个人都很珍惜在一起的时光，分开了，盼着团聚，见不着人，老记着对方的好。好容易团聚了，矛盾却产生了，甚至要不了多久就会闹离婚。两个朝夕相处的人，才知道对方有多少毛病。原来他或她的一身毛病，我怎么一点都不知道？

少年夫妻老来伴。穿破才是衣，到老方是妻。真正的夫妻生活是从老年开始的。可是现实生活中，很多夫妻间的矛盾又都是到了老年的时候才产生或者才爆发。

一种情况是年轻的时候她爱你，为了爱，她忍辱负重，尽量去迎合你，只要你喜欢的，她都尽力去做，只要你不喜欢的，她都努力去改，改不掉的，也要克制。老了，她不需要再这么委曲求全，好了就在一起，不好就各过各的，不需要离婚，不需要分家，只需要分开，就什么问题都解决了。

还有一种情况是老了的时候他让着你。男人强势了一辈子，为了家，为了事业，他什么时候㞞过？尽管他的夫妻生活不是完美无缺的，有时候甚至还有疾风骤雨，但他懒得吵架，懒得离婚，他总想把自己最好的一面呈现给你，呈现给别人，呈现给公众。现在老了，他没了当年的说一不二，尽管看不惯，也尽力不言语。女人老了都很强势，男人不好对付，惹不起还躲不起吗？好了是伴，不好就散，不再理你，关键是要安排好自己的生活。

想办法过好自己的老年生活也是一种智慧，一种能力。我想买两条休闲运动裤，早晚出去活动锻炼的时候穿，方便。我以前的裤子都是正统系皮带的那种。妻也很积极，说："人老了，就是要收拾得利索一点。"这说明她也想改善我们的关系。她立即就要带我去商场选两条合适的裤子，我说："不用，公园早市上就有卖裤子的，明早就从那挑两条。"

妻突然对我买裤子的事热心起来，早上一起来就说："走，到公园早市上选裤子去。"

说实话，买裤子这事我不想让她插手，早市上的裤子没什么可挑的，也不用讲价钱，三十块钱一条，看上哪条拿哪条。我随手挑选了两条，正要付钱，妻过来说："不行，这裤子质量太差了，没准你穿到身上，一弯腰一压腿就挣破了。"我说："质量哪有那么差，我又不做什么高难度的动作。"没想到我一句话没说完，妻居然气得把裤子一扔，说："你就喜欢地摊上的破烂货，你买去吧。"

妻的话一出口，摆摊的人不干了，说："你这个人怎么这么说话，你有两个钱就了不起？什么地摊上的破烂货，我看我这地摊上的破烂货也比你强多了，你赶快到那边林带里撒泡尿照照，看看自己什么德行。”

妻本来已经走过去了，一听摆摊人这么说，回转身来，一伸手就把人家支起来的摊位掀了，眼睛里的光是我从未见过的。我突然想起，小舅子老婆说小舅子每次发脾气的时候眼睛里都会发出一道光，这是不是一样的？

这世界上最让我惊讶的事情就是小舅子在他老婆心目中至高无上的地位，他可以毫无由头地说打就打，说骂就骂，说发脾气就发脾气，关键是不管他怎么打怎么骂怎么发脾气，他老婆就是打不还手，骂不还口，打完骂完她还要忙不迭地给他做饭，就像没打没骂过的一样。小舅子叫她不要给谁打电话她就不给谁打电话，叫她不要跟她家里人来往她就不来往了，这男人做到这个份上也真的就没有遗憾了。哪像我们，你这里还没说一句呢，她那儿两句已经说完了。你这里才刚刚开始生气呢，她那儿至少三天不会理你了。

我这个人有个毛病，嘴不干净，说话爱带话把子，时常会在不经意的时候溜出一句“他妈的”来，本来这句“他妈的”跟她没任何关系，但只要她听到，这个亏她是绝对不会吃的，立即就会高八度地回敬一个“你他妈的”，哪怕是当着我父母的面。惭愧呀。

小舅子儿子在省城，要结婚了，家里从小城带过来一些酒水，小舅子媳妇叫我们给她儿子送过去，顺便看看她儿子婚事准备得怎么样了，我理解当妈妈的对儿子的有些事不放心，心里不踏实。妻给她侄儿打电话，侄儿说不用送，他来取。我说他妈说让我们送，还是我们送过去好，这小子从不让我们到他那儿去，也不知道他的真实情况到底怎么样，我们顺便去看看。

妻一听我的话，立即发飙，说：“你就是看不起我们家的人，对我们家人不放心，觉得我们家什么都比不上你们家，你以后就和你们家的人一起过，再不要见我们家人了。”

我大妹和小妹看出了我和妻的问题，都私下里让我和妻好好谈谈。谈什么，怎么谈？年轻的时候恋爱都没谈，老了还来谈感情？早已没有了能说到一起的共同语言。道理是悟出来的，不是谈出来的，夫妻一起生活几十年，心不能相通，人在身边，情在别处，没得谈了。

红儿退休比我早，生活感悟比我深，以过来人的口吻告诫我，人生若按八十年计算，前二十年不懂事，中间两个二十年干的是别人的事，只有最后这二十年才是自己的。应该认真规划好这属于自己的二十年才是。

确实需要好好想想怎么过好这最后的二十年，现在的人好像都很关注老年人，到处都充斥着规劝引导老年人安享晚年的文章和帖子，核心要义就一条：什么也不要想，什么也不要干，好好享受就行了。而且这话还真的就俘获了不少老年人的心，辛苦一辈子，到该享受享受的时候了，再不享受这一辈子就白活了。

红儿说："这话不对吗？老都老了，你还想干什么？还能干什么？老了就要服老，想那么多有什么用，你还能去改变世界？"

那些话听起来入耳，但细品起来，总觉得这话里缺了点什么，好像都是些丢盔卸甲缴枪不杀一类的颓败之言，没有一点积极进取的精神，我都怀疑这里头是不是有什么帝国主义在搞鬼，他们把"和平演变"的希望寄托在中国第三代第四代身上的梦已经破灭，现在回过头来再从老年人下手，毁掉老一代后二十年的聪明才智好像倒不是多费劲的事。

红儿讽我人退心不退，还是那么忧国忧民。我说世界这么大，什么事都可能有，警觉性还是高一些好。

我们这一代人，年轻的时候，都能背得保尔·柯察金的名言："人最宝贵的就是生命，生命对于每个人来说只有一次。人的一生应该这样度过：回首往事，他不会因为虚度年华而悔恨，也不会因为碌碌无为而羞愧；临终之际，他能够说：‘我的整个生命和全部精力，都献给了世界上最壮丽的事业——为解放全人类而斗争。’”

人生的意义不仅仅在于年轻。老骥伏枥，志在千里。莫道桑榆晚，为霞尚满天。现代人的身体都很好，昨天五十九岁还在工作岗位上忙碌，今天六十岁就什么事都干不动了？总不能天天上网打麻将，玩微信看手机，总不能一天到晚买菜带孙子，打太极拳跳广场舞，总不能一年到头背个包带上老伴满世界到处跑吧？老年人什么事都不干也是一种浪费，老年资源的浪费。

我还是想干点事。红儿说你可不要晚节不保，犯错误。

我给自己确定三条：一不干挣钱的事，二不干求人的事，三不干与公权力打交道的事。没事不要在别人眼前晃，最好从别人眼前消失。这样，别人省心，自己清净。

我想搞创作，写小说。写小说是我年少时的梦。六十岁的人，有时间，有阅历，写一部关于家庭生活的小说，告诉人们，夫妻一场不容易，家家都有一本难念的经，家和万事兴，且行且珍惜。

故事的主人公是一个秘书，写一个秘书的心理活动，用意识流的写法，行文天马行空，想到哪写到哪。题记写一句，世界本来是由你我他组成的，但你我在这里失去了，只有他。扉页上再写上一句：我发誓，我绝不让我的儿子当秘书。

女儿哈哈一笑，说：“因为你本来就没有儿子。”我说：“不对，我本来是有儿子的，但被计划生育给搞没了。”

女儿说：“要不然你现在就不到我这儿来，到你儿子那儿去了。”我说：“你尽讲这些没用的，伤感情，我们现在在你这不是很好吗？”

女儿突然很神秘地问我：“爸，你这一辈子最遗憾的事是不是就是没个儿子？”我说：“你怎么说话跟你妈一个口径？”

女儿说：“想写东西的人心里都憋了很多话要说，不吐不快。什么事在你心里憋得最难受呢？肯定是你儿子的事。现在国家不是实行二孩政策了吗，你也可以放开写你儿子的事了。但你写了一辈子公文，官样文章，突然转写小说，文笔能跟得上吗？现在好多人都看网络小说，谁还花钱买你的书回家看？建议你还是先写网络小说，练练笔，探探路，再做下一步谋划。”

小外孙听说姥爷要写书，就说：“姥爷写书，宝宝卖书。”我说：“好，咱们开个书店。”

现在看书的人太少了，有人说我们中国人每年人均读书不到一本，而韩国是七本，日本四十本，俄罗斯五十五本。我们闲暇的时间都干什么去了？上网，玩手机。坐在一张饭桌上吃饭的人，互相不交流，都看手机。一家人坐在一起，不说话，不看电视，也都看手机。在机场、在车站、在路上，甚至在新华书店，在图书馆里，到处都可以看到低头看手机的人。人坐在飞机上，如果不睡觉，也多是玩电脑的，很少有看书的。我们的信息来源主要靠网络和手机，连出版社出书都要迎合快餐式阅读习惯。长此下去，我们中华民族五千年灿烂文明如何得以延续？

宝宝说他现在就要开书店，说着就在茶儿上支起一堆玩具，说他的书店就开在这里。姥姥说：“宝宝卖书，姥姥买书，要不要钱？”宝宝说要。姥姥说：“姥姥对宝宝这么好，宝宝卖书还要姥姥的钱。”宝宝说：“姥姥不好，姥爷好。”

宝宝说的尽管是小孩子的话，但姥姥听起来心里还是很难受，也很委屈，偷偷地抹眼泪。

姥姥说宝宝一直都挺烦她的，有时候想亲近一下宝宝，宝宝都很不情愿，还吱哇乱叫。姥姥给宝宝喂水，宝宝不愿喝，姥姥说：“是妈妈让宝宝喝的，宝宝听妈妈的话。”宝宝说：“姥姥也不听妈妈的话。”

姥姥再没说话，默默地去厨房给宝宝包饺子。宝宝的饮食都由姥姥负责，姥姥亲自做，甚至还要亲自喂，别人做别人喂姥姥不放心，尤其是我有时候爱给宝宝买酸奶喝，买婴幼儿饮品喝，姥姥最不愿意，觉得酸奶容易坏肚子，饮品太甜，喝多了不好。搞得宝宝经常要把我拉到他的房间说悄悄话，要姥爷带宝宝去超市。

姥姥的饺子一次只包十六个或者是二十四个，宝宝一顿吃八个，够他吃两顿或三顿的量，多一个也不包。

小孩子吃东西有两个常见心理，一个是喜欢和别人一起抢着吃，另一个是越不让他吃的他越想吃。你天天让他吃的他就厌食，不想吃。大人吃米饭吃面条，让他吃饺子他就不愿意，他也要吃米饭吃面条。

有时候我就想，家里人也不多，这饺子多包一点儿全家人一起吃，没准宝宝就会和大人抢着吃。现在大人的饭食质量也不差，宝宝三岁了，他喜欢和大人吃一样的，时常让他跟着大人一起吃吃又有什么坏处呢？可是姥姥偏不，她一定要给宝宝单独做了吃心里才踏实。

宝宝不愿喝水，喜欢喝面汤，喝稀饭，喝羊肉汤，我给宝宝喂这些汤姥姥不吭气，阿姨给宝宝喂姥姥就不让，说我的粥汤熬得乱七八糟的。我说现在人家都提倡吃五谷杂粮呢，各种营养掺到一起吃了才健康，她说我把剩米饭都倒进去了，她看见了。我摇摇头，说了声："宝宝是你的宝宝，也是我的宝宝耶，不光你一个人爱。"

我就纳闷一件事，我们大人为什么非要强迫孩子吃他不愿吃的，不给他吃他想吃的，这个就是疼爱？这就是科学喂养？小孩子最爱吃白米饭、白皮面，不爱吃菜，饭里面一放上菜他就不吃了，那还不如先就让他吃白米饭白皮面，吃饱了再说。

姥姥对宝宝那是真爱，即使累了，躺在床上，也不歇着，躺在床上发布指令是一件非常惬意的事。姥姥的指令一般有三条，一条是给宝宝的："宝宝快喝水。"一条是给保姆的："阿姨你把开水装一下。"一条是给我的："姥爷带宝宝出去玩一会儿，阿姨做饭。"她躺在床上的使唤和指令一发出，我立马就会想起传说中的地主婆。

仰躺在床上看手机也是姥姥惯常爱做的一件事，手机看多了脖子疼，她就仰面朝天，两手举在空中，眼睛盯着屏幕，这成了姥姥看手机的标准动作。

朋友圈里有她为别人的点赞，有她转发的心灵鸡汤。这些心灵鸡汤，大多是站在道德高地，教化别人，规劝别人，暗示别人，实际上是谁也做不到的心灵假设，或者是对人不对己的绑架哲学。自己欠缺的，才是心灵需要的，要求别人照着做的，一定是自己没做好的。

贾东阳来省城参加教育工作会议，他现在是地区教育处副处长，下半年到龄退休。他和花儿离婚以后，又和他的“甜心”“酥甜心”，就是那个南方丝绸厂的经理苏天心腻歪了几年，又离了，再没续娶。他在填报个人婚姻状况时是这样写的：两离三不婚。组织上问他这“两离三不婚”是什么意思，他说就是结了两次，离了两次，第三次没有再婚，现在单身。

昨天贾东阳跟我说要请我们一家人吃饭，我说：“请吃饭也是我请，不能你请。”他说他是在职人员，我是退休人员，在职的慰问退休的。我说：“我是省城人，地主，你是外地人，来宾，主人招待客人。”

一大早起来我就忙着要给贾东阳打电话，把今天吃饭的事敲定下来。我手机不知搁哪儿了，找不着。女儿说：“你用别的电话拨一下不就知道了吗？”

我随手拿起妻放在床头柜上的手机，但妻设定了开机密码，打不开。我正要放回手机，手机突然震动了一下，跳出一条未读微信，显示发信人：王四毛。啊？这两个人还有微信联系？

我的心在跳，手在抖，很想看，又怕妻发现不太好，惹气生。我顺手按了一下闪动的屏幕，手机屏幕居然就打开了，我赶快拨通我的电话，听到了我手机的振铃声，正在辨别声音来自哪里，妻突然在厨房里喊：“你的电话，哪个老婆打来的？还是‘阿阿老婆’。”

女儿一听就明白她妈想表达什么意思，就说：“‘阿阿老婆’就是你，爸爸在用你的手机拨打他的电话，爸爸在他的手机里把你设定为‘阿阿老婆’了。‘阿’的排序是汉语拼音里的第一个，两个阿阿连用，你在爸爸的手机通讯录里就是第一个，说明你最重要。”

妻还是想不通，她说她的手机里设定的是老公，她的电话打过来怎么能显示“阿阿老婆”呢？妻突然反应过来什么似的，迅速从厨房里冲出来，从我手里抢走了她的手机，说：“你怎么用我的手机打？”

女儿无奈地摇摇头，说她妈妈真是一脑子的糊糊。

妻知道我邀约贾东阳晚上吃饭的事，就说何美丽、孙子航两口子也在省城，孙子航病了，在省医院住院，出院以后他们两口子就要去香港给女儿带小孩，晚上把他们一起叫上，省得还要再安排一次。我说：“这个孙子航，住院了也不跟我说一声。”

有孙子航两口子在，我又想把曾玫和她的小女婿也叫上，曾玫一听孙子航两口子要来，她就说她不来了。何美丽对花蝴蝶有意见，曾玫怕何美丽对她也不待见。

曾玫问我最近见过花蝴蝶没有，我说没有，她说听花蝴蝶说，那个跟了王四毛的三儿从南方回来了，两个人分手了。王四毛和三儿这些年在南方挣了些钱，去年经历了连续上千只股票跌停的市场灾难之后，他们一夜之间成了穷光蛋。今年王四毛不知道从哪得到了股市又要启动行情的消息，就把他们在南方的房子抵押出去融资，重仓入市，满仓持股，结果又被深度套牢，现在已经一贫如洗，三儿挥泪作别，又回到了小城。

听了曾玫的话，我心里一紧，王四毛的微信，不会是问我老婆借钱的吧？

晚上贾东阳见到我老婆就像见到多年没见的老相好一样，亲热得不得了，一会儿说我老婆年轻了，一会儿说我老婆皮肤好，问我老婆是怎么保养的，我老婆说是炒菜油烟熏的。孙子航说他老婆何美丽不上锅台不做饭，脸上一点光泽都没有，女人的养生方法看来还真得先从厨房做起。

何美丽说：“孙子航那你就没这个命喽，没娶到曹欣妍这样贤惠的老婆，看来只有下一辈才能心愿得偿喽。”

贾东阳说：“这有什么难的，换一个，孙子航回去把她休了。”何美丽说：“休我很简单，一张纸的事情，问题是你休了我也换不来曹欣妍了，曹欣妍只有一个，人家沈进兵跟你换吗？”

贾东阳说：“何美丽真是死心眼，谁让去换曹欣妍了，满世界的大姑娘小媳妇那么多，谁还去换你们这些七老八十的老太婆。我跟第一任妻子离婚的时候就说了，我们男人离了婚屁股后头会有一堆女人等着的，你们女人离了婚绝对是叫天天不应叫地地不灵，谁找你去啊？”

我老婆说：“那你怎么到现在还要单？”

贾东阳朝着我老婆挤一下右眼，说他现在是心里热手上凉，找不着，抓不住。

我老婆说：“那你为什么不让手也热起来？”

贾东阳说他的手天生就凉，抓谁也抓不住，不像沈进兵的手天生就热，一抓一个准，一抓一大把。

我说我能证明我和贾东阳两个确实是一个手热一个手凉，冰火两重天，热的很热，凉的很凉。上学的时候，班上的女生差不多都摸过我们两个的手。

我的本意是想帮着贾东阳打圆场，进一步诠释一下一个手热一个手凉的事，没想到我老婆听了我的话，瞟了一眼孙子航，递给孙子航一个别有深意的眼神，说：“谁也不是没摸过手。”那意思是，他们两个是摸过手的。

那个瞬间，两个人的暧昧和心领神会，已经没法用语言表述。

那个瞬间，我想站起来，一抬手把整个桌子掀掉。

我的心思已经完全不在这个饭桌上了，贾东阳什么时候因为什么把我老婆的一串钥匙拿在手里，两个人又为什么围绕这串钥匙能不能打开我家的门，能打开哪扇门，挑过来逗过去，我全然不知。

贾东阳提前走了，我没送他，我老婆跟到后头把他送到门外，因为她的一串钥匙还在贾东阳手上。

我老婆进来的时候，一晚上都没怎么说话的孙子航，突然开口，问我老婆："贾东阳刚才在外面没占你便宜吧？"孙子航似乎比我还关心我老婆，那语调是只有男人对自己的女人才会有的。

何美丽抢先接话，说："贾东阳谁的便宜不占？以前他跟我跳舞的时候，哪次不像数数一样，在我的后背上数我有几根肋骨？"孙子航说："你有肋骨吗？"何美丽说："对呀，所以他的手就不停地在我后背上摩挲。"

孙子航好像有意识想把话题引到贾东阳身上，我何不顺势聊聊？我说："如果让我老婆和贾东阳单独在一起我都不放心。"我只是随口一说，可我老婆脸一下红到耳朵根，说以前我出差不在家，贾东阳经常三更半夜往家里打电话，说一些不三不四的话。

还有什么是我不知道的？这一天下来，从早上到现在，王四毛的微信，孙子航的摸手，贾东阳的钥匙，还有他半夜三更的电话，这日子还能过下去吗？

宝宝感冒了，阿姨给他喂药他不吃，我说："那咱打针？"宝宝"哇"的一声就哭了，姥姥很生气地朝着我嚷嚷："哪有你这样吓唬孩子的？"

那一刻，我只想上去一脚，吼上一句："你嚷嚷个啥呀。"但在孩子面前还得忍耐。"

我说："宝宝不打针咱吃药，咱们家谁吃药最棒，谁是冠军？"宝宝说他是。我说谁是冠军谁举手，宝宝举起手。

吃完药，我带宝宝出去玩，姥姥不让，说感冒了不能出去。宝宝哭着要出去，我说："好，咱们穿厚一点。"我抱着宝宝，把外衣搭在肩膀上，到楼下出单元门时再穿。姥姥在后面不停地嚷："穿好再下去。"我没理，抱着宝宝出门，姥姥突然一个箭步冲了上来，猛地从背后拽我一把，我回过头，看到她眼睛里的一道光。那一刻，我的心死了。

女儿看出了我的痛，问："爸爸想离婚吗？"我诧异地看着女儿，女儿曾有过几次欲言又止的时候，她一直没说出来的话就是这个意思？

女儿说她打小上学的时候就害怕爸爸妈妈的冷战，害怕爸爸的凝眉、妈妈的冷眼。她惊讶于老辈人的耐力，这样的婚姻居然还能默默坚守几十年，要是现在的年轻人，早不知道离过多少次婚了。

最早她为妈妈委屈，觉得爸爸不好，脾气大，说话凶，让人害怕。后来她体会到爸爸不易，觉得妈妈古怪，说话倔，语气硬，不近人情。这两年她觉得这两个人简直就是怪物，谁都见不得谁的样子，居然还能在一个屋檐下生活，一个锅里吃饭，一个床上睡觉，分开了两个人居然还能互相牵挂，真是一对神人。女儿感叹，就是现在，她和她妈一起出门，叫她小鸟依人般牵着妈妈的手或是挽着妈妈的胳膊，她都做不出来，因为她在妈妈那儿体会不到那份母爱和女人味。

我说："我们这代人和你们不一样，我们是患难夫妻，从苦日子过来的。苦日子都过来了，好日子就坚守不了了？"

女儿说："你们至少还有二十年日子要过呢，你们能坚守得下去吗？坚守不住了，还不如早一点放手，对自己，对家庭，都是一种解脱。"

我说："你真想让我们离婚？"女儿说不是她想让我们离婚，她是想让我们生活得更好，"你们有权利享受自己想过的生活。"

女儿提出了一个严肃的话题。我们现在和女儿女婿生活在一起，客观上面临着一个大家庭和一个小家庭镶嵌在一起怎么和谐相处的问题，如果我们把控不好自己的情绪，任凭不和谐的负能量充斥家庭，必然影响全家人的生活，尤其是对孩子的成长不利。

现在人们普遍调侃、吐槽的都是老人退休以后，怎么“漂”到了儿子女儿生活的城市，围在儿女身边，为儿女花钱，为儿女受累，一天到晚就是买菜，做饭，干家务，带孙子，好像儿女都是啃老的，如果没有爸爸妈妈的付出，儿女们一定生活得不好。爸爸妈妈都是受罪的，如果不是儿女们的拖累，他们一定生活得非常幸福，根本没有考虑到父母对儿女生活带来的不便和造成的负担。

我们这一代人基本上都只有一个孩子，孩子长大了，父母变老了。孩子进城了，他们不忍心把爹娘留在那间孤独的老房子里。最终的结果是，儿女们主观为父母，客观为自己，父母来到城里确实给他们干了不少事。父母们主观为儿女，客观为自己，孩子帮父母圆了进城梦。

农村人一辈子都在想，我什么时候能把手里的锄头扔了，也去过几天城里人的生活就好了。吃公家饭的人当年都动过由小地方调到大地方工作的心思，但苦于没有门路，办不到。现在你的儿女帮你办到了，进城了，多荣耀啊，去大地方了，多光彩啊，你在老同事面前还不忘调侃一句：“到儿子那儿当孙子去了。”这话语里的幸福谁听不懂啊？

给孩子们带孩子是件幸福的事。“有了孙子我就是孙子。”这是爷爷们最矫情的一句话。即使儿女们和自己生活在同一座城市，能轮得上你给他们带孩子也是你的福利待遇，如果谁家敢不让爷爷奶奶、姥姥姥爷带孙子试试？你在家不急得跳脚才叫怪。如果谁家儿女不愿花爹娘的钱看看？你还能把钱带到棺材里去？

所以我说，我们这些老家伙也别再矫情了，别以为我们的儿女都是巨婴，长不大，离不开我们，其实他们是在尽孝心，报答我们的养育之恩呢。我们过去时常抱怨子女身在福中不知福，我们今天也不要面对孩子们的感恩不领情，辜负了孩子们的一片心。

我在退休前回了一次老家，当年人声鼎沸、鸡鸣狗叫的村落，如今已荒芜得只剩下三五户人家还守在村子里，池塘边无人打理的树木和藤蔓，横七竖八地疯长着，如果不是白天，走在村子里都有些害怕。这些年，村子里的年轻人大都出去打工了，有了些积蓄，逐渐回流到县城落脚，他们把父母都接走了。儿女不孝、婆媳不和的千古难题，都在社会变革的大潮中不知不觉地化解了。

女儿说："宝宝的爷爷奶奶过些日子又该来了，趁着这段时间，姥爷去南山别墅写你的东西，姥姥出去休息两个月，调养调养，没准你们俩离开一段时间又能转危为安了。"我想说不可能了，我的心已经伤了，但没说出口，不想让女儿为难。

女儿说："你们两个不和也挺好的，鹬蚌相争，渔翁得利。"我说："你这丫头怎么这样，一会儿想让我们好，一会儿想让我们不好，你到底是想让我们好还是不想让我们好？"

女儿说："你和我妈不好，私下里都对我好，你们两个好了，很容易联合起来对付我，我的日子就不好过了。"

我说："那我们就这样在你家里造吧。"她说："不行，还是要让妈妈走。"我说："你妈要是不走呢？"她说："不行，一定得走。"

看到女儿态度这么坚决，我的心又软了。我说："你让你妈到哪去呀？出去玩，没有伴。回娘家，你姥爷姥姥都不在了，你那两个舅舅又不待见她。回小城，我们又没房子，和你爷爷奶奶、几个姑姑在一起她行吗？到南山，一个人她害怕，两个人她不去。"

女儿说："这就是妈妈的悲哀，和她最亲最近的人一个个都离她远去了，连水奶奶这么多年也没了消息，也不知道水奶奶还在不在了，什么时候我们应该去找找水奶奶，看她现在在哪，她应该都快七十岁了。"

女儿说到水奶奶，我就想起了水老师，多好的一个人呀，就这么不声不响地走了，人这一辈子，谁也不知道明天和意外哪个先来。我说："我的心里一直都记着，要不是水老师、水奶奶，我和你妈还真走不到一起，等到哪一天，我和你妈也不在了，还有谁会记得这个世界上曾经有过一个水老师和水奶奶？”

女儿突然“呸”“呸”两口，让我少说那些不吉利和伤感的话，女儿说她也想过，刚记事的时候，她觉得爸爸妈妈也挺好的，不知道从什么时候开始，我们一家三口温馨的日子就开始过乱了，特别是这些年，妈妈变得让她难以接受，乖戾，慌乱，不可理喻。她最爱跟女儿抱怨的话题就是“妈妈这一辈子可怜”，“那意思就是你对她不好，我以前也真以为你对她不好，这两年我才知道，你这一辈子也真不容易，所以我觉得你要是想离婚你就离吧，没有谁会抱怨你，要抱怨也只有妈妈会，但妈妈也只是抱怨你们两个的婚姻，要是再给她一次选择的机会，她绝对不会选择你，她会找一个平平常常过日子的人。”

我同意女儿的话：“我这辈子如果娶的不是你妈，我的日子肯定也不是这个样子。”

女儿说：“妈妈这一辈子的问题就出在自己给自己设定的怪圈里，她想好好待你，又惧怕和你在一起，总是感叹‘我这一辈子苦啊’。想跟别人搞好关系，又总爱用放大镜看别人的缺点，她肯定过谁？想干活，又嫌累，‘累得很’成了她的口头禅。想对人好，动不动又爱发脾气，而且脾气发得莫名其妙，发完了又独自躲起来自责后悔。既然你们离开了要比在一起好，你也就不要再操妈妈的心，只要她开心，想到哪去就让她到哪去吧。”

我叫女儿不要着急，“我先去南山别墅过一阵，你找一个恰当的时候，跟你妈说得委婉一些，不要让她觉得你是赶她走的一样。”女儿说她知道。

6

周末，我们全家人一起去南山别墅，宝宝把南山别墅叫二家，城里的房子自然就叫一家。到了二家，其他人忙着收拾房子，宝宝嚷着要跟姥爷种菜，前一阵我来过一次二家，在花盆里种下了些菜苗。我带宝宝移栽茄子、辣椒、黄瓜、西红柿，又种了些菠菜、小白菜，这些长得快，二十天左右就可以吃了。我还专门让宝宝跟着我在围墙跟前种了几棵苞米，告诉他下周过来这些苞米就出苗了。宝宝对他亲自点种的苞米最感兴趣，他告诉爸爸、妈妈、姥姥和阿姨，下周过来就可以吃苞米了。我说不对，下周过来苞米才从地里长出来。宝宝说姥爷说得不对，下周就可以吃了。好吧，听宝宝的。

女儿、女婿带着宝宝、姥姥和阿姨回城里，我一个人留在南山。送他们出门的时候，我发现妻和宝宝下地干活的鞋都被擦干净了，我鞋上的泥土动都没动，和他们干干净净的鞋摆在一起显得特别扎眼。

我问这几双鞋是不是阿姨擦的，阿姨说她忙着收拾房子和做饭，没顾上擦鞋，鞋是姥姥擦的。

女儿知道我问这话是什么意思，她赶紧把车钥匙递给女婿，让他们先出去，她帮我擦鞋。

女儿边擦鞋边对我说，她妈现在说话做事越来越让人觉得不可思议，就说擦鞋这事，她为什么要这么做，她自己可能都说不清楚，但她确实就这么做了。我说就是不爱了呗。女儿说她妈根本就不懂爱，越来越不可理喻，越来越像她姥姥了。

她姥姥去世好几年了，我还从没想过拿妻和岳母作比较，女儿怎么这会儿突然想起姥姥来了？

岳母高寿，去世的时候已经九十岁了，医生说岳母是老死的，不是病死的，快咽气的时候，医生建议把病人拉回家，老人从自己家里走心里踏实，没有遗憾。救护车前面送岳母回家，我和妻后面办完出院手续往回赶，我们到家岳母已经走了。我和妻为此愧疚了很长时间，我们在医院守护了这么久，最后岳母咽气的时候我们却没在跟前。妻伤心地说，她现在成了没爹没娘的人了。

女儿说她姥姥倔，从不听别人的，她妈现在也是。姥姥活着的时候就爱说，不管你能不能听得懂，她就自顾自地说，说的差不多都是她年轻时当妇女队长的事。这两年她妈也爱跟别人说，说她女儿女婿不好，又啃老又想独立，既依赖父母，又想摆脱父母。要是离开父母，他们能不能生存下去都是问题，不干活，不做饭，日子怎么过？家里的东西到处乱丢，堆得乱七八糟，不用的东西自己不扔，也不让别人扔，你帮他们扔了他们还要跟你吵架。

女儿说着就委屈起来，她说去年她到外地出差，给宝宝买回来一套组装玩具，花了一万多块钱，可背到家一打开才知道买错了，三岁以上的孩子才能玩，她就把玩具搁到柜子顶上，想留到宝宝长大一些再玩。可是突然有一天她发现那套组装玩具不在了，问哪去了，原来她妈扔掉了。于是，母女俩大吵了一架。

女儿跟我说，在我来省城之前，她本来给宝宝报了早教班、兴趣班、游泳班，还有一些别的班，但她妈在家里抱怨，给这么小的孩子报那么多的课程干啥，在外面不停唠叨，说她一天到晚为了这个小外孙累得头昏脑涨，女儿一气之下就把给宝宝报的班全停了，女儿和她妈又大吵了一架。女儿问："你说她到底图个啥？"

我说："人心都是向善的，在我和你之间她向着你，在你和宝宝之间她向着宝宝，向着小的，向着弱的，就是善者。行动上没做到的，要通过嘴上说的来弥补，不管什么人，说出来的话都是美丽动听的，她是按照好人标准来向人诉说她的善良、贤惠，诉说她的怨气和委屈，求得别人的同情，要不然她不就成了彻头彻尾的坏人了？"

7

我在南山别墅写我的小说，关于家庭的。我的思绪有点乱，时断时续，跳跃性很大，像个病人，干脆就叫“病人呓语”。

南山的夜很静，只有自己心跳的声音，还有一种声音，在脑子里，跳得很快，细数一分钟一百多下，和心跳不同步，快很多。对这个声音我有些担心，会不会伤害身体，危及生命？我曾问过医生，医生说身体里没有这种声音。不对，医生说得不对，我清清楚楚听到了这种声音，血压的声音？血液流动的声音？我下意识地摸摸床头柜上的速效救心丸，硝酸甘油片，复方丹参滴丸，女儿还给我买了安宫牛黄丸，说这个药更能保命。

如果真的死到临头了，就凭这几盒子药，自己能够救自己？自己能保住自己的命？

早上起来，小区里来了好多车，一个邻居家的老人走了。走得很突然，无人知晓。子女都在城里，好几天老人没打电话给子女，子女打电话过来没人接，子女过来看看，发现老人已经僵硬，什么时候走的都不知道。

一般来讲，老人的风险大都来自冬天，来自凌晨，来自脑梗，心梗，中风，猝死，谁能想夏天也能要命呢？生死无常，风险无时不在，哪一种风险降临都不是自己一个人能够抵御的，老人得有个伴。

养老是我们这一代人的大事情。有人说抱团养老，有人说养老院养老，有人说社区养老，有人说居家养老，我小妹妹说她给我养老。不管哪种养老，你身边都得有个人，这个人就应该是你的老伴，如果我们身边不能有一个时时相伴，特别是夜夜为伴的人，一旦发病，就有可能瞬间失去救命的黄金时间。

这一刻，我就在想，如果现在，此时此刻，我犯病了，我有多大可能自救？如果自救不成，有谁能为我施救？我该怎么办？

妻发来微信：“女儿昨晚跟我说，给我放个假，叫我出去到哪个地方休息一段时间。我决定回小城去。女儿今早又跟我说：‘妈，让你出去是让你好好休息，你不要多想，别不回来了，什么时候想回来就回来。’我说：‘我知道，怎么能不回来呢？不回来我到哪去呢？’”

妻回到小城，和我父母住在一起，父母他们开春后就从海南回来了。妻几乎每天都要给我发微信，总体感觉，她在小城的生活是滋润的，我几个妹妹天天到父母那边陪她，她和一些同学同事也时常聚聚，有时候也见见六月红，我从她的朋友圈可以看到她在小城的生活轨迹。她说她这几天要到地区中医院住个院，查查体，做做理疗，调理调理。

我的后任，地委办公室秘书科长来电话，问："老领导在小城吗？回来没有？"

我说没有，还在省城。他说："我在地区中医院看到一个人，好像是嫂子。"我说："应该是她，她在中医院查体理疗。"

他说："那我给嫂子打个电话，中午请嫂子吃饭。"我说："不用麻烦了，她一般都回我父母家。"

下午上班时间，妻发来微信："中午吃饭见到贾东阳了，他也在中医院理疗。"我没看手机。

二十分钟后，妻又发来微信："他有焦虑抑郁症。"我还是没看手机。

看到这两条微信已经很晚了，为什么妻在秘书科长给我电话以后突然发来这两条信息？秘书科长的电话和妻的微信之间有什么内在联系？

我猜想，秘书科长在医院看到妻的时候，妻就和贾东阳在一起，因为是背影，秘书科长没看清是谁，要不他怎么会想到我回去了？

我斟酌了好半天，给妻回复了一句话："那你们有伴了。"

一个小时后，妻回我两个字："无语。"

为什么无语，有话说不出？我心里演绎的路径是这样的：妻和贾东阳相约一起住院，妻接到地委办秘书科长请她吃饭的电话，知道秘书科长在医院看到她了，她当时就是和贾东阳在一起，她也知道秘书科长和我通过电话了，但秘书科长跟我说了什么她不知道。她推想我可能知道了她和贾东阳在一起的事，于是主动跟我说她在医院里吃饭时碰到贾东阳了，等于是主动解释她与贾东阳在一起的缘由，因为她不知道秘书科长跟我说了什么。而且我给她回复的"那你们有伴了”这句话，她也一定给贾东阳看过了，两个人可能还商量了对策，我应该知道了他们两个的事，要不然我怎能回复“那你们有伴了”？

贾东阳心里忐忑，不敢面对我，要不然，照着他那急性子，他在中医院意外见到我老婆，绝对会立即给我来电话调侃一顿，现在却没有，怎么解释？

第八章

医生问：『您还爱她吗？』我答：『曾经爱过，现在没有了。』

1

马克·吐温在一百多年前就曾告诫人们：时光荏苒，生命短暂，别将时间浪费在争吵、道歉、伤心和责备上，用时间去爱吧，哪怕只有一瞬间，也不要辜负。但如果连那一瞬间都没有了呢？

爱消耗的不是感情，是生命，去了一趟省人民医院我才知道人这一辈子是经不住折腾的，说躺下就躺下，说玩完就玩完，不用准备，不用演习，一张病危通知单搁在你手里，你就是一个快死的人。

最近几天老觉得心慌胸闷没劲，早起量了一下血压，低压60高压90，心跳96。血压这么低，心跳这么快，我有点紧张。吃了早饭我跟阿姨和宝宝说我去一趟医院。妻在小城没回来，女儿女婿出差不在家，家里再没别人。

在省人民医院做完心电图，医生问："家属来了没有？"我说没有。再问："怎么来的？"我说自己开车来的。医生随口说了句真是胡闹，还敢开车，再没让我动弹，叫来护士搀着我去看心内科专家，我说我挂的是普通号，护士说现在您就甭管了。我有点害怕。

专家看了我的心电图，淡淡地说了声："房颤。"

房颤是什么？没听说过，从专家的神态上看，应该不是多严重的病。我悬着的心放了下来。

"收治住院，考虑手术。"专家边开住院单边说。我的心又提了起来，有点慌乱，说："那我回家去一趟。"专家说："从现在开始你就得听医生的，不能再乱走动了。"

我赶紧给我大妹、小妹打了电话，不大工夫，她们两个人就来了，我踏实了很多。

躺在单间病房，大妹坐在床前，抓着我的手，叫我把心里的事都放下，大嫂的事她们也都知道，“你改变不了她，实在不行你就在外面找一个相好的，让心有所寄托，我们姊妹们都能接受。”

大妹就是个大孬子，为人厚道，小时候一直比较怕我，在我跟前话不多，她还是第一次在我跟前这么亲热，而且还直言不讳地告诉我她们姐妹几个对大哥的担心，说明她们私下里一直都在为大哥的生活操心着，而且还能生出这样一些不合常理的想法来。

小妹一直在忙里忙外的，她叫大姐这个时候别说这些了，心病要养，让大哥好好休息休息。小妹现在是省分行的副行长，我们家兄妹七个里杀出来的一匹黑马，家里大一点的事情都靠她，由她做主，我这住院的单间也是她办的，我的心脏射频消融手术到底做不做，请谁做，也都由她在和医院联系。

我上网查了，心脏射频消融手术是个成熟的手术，但用在治疗房颤上还有各种不同的声音，有人说这是根治房颤最有效的手段，而且对心脏无任何伤害，有的说这个手段的效果有限，而且极易复发，有人反对这个手术，认为这是过度医疗。

我私下里悄悄问了一个年轻的小医生：“实话告诉我，如果我是你的家人，你让不让我做这个手术？”小伙子迟疑了一下说：“不做。”我问为什么，他说他家是农村的，没这么多钱。

小伙子一句话勾起了我的思绪，我开始忆苦思甜，如果我还在农村没出来，我现在能躺在这省城医院的单人病房吗？大地方就是大地方，大医院就是大医院，就是和小地方小医院不一样，人家这里并不是网传的那样看病难，普通号随时都可以挂上，专家号难挂，但只要挂上，下次再来可以直接加号，看病还是方便的。而且人家对病人负责，发现你有危险立即开始点对点服务。

我一个同学，在小城，晚上喝了点酒，感觉心脏不舒服，去医院看急诊，就在来回进行检查的时候倒在了医院的走廊过道里，再没救得过来，走了。

我的射频消融手术还是要做，小妹把费用都交了，十万元。太贵了，这么多钱，怨不得那个小医生说他家做不起呢。我是公费医疗，但我的医保在小城，小城和省城还没联网，先交钱后报销，要是没有小妹，叫我一下先交十万块钱费用也有困难。

我躺在病床上瞎想，我这个房颤的病是怎么得的？我将手机上搜索到的各种信息汇总起来，胡思乱想出三个原因。一是作息时间改变引起的，我这几个月一直是每天凌晨两点半起床写作，虽然晚上睡得早，八点左右就睡了，但生物钟打乱了。二是药物副作用引起的，我现在吃的降压药说明书上有导致房颤的副作用，但所有的医生都不认可，他们说我吃的这个药治房颤，不致房颤。三是由情绪波动引起的，夫妻不和是主要诱因，我妹妹她们是这样认为的，我女儿也是这么看的。

女儿回来了，妻也回来了。住院的事我没跟她们说，她们和宝宝视频时问姥爷呢，宝宝说姥爷住院了，妻和女儿今天都匆匆忙忙赶了回来。

妻和女儿叫大姑小姑回家休息，晚上她们陪护。陪护只能一个人，妻说她在这儿，女儿说她在这儿，叫她妈明早送饭。小姑说，明天手术，不能吃饭，要求空腹。

父亲在女儿心中一直都是一座山，看着躺在病床上的我，女儿就宽慰起我来，说："爸爸辛苦了，爸爸的病都是这些日子带宝宝累的。"我说："带宝宝怎么能累呢，人老了，病就该来了。"女儿说："你哪里老，按照现代人年龄段划分，六十岁才是中年。"我说："那都是哄老年人开心的，过去我总认为人是慢慢变老的，这次生病让我明白了一个道理，人是突然变老的，慢慢变老的过程人是感觉不到的，等感觉到了自己就突然老了。一场大病，一个意外，一次偶发事件，都会使人一下子变老，这是每个人都必须坦然面对的现实，谁都无法回避和抗拒。"

女儿让我说得伤感起来，说："爸你这次病好了以后，也要好好爱护自己，你那小说就不要写了。"我也知道，人是经不住老的，但什么事都不干也不行，就是等死，会老得更快，关键是要按照自己的方式，调整好自己的生活。

比方说，急性子要慢下来，就像刷牙，牙科医生说每次刷牙要三分钟以上，你非要刷那么快干吗？就像吃饭，消化科医生说每一口饭要咀嚼三十次以上，你非要三口两口就把一碗面吃完干吗？

比方说，紧张的心理要放松下来，就像锻炼身体，专业的说法是上午九十点下午四五点最合适，你干吗非要放到早上天不亮晚上看不见人的时候呢？老祖先都知道人要跟着太阳走，日出而作，日落而息，不违背自然规律，你非要半夜两三点就起床干吗？

比方说，火暴脾气要软下来，手头上哪还有那么多急事？买菜都要快去快回，坐在椅子上理发都要浑身用劲，退休了，所有的时间都是你的，不急着上班，不急着开会，别什么事都往前赶。

手术前，护士端着医用托盘过来，说是要给我备皮，我心里一震，问："不是微创吗，为什么要备皮，还要皮肤移植？"

护士一下笑了起来，说："不是要移植皮肤，是剃除阴毛，清洁皮肤，把裤子褪下去。"

妹妹出去了，女儿出去了，妻也出去了，家里人都出去了，我还是有点不好意思。这个护士和我已经熟悉了，要是一个我不认识的多好。

手术是心内科主任亲自给我做的，整个手术过程我都是清醒的，主任边操作边念叨，这个地方怎么了，那个地方怎么了，好像他是在给助手们讲课，我就是他讲课的实体教具，听课的人是一个还是两个，或者是三五个，我看不见，眼睛被挡上了或是盖上了，没准就是他的助手在给我操作也未可知。

忽然我的心脏疼了一下，再疼一下，接着连续疼了好多下，我终于忍不住了，发出了"嗷嗷"的叫声，但叫的声音又不好意思放开，使劲憋着，怕人家笑话沈行长的大哥那么娇气。

主任还是被我的叫声给逗乐了，问我："老师傅你是哪人呀？"我说："安徽。""安徽人的叫声是这样的吗？"我说："叫声还分哪人的？"他说："你这叫声老让人想到别的地方去了，也不知道是痛苦还是享受。"几个助手一阵嬉笑，我也跟着他们在嬉笑声中忘掉了疼痛。

主任好像是在处理一个难缠的颤点，他对助手们说："你看这个家伙多顽固，千年的老妖，终于把你打掉了。"

手术做完三天就可以出院了，医生交代，要按时吃药，注意休息，注意饮食，避免剧烈运动，不吃过硬过烫和带刺的食物，不要快速蹲起，不要用力咳嗽打喷嚏，大便不能使劲，手提物品不要超过五公斤，更重要的是要保持好心情，不能有情绪波动。

女儿把术后注意事项发到我和她妈的手机上，嘱咐我们这两个月在二家照着办。我说："我现在成了大熊猫了。"女儿说："你现在就是我们家的国宝。"

女儿的话多半是说给她妈听的。

宝宝秋季该上幼儿园了，暑期里保姆要回一趟甘肃老家，我和妻从二家回到城里。我借机对女儿说："其实家里现在可以不用保姆了，早晚我接送宝宝，你妈可以在家做饭。"

女儿说："不行，保姆一定要用，你还是不了解我妈，哪一天她要说累了，干不动了，你就没辙了。阿姨回来，你还是待在二家写你的东西，城里这边的事你甭管，姥姥接送宝宝，阿姨做饭干家务，这样对大家都好。"

女儿这样安排确实对大家都好，但就是生活成本高一些。对她妈好，不累。对阿姨好，可以继续在我们家干下去，阿姨一直不想离开我们家。对宝宝好，宝宝喜欢阿姨，跟阿姨有感情。对我好，我可以自由自在地做自己的事，特别是对我和她妈两个人都好，各过各的，眼不见心不烦，少了许多麻烦。

不和谐的日子总是要小心着过，不管社会发展到哪一步，居家过日子总还是柴米油盐那些事，只是现在比过去更精细更有品质了。阿姨不在，我总力求多做一些，做好一些。做饭的事情，洗碗的事情，带宝宝的事情，我都可以干，但又好像总是做不好。

我起床时间推迟到早四点半左右，起床后的第一件事是先把稀饭熬到锅里，然后再开始我的写作。但几顿稀饭熬下来，妻嫌我熬得太早了，吃的时候都成了剩饭了。

做饭熬粥的事我干不了，那就洗碗刷锅的事归我。我新买了洗碗布、刷锅布、擦桌布，还在厨房里挂了个擦手布，洗完碗，刷完锅，淘完米，洗完菜，手上的水，擦一擦。

妻说，洗碗刷锅不能用布，要用海绵擦，大人小孩的碗不能一起洗，要分开。我都照办。可没过几天，我的擦桌布、擦手布也找不到了，妻说扔了，那布脏。我说："脏了可以洗一洗呀，你现在扔了那我用什么呢？"

算了，多一事不如少一事，我还是带好宝宝吧。

我猛然发现，做任何事情都要注意适可而止，不能把事情做完，做满，要适当留一些空间给别人。你可以洗碗，别人可以做饭，你可以带孩子，但孩子吃饭穿衣的事可以让别人做。

宝宝吃饭弄了一身，姥姥要给宝宝洗澡，宝宝不干，要姥爷洗。姥姥一生气，抱着宝宝就进了洗浴间。宝宝那边吱哇乱叫地哭，我这边赶快忙着去洗碗。

洗了碗，烧水，找不到烧水壶，我朝着洗浴间喊："烧水壶哪去了？"妻说在她那。

我推开洗浴间的门，提壶在手，宝宝见到我就喊要姥爷，妻接着说了一句："就知道吼！"我以为妻是在嚷宝宝，接着下面的话我才知道她是在嚷我，"连个烧水壶都要吼，自己过来拿一下不就得了？"

我一脸蒙，不知所措地站在那儿，说："我就问一声烧水壶在哪儿，怎么我又吼了？"

妻的眼一瞪，闪出一道光来。妻说："一天到晚就知道吼，吼了几十年，还吼，一听到你吼人就心慌。"

我随手把烧水壶往洗脸池上一放，不烧了，愿意干啥干啥去，扭头走了。

身后传来宝宝的哭喊声，说："姥姥你不要和姥爷吵了，姥爷有病。"

“谁和你姥爷吵了？”

宝宝“哇”地一声大哭，说：“你就吵了，你就和姥爷吵了。”

我回转身来，真的吼了起来，说：“我就不明白了，你到底想干啥，我一天都做成这样了，你还是不依不饶，你要是真的觉得和我在一起实在受不了了，你就明说吧。”

晚上，女儿问我：“又吵架了？”

我一愣，问：“宝宝跟你说的？”

女儿笑笑，说：“你这个小孙子也真够向着你的，我晚上一回来他就跟我告状，说姥姥对姥爷不好，和姥爷吵架了。”

女儿说：“我就纳闷了，你说你也是个说一不二的男人，怎么自己的这个老婆就收拾不了了呢？”

我说：“还是你爸不够优秀，要是我足够优秀，我就能驾驭这个家，驾驭你妈，就不会有这么多冲突和矛盾，害得你们都跟着我们受煎熬。”

女儿说：“一般来讲，作为女儿我不应该掺和你们两个人的事，而且两个人的矛盾肯定是两个人的事情，一个巴掌拍不响，但你们两个从根本上说一开始就错了，说到底还是我妈的事，她根本就配不上你，我一直想不明白一个问题，你年轻的时候为什么会看上我妈？”

我说：“我和你妈年轻的时候还是很好的，也不知道这日子怎么过着过着就生分了。”我想起了六月红说过的话。

“得了吧，”女儿说，“在我的记忆里你们就没过过几天好日子。人家是夫唱妇随，你们是前面卖生姜后面说不辣，一个是建设型的，总想把日子过好，一个是破坏型的，好好的日子总要往坏里过。两个思想和境界都不在一个频道上的人，现实生活肯定是失衡的。”

女儿说得对，一个巴掌拍不响，两个人的事肯定是两个人的责任。我说：“我知道我的问题出在哪儿，年轻的时候太强势，年老的时候太弱势，一辈子吃了“刀子嘴豆腐心”的亏。急性子，暴脾气，一张直来直去的嘴，无意中得罪了很多人，家人也一样。刀子嘴伤人，眼睛里揉不得沙子，不包容，容易把人惹急了。豆腐心害人，宰相肚里能撑船，纵容人，容易让人走上极端。”

“你们问题的根子就在这里，”女儿说，“眼睛里揉不得沙子，说明你看不起她，宰相肚里能撑船，你总是高人一等。刀子嘴豆腐心是当领导的最爱用的一招，也叫胡萝卜加大棒，叫恩威并施，说到底就是封建礼教和家长制的那一套。”

“为什么会刀子嘴？因为你居高临下，自以为是，打倒的老婆揉倒的面，根本就没给她平等的地位。”

“为什么要豆腐心？因为你大人不记小人过，总想通过怀柔政策再把她拉过来，让人家感恩戴德，可是你面前的这个人是荤素不进，软硬不吃，结果是你看不起她，她不服你，物极必反，两个人对着干。”

我深有体会地说：“封建礼教和家长制必须破除，而且已经破除，但如果破除到家里做主的人都没有了那肯定也是不行的。家无主，必生事。一盘散沙的日子怎么过？人人都觉得自己是对的，错的永远是别人，人人都想当家做主，人人都想说了算，这个家还能好？”

“那为什么不能商量着办，或者是谁说得对按谁的办？”女儿不解地看着我说。

“现在的家庭生活本来就是商量着办的，谁说得对就按谁的办，但有些事能商量得了吗？不管多么民主的家庭，民主之后也得集中，也得有个做主的人。”

“学生的学籍表上有家长，公安局的户口簿上有户主，过去男人叫当家的，女人再强势也只能是内当家的，男主外女主内。中国最有内涵的一个汉字就是‘安’字，家有女人，心里安宁。”

“可女人自己的心里要是不安分呢？一出大戏不可能都是主角，一定要有配角。当倡导妇女解放的女权运动进入家庭的时候，它就不是男女平等那么简单了。”

“就说每年过年这档子事吧，年三十晚上的米饭我说多做一点，过年这三天就不再做新饭了，你妈马上怼过来一句‘都什么年代了还来这一套’。过年发压岁钱一般都是爷爷给儿孙发，父亲给老人和小孩发，男人给女人发，老公给老婆发，一家之主给全体家庭成员发，可我们家，每年我发完压岁钱你妈她一定还要再给大家发一遍，她也要发，这哪还有大家庭长媳的本分？”

“这个事我知道，爷爷奶奶和几个姑姑对我妈这一点都有意见。”女儿不无感慨地说，“要是我妈能很好地操持这个家，你也不会那么累，家也不会是现在这个样子，现在的问题是她已经这个样子了，咱们应该怎么办？要想过下去，你就得让着她，容忍她，再不要想着谁当家做主的事了。再说了，家里为什么必须要有一个当家做主的人呢？”女儿的态度很明确，如果家里必须有个当家做主的，这个家她就不待了。我的家为什么要别人当，我的主为什么要别人作。

我知道我们的话不能再往下说了。

入冬的时候，地委组织部来电话，问我最近身体怎么样，我说还好，上半年做过房颤手术的事我没说。问我家里事情多不多，带孙子累不累，我说平时没多少事，带小外孙的事主要是保姆和姥姥的，我自己搞创作写小说的事也没说。

聊着聊着，心里一阵感动，组织上对我们这些退下来的老同志还没忘掉。

电话那头突然话锋一转，说是地区最近成立十个督导组，抽调一些退下来的老同志担任督导组组长，岁末年初到各个县里督导三个月，地委领导想让我回来任第十督导组组长，先听听我的意见。我还能说什么意见？刚才已经说了身体还好，家里没有多少事，这会儿还能变卦，重新说有困难？

组织部门的事向来安排得都急，说办就办，要我明天下午就赶回地委开会，后天就到位。这样的安排还是“听听你的意见”？

女儿极力主张我回去，“退休快一年了，回去看看也好，看看人，露露脸，要不然时间长了人家都把你忘了。”

匆匆忙忙赶回小城，直接到地委参加督导工作会议，会上地委领导点名表扬了我，说："我们地委办的老领导沈进兵主任已经退休去了省城，过上了儿孙绕膝的正常人生活，现在组织上一声召唤，就又赶了回来。"坐在我旁边的人悄悄跟我开玩笑说："沈主任又开始过非正常人的生活了？"

督导会议一结束，我就去四妹家。小城里只有四妹和五妹在，二妹三妹都已退休，陪父母去了海口。地委办安排我住地区宾馆，我没住，还是住四妹家比较好。

四妹和四妹夫知道我晚上过来，早早回家做饭，五妹一家三口也过来了。一桌好吃的饭菜，还有我喜欢吃的鸡汤挂面。我说："我是回来工作的，可不是到你们家长膘的，要不然过一阵回去就该减肥了。"

早上，地委同事到四妹家接我出发。我们第十督导组一行七人，就我一个老同志，其他都是在职的，都是年轻人，从各个单位抽调的，还有从县里抽调来的。小组联络员，地区聋哑学校办公室人事股副股长，胖乎乎的，个子不高，但却喜欢伸长脖子走路，就像是随时准备冲击终点线似的。联络员拿着小组人员名单，逐一给我做了介绍，他们已经在我上车之前互相认识了。

我们组督导的县稍远一些，离小城二百多公里。我同学六月红的家就在这个县，那时我要是同意跟她一起到这个县里来，没准我的新娘就是红儿了。婚姻这事谁知道呢？错过的不一定是最好的，但一定是不属于你的，懊恼也没用。老都老了，岁月不可能倒流。

半天的车程，正好是大家在车上交流的时间，看得出来，这些年轻人都很珍惜这次抽到一起工作的机会，纷纷表示要在组长的带领下把地委交给我们的督导工作做好。我原打算到了县里再召集大家开个会，讲些要求，这会儿看着他们兴致都很高，就讲了一些我的想法。

我们的工作是督导，不是钦差。督导工作怎么搞，坚持一条，善待基层，千万不要以为我们是地委派来的，就能代表地委，要知道，在县里能代表地委的还是县委，县委书记才是地委最信得过的人，要不，怎么不派我们来当县委书记？所以搞督导的人一定要摆正自己的位置，一要把做好工作的要求和上级领导的关怀传导下去，让下面的同志知道，你的工作有上级领导看着呢。二要把下面的情况和存在的问题乃至创造性的经验，如实反映上去，让下面的同志明白，你的工作上级领导是知道的。倘能如此，我们的工作就已完满。

一年不在岗了，县里的一些同志已经不太熟悉，熟悉的也不像以前那么亲热了，好在我们督导组的七个人每天二十四小时吃住和工作都在一起，倒不冷清，虽然平常各自在自己的房间，但总有家人一样的感觉。平常的事情我都交给联络员去办，称联络员就是我们第十督导组的“秘书长”，联络员觉得很受用，组里的同志也都认可。督导的日子还是充实的。

闲暇时间，我就待在自己房间里写小说，没人知道，也没人打搅。正在苦思冥想之际，突然听到“当当”有人敲门，这声音在寂静的宾馆里显得好响。

“谁呀？”

“沈主任在吗？”

“红儿？”我吃了一惊说：“你怎么来了？”

“我怎么不能来？这是我的家，你都能来，我为什么不能来？”

“你是专门来看我的？”

“我是专门回娘家的。”

红儿退休这几年一直也没闲着，被返聘回去搞教学研究和督导。稍一坐定，她问我这督导应该怎么搞，我说：“你这么老远跑来不是就为了督导的事吧？”她说她是来督导我的督导工作的。我说：“我应该去督导你才对，你毕竟督导好几年了，我们这还是第一次，正在摸着石头过河呢。”她说：“你毕竟是在地委大机关待过的，站得肯定比我们高。”我说：“你什么时候这么谦虚了，把自己放得这么低？”她说：“你什么时候都没骄傲过，从没把自己放得比我高呀。”

一句惊醒梦中人，我们俩之所以阴差阳错没能走到一起，没准就是因为我当年太不自信了。

一阵热聊之后，红儿邀我去她家吃饭，我当然愉快地接受邀请。这顿饭要是吃在三十七年前，会是什么样子？

红儿的父母好像也知道我，但毕竟年纪大了，没有多说，打过招呼，寒暄几句，他们就去了自己的房间，我和红儿继续在客厅聊着我们的话题。

红儿问我最近听说何美丽的事没有，我说没有，这两口子去了香港之后，我们就很少联系了。

红儿说："孙子航你再也联系不上了，他最近在香港女儿女婿家突发心梗，没抢救过来，已经走了。"

我心里咯噔一下。

何美丽的女儿大学毕业后去了香港，在一家中资企业，结婚已经好几年了，今年才要小孩。何美丽和孙子航去香港给女儿带小孩的时候，何美丽跟我老婆说："女儿还是在内地上班好，方便，我们现在去香港，一次只能在那待半年，半年中间还要跑回来再签注一次。"何美丽说这话的时候，嘴上讲的是麻烦，心里头可是甜滋滋的。没想到两个人这一趟过去还没待够半年，一个人就没了。

红儿说，孙子航发病时间是在上午，女儿女婿都在上班，何美丽把他送到医院，抢救的时候需要家属签字，何美丽签了，死亡之后还要家属签字，何美丽不签，叫女儿签，女儿正在悲痛之中，随口蹦出一句话来，说："你不是他老婆吗？你签了不就行了？"

何美丽低下头，悄悄嘀咕说："我不是他老婆，我和你爸早就离婚了，我签的字不具法律效力。"

女儿、女婿惊得目瞪口呆。

督导期间没有周末、节假日，一个月集中安排休息三天，回家看看，取取东西，换换衣服。我的情况不回去也行，反正回不了省城。不过这次回来正好赶上地区安排体检，我就利用这三天时间，到地区医院做个胃肠镜检查，别的方面检查就不做了。体检费用每人一千六百元，胃肠镜检查费用一千六百零四元，基本上平了。

检查前，组织部的同志来医院看我，顺便了解督导组在下面的工作情况。部里的同志说其他组已有反映，组里个别同志素质较差，不听召唤，影响了督导的工作。

我说我们组还好，从各个单位抽调上来的，人员情况肯定参差不齐，我们的联络员是部队下来的，听说他在部队立过一次一等功，两次二等功，到地区聋哑学校已经十几年了，到现在还是个副股长，可以好好用一下，如果聋哑学校不好用，用到别的单位也是可以的。部里的同志把我推荐的情况记了下来。

早上做检查，前一天晚上就要清空肠胃，四大杯泻药，一杯七百五十克，两小时之内喝完。这个泻药太难喝了，第一杯勉强能咽下去，第二杯还能忍受，第三杯、第四杯真的就像喝药一样，甚至比药还难喝，在鼻子跟前一放就想吐，根本就咽不下去。

折腾了一夜，光往厕所跑，四妹家的马桶我一个人承包了。天快亮的时候，肚子里拉出来的东西差不多就像自来水一样，这才算排泄合格。

我做的是无痛，全麻，家里要有人陪，四妹五妹都来了。我告诉她们俩：“检查期间，如果有要签字的项目你们就签了，不用跟谁商量。”

我的检查由消化科主任亲自做。我躺在手术床上挂着吊瓶，吸着氧气，静静等着，我有意识看了看墙上的挂钟，已经十点半了，看看做胃肠镜需要多长时间。可一个小时过去了，已经快十一点半了，我还在手术床上躺着，怎么这么磨蹭，还不开始做？

消化科主任过来拍拍我，说：“沈主任，可以下来吗？”我说：“不做了？”主任说：“做完了呀。”这就做完了？我一点也不知道。

检查初步结果：直肠和胃多发息肉，胃贲门黏膜隆起病变。息肉好办，掐了就是了，关键是这个“贲门黏膜隆起病变”不知道是个什么东西。我上网查了，有人说没什么事，就是胃上长了一小块儿东西，有人说这一块儿小东西将来会长成什么样还不知道，眼下就是个“隆起”，有可能是还没长成的息肉，也有可能是早期癌症。

检查完就可以走了，我要回县里。两个妹妹不让我走，要我在家休养几天，等候医院活检结果出来，看看怎么治疗再回去。我说："那怎么行，地委叫我回来工作，那是看得起我，我却躲在家里泡起了病号，这怎么对得起组织？"四妹不放心，说："那你回去每天吃流食可以保证吗？"我说："这有什么问题，县里的同志把我们的生活安排得很好。"

回到县里，组里的同志都说："组长不在没意思。"我说："那我们就把第十督导组长期保留下去算了。"几个人都说："这个可以有。"

地委办来电话，要求各组上报前期督导情况。我把组里的同志召集到一起，研究写汇报材料的事，写什么，怎么写，大家议一议。讨论的气氛霎时热烈起来，你一言我一语，争先恐后，高见迭出，有摆事实的，有讲道理的，有义愤填膺的，有侃侃而谈的，大家说的有理有据，站位很高。

我说："大家都讲了很好的情况和意见，按照大家分析的来写，我们一定能拿出一份高水平、有分量的汇报材料来，看看由哪位文笔好、综合能力强、能把大家的意见建议汇总表达出来的同志执笔？"

现场气氛一下静了下来，一个多月来很少有的安静，谁都不说一句话，甚至还有人把头压得低低的，生怕他的目光一触碰到我，我就会点名让他写似的。我在心里觉得好笑，现在的年轻人怎么都这么害怕写东西？别到哪一天连写文字、写文章、写文学的人都没有了。

我只好说："这样吧，既然大家都这么谦虚，我就开始点将。大家每个人都把各自掌握的情况理一理，把各自所要表达的意见顺一顺，写出来之后交给联络员，由联络员综合大家的情况和意见，执笔起草我们第十督导组的汇报材料。"大家都长长舒了一口气。

回到房间，联络员也跟了过来，我们互相礼让坐下，只见他像身上长了虱子一般，拧过来扭过去，浑身不自在，伸长的脖子突然缩短了许多，扭捏了半天，终于憋出一句话来："组长，汇报材料我安排那个 ××× 写吧？""可以呀，不管谁写，只要按时写出来就行。"

不大工夫，旁边房间传来嘈杂声，有人过来喊我，说联络员和那个

××× 在吵架，我问为什么，喊我的人说，联络员安排那个 ××× 写汇报材料，那个 ××× 不写，两个人吵了起来，差一点拳脚相向。我让他去跟那两个人说不要吵了，汇报材料组长已安排别人写了。

别人写，谁写？

只能我自己写，这件事情可难不倒我。汇报材料写好后，我让联络员拿给大家征求意见，大家都说："组长太厉害了，这样的材料我们哪能写得了。"

地区医保办来电话，告知我的胃肠镜活检结果是良性的，叫我近期回地区医院再做进一步检查治疗，建议尽早把那个隆起病变拿掉。我给地委组织部上了一个请假报告，组织部很快同意，说治病重要，治完赶快回来。

我又住进了地区医院，先做超声内镜检查，无痛，全麻，空腹，不用喝泻药。我躺在手术床上，麻醉师让我大口吸气，然后一二三数数，这次我有经验了，我想知道自己数到几的时候被麻醉过去的，可是等到我醒来之后，脑子里好像只数到了三就没记忆了。

我住的是消化科普通病房，三人间，没住干部病房，为的是治病方便。超声内镜结果一出来，住院医生就找我谈话，说我的隆起部位在胃体的第四层，很深，他们有两种手术方案，一种是外科手术，另一种是消化科镜下手术。我说："我就是奔着咱们消化科主任来的，要是外科手术我就不做了。"医生说："谢谢你对我们消化科的信任，但这个镜下手术有两大风险，一个是出血，因为创面大，另一个是穿孔，因为隆起病灶埋得太深。"我说："只要你们有信心我就有信心。"

五妹到省城出差，晚上去女儿家，讲了我在小城住院的事。此前她们一直

不知道，我没跟她们说。妻和女儿跟我视频，宝宝抢过电话，嚷嚷要来看姥爷。我说："宝宝要上幼儿园，姥爷明天下午手术，四姑姥姥陪姥爷，你就不用来了。"

晚上我在四妹家，没住病房。半夜醒来，我看看手机，手机静音，七个未接来电，两条短信留言，住院医生说，明天下午消化科主任去外地出诊，我的手术提前到明天上午做，通知我明早六点钟以前赶到病房做准备。我立即起床，现在就去病房，早上六点钟有些晚了。到病房就按照护士的要求开始喝泻药，还是四大杯，两个小时喝完。

一大早女儿来电话，说是姥姥带着宝宝这会儿正在飞机上往小城飞，过来看我陪我。我嘴上说"她们来干啥"，心里头莫名有些激动，估计我做完手术她们就该到医院了，没准我一睁眼就能看到她们。我想宝宝了。

手术很成功，麻药一过，我就被推回病房，我四周看看，没有妻和宝宝。护士给我挂吊瓶，下胃管。下胃管真难受，管子从鼻孔到嗓子经食道插到胃里头，还要张嘴"啊"一声给她们看看，看到管子才算。昨天同病房的一个小伙子跟我说，胃管一插，半条命就没了，二十四小时不吃不喝不下地，拉屎尿尿都在床上。

插完胃管，我闭上眼睛，一点劲儿也没有了。四妹拿着手机过来说是大嫂和宝宝要和我视频通话，她们的航班飞到小城上空盘旋了二十分钟，因天气原因不能降落，又飞了回去。我这才注意到病房外面飘飘洒洒飞着雪花，好大。

宝宝在视频里看着我挂着吊瓶，插着胃管，吸着氧气，吓得好半天不敢说话，好像他一说话就把姥爷吵疼了似的。我问宝宝想不想姥爷，他说想。我问哪儿想，他双手拍脸抱头，说整个头都想。对视了好半天，宝宝突然问姥爷这么长时间到哪去了，我说姥爷在工作，他说姥爷不是说好过段时间就回来吗，怎么还不回来？我说姥爷再有一个月就回去了，他问我一个月是几个月，有没有好长时间，我说没有好长时间，他说他想姥爷，他不哭。

妻看见我在视频里泪眼婆娑，就忙着岔开话，问我不是今天下午才做手术吗，我说主任下午有事，提前到今天上午做了。妻说她和宝宝机票改签到明天早上再来，我说不用来了，明天还是大雪，后天我就出院回县里了，心意领了。

住院医生过来给我讲手术情况和术后注意事项。我的手术叫ESD内镜黏膜下剥离术，这种手术可以治疗巨大息肉、黏膜下肿瘤等病变。我的隆起病灶埋在胃体四层，主任就给我把一层二层剥开，从三层四层下刀把病灶摘除，再把先前剥开的一层二层胃体覆盖回去，处理好伤口，待其慢慢愈合。现在最要紧的就是静养，防出血，防穿孔。下胃管就是为了引流、减压和观察胃里有没有出血。

不知怎的，让住院医生这么一讲解，我的心里陡然后怕起来。尽管手术做完了，成功了，但我还是在心里祈祷，千万别出什么意外才好。

晚上五妹夫来病房陪护，我的紧张心理一下子好了很多。过去是自己的事情自己做，尽量不去麻烦别人，现在怎么突然胆小起来，老小孩就是这样的？人老了，怕孤独，我想哭，真的需要人陪。我又一次觉得，人是突然变老的，不需要过程，不需要由量到质的渐变过程，一场大病，一个意外，一次偶发事件，病床上一躺，人就老了。

年纪大的人心里没底，害怕自己的事情自己做不好，我现在最担心的就是躺在床上大小便的事，如果没人帮助，自己一个人肯定解决不了。做手术前肠胃已经完全排空，现在又持续二十四小时不吃不喝，估计大便的可能性几乎没有，但小便的事情恐怕不会少，我一直在琢磨，这躺在床上怎么排尿呢？昨天，同病房的小伙子说他躺在床上排不出来，他翻过身趴在床上，还是排不出来，他又立起身子半跪在床上，终于排出来了。小伙子的经验值得汲取。

排尿成了眼下最棘手的事情，不到非尿不可的时候尽量不尿，能多憋一会儿就多憋一会儿，实在憋不住了，我让五妹夫扶我从床沿慢慢站到地下，他帮我把裤子拽下去，再拿着尿壶让我对着尿。六十岁了，五妹夫是第一个给我端尿壶的人，心里蓦然感动起来。

红儿来医院探视，责怪我手术前不告诉她，我说："就是一个微创小手术，我跟谁都没说。"红儿生气了，说："我也就是你心中的一个谁？"

红儿听了我手术的情况，抱怨我的胆子太大，说："你以为你还是那个可以万事不求人的小伙子吗？这么复杂的手术，就这么一个人往医院一躺，悄悄做了，跟家人都不说。这么高科技含量的手术，为什么不回省城，甚至是去北京做？竟然不声不响地就在地区医院做了。”

我说：“无知者无畏，我主要觉得现在不管大地方小地方，医疗条件、医疗设备都差不多，北京的，省城的，地区的，都一样，没什么差别。治病的人也都是一样的，都是学医的，都是科班出身，你让地区医院的医生坐在省城，坐在北京的大医院里，他一样也是大医生，更主要的是我对我们地区医院的消化科主任比较信任，所以我就在这做了。”

红儿说：“不一样的，我在网上查了这个ESD手术，一九九九年才由日本人发明，至今不到二十年的历史，一个地区医院能有多少医疗实践？地区医院能接触到的现代先进医疗的信息量要比省城医院、北京医院差远了。”我说：“是的，手术做完了，我现在有些后怕了。”

红儿说：“手术做完了，再不要着急，多在医院住几天，好好恢复恢复。”我说：“不行，我这两天就要出院，县里还有工作呢。”红儿说：“过去人家讲沈科长是地委的大笔杆子，地委离不开你，哪儿也不让你去，结果耽误了你一辈子。现在你已经退休快一年了，地委不是运转得好好的吗？”我说：“这个不一样，咱都退了的人，地委又把我叫回来工作一段时间，这是看得起我，结果我却躺在医院里泡起了病号，这怎么行？怎么对得起组织？组织上会怎么想？”

红儿一听就火气冲天，说：“你这个人怎么成了倔老头了，刚做完手术就想着出院，术后恢复得不好或者出现意外怎么办？你待在县里谁能救得了你？”

红儿的话跟医生的话一样，医生一听说我急着要出院，马上口气坚决，不容商量地说：“不行，至少要在医院待七到十天。”我说：“我到县里休息也行呀。”医生说：“不行，如果你在县里出现术后出血或穿孔，谁也救不了你，只有我们给你做手术的这个团队可以。”我说：“县里还有工作呢。”医生说：“如果你觉得不好跟地委说，我们可以给地委报一个诊断证明过去。”我说：“不是这个意思，主要是我着急得很。”医生说：“如果病房休息不好，明晚可以回家休息。”我说：“不是这个意思。”医生说：“那你是什么意思？”

我又住回四妹家。四妹家有些冷，他们烧的壁挂炉，温度设定低了。四妹让四妹夫赶紧把温度调高，我先睡一觉，家里烧热了我再起来洗个澡。

睡了一会儿我被冻醒了，前后心冰凉。四妹看我起来，问我是先吃饭还是先洗澡，我说："你们家这么冷还洗什么澡。"

四妹和四妹夫并不觉得他们家冷，四妹怕热，穿短袖，四妹夫穿秋衣，四妹夫说家里温度不低，还随手拿个温度计给我看，二十三度。

我觉得这两个人太奇葩了，家里这么冷居然还嫌热，我说："我还是回医院住吧。"

四妹夫一听我要走，马上说他现在就把壁挂炉水温调高一些，我说："等你们烧热也要等到后半夜了，我不等了。"四妹说应该马上就能热起来，刚才温度已经调高了。

我问调高到多少度了，四妹说五十二度，我说不可能，绝对没烧到五十二度。四妹夫说刚才没调，还是四十五度。四妹一下发了脾气，说："我刚才不是让你调到五十二度吗？"

你们两个争去吧，我走了。回到病房，我心里又有点过意不去，就这么从四妹家走了是不是有点过分，这几天人家夫妻都不知道怎么照顾我好了，我却一使性子走了，不知他们两口子在家会不会吵架。

这两个人没准真的吵架了，早上迟迟不见给我送饭。等了好长时间，五妹给我送饭过来，她昨晚从省城回来的。我问："怎么你送的，你四姐呢？"五妹说："四姐让我送的，她可能有事吧。"

四妹夫中午过来看我，四妹没来。四妹夫说家里温度已经热起来了，叫我晚上回去住，我说不折腾了，住在病房挺好的。

医院通知我后天可以出院，五妹夫让我这两天住他家去，我说："不能去，住你们家你四姐、四姐夫会难受的。"

五妹夫说："那大哥还是住四姐家去。"我说："不去了，两天了，你四姐没来看我，没给我电话，也没给我送饭，肯定是生气了。既然生气了我也就不去了，如果不住医院我就去地区宾馆，但要是住宾馆你们两家心里都不好受，我还是住医院吧，后天直接从医院走也方便。"

其实这两天我一直都在等四妹，如果四妹来喊我一声，我会马上就回去住，但她一直不来，也不理我，那我肯定不能去。我本来明天就可以走的，但我还是想再给四妹留一天时间，看她能不能在最后的时间来叫我去她家。

你家烧不热我不能去，你家能烧热但不烧，我更不能去，你家烧热了但不来请我还是不能去。

四妹你不来看我是因为工作忙，这两天顾不上我？或者是因为我你们两口子吵架了你生我气了，可四妹夫都来了你却不来。还是因为你胆子小，害怕我生气不敢来见我了？可四妹夫来病房我客气得很，他回去应该告诉你了。那你还生什么气，气打何来？我可以生气，你不能。你家冷，我还不能住医院？

我是你大哥，大哥已是六十多岁的老人了。老人的脾性是古怪的。

我是病人，病人的心理是脆弱的。我的病有多危险你知道吗？万一我要是有个什么三长两短，你后悔都来不及。

我是孤单的人，在小城，我只有你们两个妹妹，我的老婆孩子都不在身边。

在我最困难的时候，最需要人关怀呵护的时候，你却不理我，不看我，不给我打电话，不给我送饭。四妹呀，你过分了，你真的不能这样待我。

我要走了，出院了，要回县里了，我的电脑包还在四妹家，趁着他们上班家里没人的时候我自己过去把包拿上，我有他们家的钥匙。可门一打开，四妹在家睡觉，看我回来她可能以为我是回来住的，很高兴的样子，可我却高兴不起来，你有时间在家睡觉，却没有时间来医院看我。

这一刻，我好像再没什么可盼望期待的了，提了我的电脑包就走，留下不知所措的四妹一个人在家里。

春节前，督导工作结束，十个督导组的同志都回到地区集中总结，家在外县的都住在地区宾馆。这样安排对我最合适，四妹至今一直没跟我联系过，我不可能再去她家住，也不想去五妹家住。

退了休的人，悄悄过好自己的日子，别去打搅别人，哪怕是自己的兄弟姐妹。你已经不再是当年那个说一不二的大哥，她们也不再是当年那个跟着你上学需要你呵护的小妹妹，老母鸡的翅膀该收起来了，护犊子的情怀也该收一收了，该放手的就放手吧。

督导组成员都要做自我鉴定，自我鉴定的基础上再做小组鉴定。我让联络员把每个人的自我鉴定转换成小组鉴定，等于自我鉴定就是小组鉴定，这样每个人都提不出什么意见来。联络员在每个人的小组鉴定后面都写了一句话：希望单位在评优定等和提拔使用上给予优先。我说："这句话不能写，删了。我们这些人抽调到一起工作才三个月，还能比人家本单位党组织更了解他的干部吗？"

组织部的同志单独听取组长意见，问有没有特别推荐的干部，我不好意思地笑了笑说："我收回上次给你们推荐联络员的建议。"组织部的同志说他们已经向地区聋哑学校了解过，那名联络员身上还背着学校党组织给他的违纪处分呢。我自嘲道："我这个人不适合当组织部部长，认人不行。"

督导工作总结会议结束的时候，地区宾馆以工作餐的形式招待督导组全体同志，是领导的意思，但领导不参加，吃饭也不搞大场面，宾馆把十个督导组分在十个包厢，每个督导组七八个人，刚好一桌。家在市里的同志自己从家里拿酒来，悄悄喝两杯。

我们组因为我不能喝酒，喝酒的气氛不是很高，而且组里同志的情绪也都不高，一反这三个月来对我顶礼膜拜的态度，这是什么意思？更加意外的是那个和联络员因为写汇报材料差一点大打出手的 ×××，居然站起来提议给“秘书长”敬杯酒，感谢“秘书长”这三个月来为小组同志操的心，感谢“秘书长”紧要关头为大家前程着想，小组的同志齐声响应，只把我一个人孤零零晾到了一边。

我明白了，一定是那句“希望单位在评优定等和提拔使用上给予优先”的小组鉴定被我删掉了惹的祸。

我让服务员给我拿个酒杯，我给自己倒了杯白开水，举杯在手，说：“我给大家敬杯水，你们明天就可以撤了，我们十个组长还不能走，组织部还要把我们留下来再给你们大家做两件事，一件是组织鉴定，另一件是评优定等，我们前面搞的那个个人鉴定和小组鉴定是不能带回单位去的。我这里提前给大家送行了。”

片刻冷场之后，大家纷纷站起来走到我跟前说：“我们给组长敬酒，组长喝水，我们喝酒。”联络员的脖子又伸长了很多，说：“我们明天晚上给组长送行。”

正在我们场面热闹的时候，宾馆老总带着几个副总来到我们包厢，他们已经挨个包厢走了一遍。我们是第十督导组，也是最后一个包厢，老总们进来的时候都有些酒意了。我的小舅子也在，我已经很久没见过他了，县招待所所长怎么和地区宾馆的老总们混到了一起？这次回来到现在我们也没见过，没准对我有意见了。

宾馆老总拉着我的小舅子走到我跟前，说曹总找了他很长时间，想调到地区宾馆来，最近才办成，到地区宾馆当副总，要不是沈科长在地委上下的人缘关系好，曹总这个事还真难办。小舅子赶紧凑过来响亮地喊一声“姐夫好”，就怕别人听不见似的。

老总们现在也没有多少喝酒的机会，搞宾馆的人没有酒喝也是一件怪急人的事，几个人各拽一把椅子坐了下来，推杯换盏，不亦乐乎。小舅子对我特别体贴，老总和几个副总给我敬酒，他都主动代我喝了，说：“姐夫不能喝酒。”老总夸赞说：“这小舅子太会体贴人了。”

喝完酒，小舅子送我回房间，忙着给我烧水，我说：“别忙了，放到那我自己来，你也早点回房间休息吧。”小舅子刚调来时间不长，他也住在宾馆。

小舅子说：“不急，你今天别赶我走，我想和你聊聊。”说实话，我不想和他聊，一来我睡觉早，熬不了夜，二来我的胃肠手术还在康复期，需要早点休息，三来他喝了酒，别生出什么事来。

没想到他还真的就生出事来了，他是早有预谋，还是临时起意，或是酒精作用，看不出来，但来势很猛。他直截了当地逼视着我，说：“你今天得给我说说，那年我和你岳父在你们家闹了一场之后，你为什么要选边站，一直对我爱理不理的，为什么？”我说：“今天好好的，咱们别说那些陈芝麻烂谷子的事。”他说：“不行，这事憋在我心里都快三十年了，你今天必须给我讲清楚。”

我没再理他，我坐在床头看手机，他冲上来一把夺过我的手机扔到地上。“你少给我装，你能装得很嘛，吃饭的时候装，喝酒的时候装，人多的时候装，人少的时候还装，我看你能装到什么时候？”

“你不愿讲是吧？我来帮你讲。本来我们那次是父子之间的事，轮不到你来说三道四，可你为什么非要做出一副道貌岸然的样子？嘿嘿，你懂的，就因为在那之前，我在你的房间，你的床上，看到了不该看到的一幕，你害怕了，害怕我把你那些肮脏龌龊的事抖搂出去，你就有意识疏远我打压我，结果怎么样呢？没想到我还能混到今天这个位置，你也寄人篱下住到我的宾馆来了吧？”

子系中山狼，得志便猖狂。卑鄙，拙劣，令人作呕。

我捡起手机，还是不理他。他又冲上来要夺我的手机，眼里露出一道光。我说：“你想干什么，还想打我？”他一把抓住我的衣服领子，往前一推，我跌倒在床上。他英雄般站在床前，大吼一声：“打你又怎么了？”

我想给他姐打电话，打了又有什么用？我想给宾馆老总发信息，发了又能怎样？我想拨打 110 报警，报警又能解决什么问题？

小舅子接着说：“怎么了？装尿了？当年那种不可一世的样子哪去了？知道吗？你现在就是全世界最可怜的人，忙忙碌碌一辈子，到头来你有啥？要钱没钱，要权没权，要人没人，你一无所有。你不是一直都想要个儿子吗？老天爷就不给你这个儿子，就是你老婆怀上了儿子也要让她强行打掉，让你们两个痛悔一辈子，一辈子痛不欲生。老天爷就给你一个丫头，你就是个当老丈人的命，让你一辈子辛辛苦苦攒下来的家业，到头来都拱手送给别人。当年我还可怜过你们两个，还想过把我儿子抱给你们呢，后来才知道，我这是一厢情愿。”

“我明确告诉你，你老婆曹欣妍就是个坏女人。你娶了她算是你中了彩票，得了大奖，她从小就好吃懒做，人前人后不一样。她知道你在家里的地位，所以她在你跟前特别勤快，你不在的时候她是横草不拿，竖草不捻，什么活都不干，油瓶倒了都不扶。不是一家人不进一家门，你们两个真是绝配，我从部队复员回来住你们家那几年，你把我和你的几个妹妹一样看待了吗？曹欣妍把我的孩子跟你们的孩子一样看待了吗？欣欣吃剩下的香蕉，烂了，扔了，她都不给我儿子吃。你们还都是受过高等教育的人，为什么对我的孩子都不能好一点？不放过我，连我的孩子也不放过？”

“我还要告诉你，你这一辈子完蛋了，你死到临头的时候，身边不会有任何人陪着你，你就是一个孤苦伶仃的老头。”

我在小舅子大喊大叫的声音中渐渐昏睡过去，小舅子的声音是什么时候从耳边消失的我不知道。我再次听到的声音是一串急促的呼喊：“医生，医生，病人醒过来了。”我慢慢睁开眼来，好像是在急救室里，浑身都是各种各样的电线和皮管子，嘴里、嗓子里、鼻子里都是，好像管子又插到胃里了。急救室大玻璃窗上透过来四张急切的面庞和八只紧贴在大玻璃上的手，是四妹、四妹夫，五妹、五妹夫。我的眼泪顺着眼角流了下来。

尾声

我面前的医生看着我出神，好半天，若有所思地问我："您打算怎么办？"

我说："老都老了，还能怎么办？所有的危机都是从一开始就伴随了的，只是你没意识到，或者虽已意识到，但没引起重视，没想到会那么严重，总以为时间会解决或补救过往的不足，没想到有些事一旦积攒到该爆发的时候，便是一发不可收拾的。这是一种悲哀。这么大年纪了，一辈子都快过去了，亡羊补牢，为时已晚，已无回天之力。"

听了我的话，医生紧锁的眉头慢慢舒展开来，浅浅地笑笑，说："您言重了，才六十岁，不老，没准美好的生活就从这一刻开始了呢。"

这些天来，医生一直在听我说，没笑过，也没说过几句话，我以为当医生的都是不苟言笑、不善言谈呢，没想到医生笑起来也这么好看，说起话来也这么好听，而且也会用"您"称呼病人。

医生说："人一辈子很短，没有永远，没有长久，但谁敢说大悲之后不会有大喜呢？彩虹总在风雨后，谁敢说下一刻不会有意想不到的幸事发生呢？"我突然意识到我面对的是心理医生。她很敬业。"你现在就开始给我治病了？"

"您有病吗？"

"有。"

"您需要治吗？"

"需要。"

"您相信我吗？"

"相信。"

"那好，从现在开始，您就听医生的。其实，您没病，您就是心里憋得慌，您的病都在您太太身上。您太太是真的有病，而且病得很重。"

我心里很得意，你们不都说我病了，脑子有病，你还说我是阿尔茨海默病，老年痴呆。

“您太太的病都是因为爱您引起的，”医生继续说，“她爱您，太爱您了，就冲着当年她在农村一无所有，您义无反顾地娶她为妻，给她爱，给她想要的生活，她就死心塌地要一辈子对您好，对您父母好，对您几个妹妹好，对你们全家好。因为您太爱您的家人了。”

“但不知道从什么时候开始，她不想爱您了，爱您爱得太累，身心疲惫，爱不动了。她不能干活，不能给您洗衣做饭，甚至不能尽妻子的义务，她整天生活在万般痛苦之中。”

“更不知道从什么时候开始，她不敢爱您了，甚至害怕爱您，有时候见到您她心里都发抖，她每时每刻都想和您在一起，但又害怕和您在一起，甚至害怕见到您，尽量躲着您。”

“她想到过和您离婚，但她又舍不得您，离不开您，不能没有您。您曾经跟她提出过离婚的事，她为此恨过您，觉得您心太狠。但后来从您的离婚协议和离婚态度上，她感受到了您那种爱不得丢不下的矛盾心理，您也就是想试探试探她到底还爱不爱您，她在外面到底有没有别的男人。她自己心里清楚，她连和您都不能行夫妻之事，她还能和谁？”

“不做亏心事不怕鬼敲门，随您怎么想，她就抱定一个信念，就是不离婚，好在自那天之后，您也再没提离婚的事，没准您自己早就把这事忘了，但您写下的那份离婚协议至今还在她手里，她时不时地都会拿出来看看，当成是您给她的信物了。”

“她也曾想过，年轻的时候，她要不是一心想着离开农村，就在农村里找个人把自己嫁了，没准就不会有今天这么多痛苦，过一个平常人的正常生活，日出而作，日落而息，相夫教子，岂不也很好？嫁给您是她这辈子最大的失败，要是再给她一次机会，她一定不会选择您。”

“这些天来，我被您的故事感染着，我每天回家都把您的故事讲给我老公听。我老公被你们老两口的爱情故事和苦难经历吸引了，感染了，他一定要把你们老两口从病态的痛苦中解脱出来。”

“我老公也是学医的，我们俩从大学到研究生毕业，同学八年，我们俩现在都是西部志愿者，他在省人民医院上班。您是我在蜘蛛山温泉疗养院接诊的第一个病人，您太太现在也已经是我老公的病人。我老公和您太太相处得很好，他从小就没有妈妈，只有奶奶，他现在把您太太亲切地称作老妈妈，那我也可以叫您老爸爸了。我老公说老妈妈的病很重，要是再得不到及时有效的治疗，人就要疯了。我老公有信心，一定能把老妈妈的病治好。”

“您可能万万都想不到，老妈妈的病是年轻时那次强行引产得下的恐惧症。三十年了，自从得了这个病，她渐渐开始闻不得男人气味，害怕和男人同房，所以她才自编了一个十六天夫妻的理论。在你们几十年的夫妻生活中，可以想象得出，这个‘十六天夫妻’她是怎么坚守下来的，每一个‘十六天’带给她的都是怎样难以承受的痛苦！”

“我老公说，老妈妈的所有病根都是那个没见过面的儿子沈言造成的。强行引产前，老妈妈和水奶奶商量，引产手术就在县医院做，就让水奶奶的表姐罗主任做，要赶在您从地区回来前把儿子做掉，不能让您亲眼看到老妈妈的绝望和无助，更不能让您经历痛失儿子的残酷和苦难。”

“县医院条件简陋，强行引产的时候，产房里只有水奶奶和水奶奶的表姐罗主任两个人，连护士都没有。手术床上，老妈妈悲痛欲绝地把她脖颈上的四季平安扣摘下来交给水奶奶，叮嘱水奶奶，儿子是沈家的，引下来就把沈家祖传的这枚四季平安扣挂在儿子的脖子上，让儿子戴着走吧。”

“多么伟大的女性啊，在她承受着强行引产带来的巨大痛苦的时候，还在想着她心爱的儿子，深爱着的丈夫，牵挂着的沈家。”

“儿子引下来了，老妈妈晕厥过去了。她不知道罗主任冒着多大的风险，是怎么让她提前生产，把孩子平平安安引出来的，她也不知道水奶奶是怎么把这个孩子悄悄带出医院，又偷偷带回老家，一个人默默把孩子带大的。你们都不知道明天就是你们的儿子沈言的三十岁生日。”

这个小医生怎么了？疯了？病了？还是在采用什么新的医疗方法治病？

“老爸爸，您不用惊恐，我不是在编故事，这都是真实发生过的事情，而且这个事情还没结束。今天，水奶奶就从老家坐飞机过来了，现在就在飞机上，待会儿我就和我老公去机场接她。水奶奶一到，你们就什么都明白了。”